イマジン?

目次

1

『天翔ける広報室』

＊

ふと視線を感じて良井良助《いいりょうすけ》が振り返ると、ゴジラが高みから見下ろしていた。シネコン屋上からぬっと顔を出す巨大ゴジラヘッド。すっかり新宿歌舞伎町のランドマークとなった。

良井はふぅっと溜息《ためいき》をつき、歌舞伎町の雑踏に目を戻した。夕方五時。晩飯時にはまだ早く、人混みは歌舞伎町の本気の賑《にぎ》わいとは程遠い。シネコンから出てきて真《ま》っ直《す》ぐ靖国通りへ抜ける通行人がほとんどだ。

「お店お決まりでしょうか〜。ただいま当店、早割入店全品三十％オフでーす」

さも普通の居酒屋のようにチラシを配るが、地図に従って行き着く先は小《こ》ましな軽食も出すというだけのキャバクラである。女性にチラシを渡さない動きで勘のいい奴《やつ》は気づくし、勘の悪い奴が早割入店でどうなるかは良井の知ったことではない。時給でチラシを撒《ま》くまでが良井の仕事だ。

と、良井の視線の先で、気の弱そうなサラリーマンが、少々面倒くさそうな強面《こわもて》のお兄さんに肩をぶつけられた。

ミラーのサングラスに派手なスカジャンの強面兄さんは、サラリーマンにメンチを切りながら二度、三度と肩をぶつけ、メインストリートから脇道にサラリーマンを突き飛ばしていく。

あーあ、と良井はその様子を横目で眺めた。いるんだよなー、ああいう要領の悪い奴。

きっとスカジャンの龍だか風神雷神だかをうっかり眺めたりしたのだろう。目が合ったらそこで終《しま》いだ。何だ、文句でもあるのかとあやってズンズン裏路地に追いやられ、非礼を詫《わ》びさせられる寸法だ。非礼を詫びる誠意はもちろん財布を開けることで示される。

派手な色彩には焦点を合わせない、確認するときは周辺視野で。これが歓楽街を歩く基本技能である。

どうしよっか、と良井はゴジラヘッドを見上げた。ゴジラは恐《こわ》い顔で地上を睥睨《へいげい》している。まるで卑小な人間たちの営みに苛立《いらだ》っているように。

まあ寝覚めも悪いしね、と尻ポケットの携帯に手を伸ばす。一一〇番に通報だけはしてやろう、間に合うかどうかはサラリーマンの運次第だ。

ところが、尻ポケットに携帯は不在だった。店のロッカーに荷物を置いたとき、鞄《かばん》から出すのを忘れたらしい。

どうしよっか、再び。見て見ぬ振り？　一番楽だ。ぜひ採択したい。ゴジラヘッドは変わらず地上を睥睨。

愚かな人間どもめ、とその恐い目は語っているのかいないのか。

分かった、分かったよ。

良井はすぅっと息を吸い込み、

「す・み・ま・せぇ〜ん！」

と、脳天から飛び出すような声を上げた。

声を上げげつつ突撃先は未《いま》だ揉《も》めている二人。スカジャンがじろりとこちらを振り向く。

「何だ、お前」

「いや、もう、すみませんお兄さぁん！」

良井はスカジャンに手を合わせた。

「こちらね、うちの店の裏に当たるんですぅ。もうそろそろ女の子たちが出勤してくる時間でね、喧嘩《けんか》してる人がいてこわ～い、お店入れな～いって帰られちゃったら困るんでぇ」

「あ？　関係あるか！」

「すみません、女の子のシフト変わったら僕がお店のお兄さんに怒られちゃうんで～」

のらりくらりとスカジャンの剣突《けんつく》をかわしながら、サラリーマンに目配せする。サラリーマンは最初おろおろしていたが、やがてそぉっとその場を二、三歩離れた。そして、小走りにメインストリートへ。そして——

「あの、どうもありがとうございました！」

なぜ余計な一言を！

良井の顔色も変わったが、スカジャンの顔色も変わった。リトマス試験紙ばりに青と赤。

「てめえ、邪魔しやがったな！」

「いやいや、邪魔ってほらぁ。うちだって女の子の出勤がね……」

うにゃうにゃ揉めつつメインストリートのほうへ。とにかく人目のあるところへ戻らなくては。

「もう勘弁してくださいよぉ、ノルマあるんでぇ」

「うっせえ、ちょっと来い！」

スカジャンは裏通りのほうへ良井を引きずり戻そうと腕を摑《つか》んだ。戻ってたまるか。

払いのけると、払いのけたスカジャンの腕がスカジャン自身の顔を打った。

「いってぇ！　やりやがったな！」

「自分でやったんじゃん、自分でぇ！」

「治療代よこせ！　慰謝料だ！」

と、そこへ第三者の声が介入した。

「おい！」

振り向くとその場に立っていたのは、スカジャンのはるかに上を行く強面である。

革ジャンにグレーのサングラス、口髭《くちひげ》、尖《とが》った長い顎《あご》にあるかなきかの薄い眉《まゆ》——スカジャンはイキッたチンピラ止まりだが、こちらは構成員の風格である。

スカジャンが明らかに怯《ひる》んだ。つかつかとやってくる構成員風はスカジャンには目もくれず、良井に向かって顔を歪《ゆが》める。——笑っているというのは、慣れると分かる。

「元気だったか、リョースケ！」

「ええ、まあ……佐々さんも元気そうですね」

構成員風の革ジャンは佐々賢治《さっさけんじ》、良井がチラシを配る店舗でたまにホールをやっている同僚である。

スカジャンはそそくさとあらぬ方向へ歩き去った。

「ん、何？　知り合い？　後にする？」

「いやいや、絡まれてただけですから」

「絡まれてたのか！　大変だったな」

佐々はその風貌《ふうぼう》のためか、どんな場末を歩いていても絡まれた経験がないらしく、暴力沙汰《ざた》の気配に激しく疎《うと》い。

「久しぶりっすね」

「おお、別のバイトが忙しくてよ」

見るからに歌舞伎町界隈《かいわい》に生息する構成員風だが、その実態は単にバイトをいくつか掛け持ちしている働き者のフリーターである。

「そこのバイトで社員登用になってな。店辞めるんで挨拶《あいさつ》に来たんだ。そしたらお前が客引きで今シフト入ってるっていうからさ」

「そっかー。寂しくなりますねえ」

今年二十七歳の良井にとって、三十過ぎの佐々は兄貴分のようなものだった。歓楽街で派手な色彩を直視しないなどの基礎教養を教わったのも佐々である。もっとも佐々自身にはあまり必要がない技能だったらしいが。

「でも佐々さんもいい年ですもんね、社員決まってよかったっすね」

「人をいい年とか言えた義理か、お前もアラサーだろが。枠は一緒だ」

佐々からはぽかりとげんこつが飛んできた。強面のせいで年より老けて見られることを地味に気にしている。

「たまにはメシとか誘ってくださいね」

「おお、それだ」

佐々はぽんと手を打った。

「明日、空いてるか。メシじゃないけど」

「まあ、明日は特に……何時っすか」

「朝五時。渋谷、宮益坂上《みやますざかうえ》」

「は⁉」

「バイト、バイト。地図、メールすっから。明日以降、しばらく空けといて」

「しばらくって、いつまで」

「分からん！」

「分からんて！　俺だっていろいろ予定が……」

「金払いはいいぞ、きついけど」

きついの程度問題だが、金払いがいいというのは魅力的なワードだ。

「後、何か専門学校行ってたっつってたろ。映像の」

えっ、と思わず言葉が止まった。

「でも俺、学校出ただけでなンも経験ないですよ！」

「バイトだもん、充分充分。免許証持ってこいよ、じゃあな！」

佐々はさっさと話を決めて帰ってしまった。もう予定の中に織り込まれているのでキャンセルは利かない。

朝五時、渋谷、宮益坂上——

どうしよっか、三度《みたび》。

良井はゴジラヘッドを見上げた。背景は夕焼け。

あんたの足元じゃなくて、その腹の中。

毎日あんたの腹の中で回ってるフィルムを作るところで働きたい——なんて。

おこがましくて笑うかい？

＊

上京してから足かけ八年。

出身は大分県、別府市。実家は電器屋である。町中に無造作に温泉が湧いていることを、子供の頃は当たり前のことと思っていた。海と山とが迫った狭間《はざま》の至るところにもくもくと白い湯煙が上がっている光景は、観光客にとっては風情だが、地元民にとってはただの景色である。

市内二千三百ヶ所と言われる源泉数が世界でもずば抜けてトップであるという事実は、地元を離れてから初めて知った。

温泉はふんだんだが、刺激はふんだんでない町だった。刺激に飢えた子供の身には鄙《ひな》びた町の風情全体が退屈に思えて、テレビの中で観《み》る賑やかな都会の光景がとにかく眩《まぶ》しかった。それは同じ国の景色とは思われないほどだった。

その頃、何をして暇を潰《つぶ》していただろうか。友達と訳もなく集まって、野球をしたりひたすら遠くまで自転車を漕《こ》いだり、公園で意味不明な遊びを発明したり。インドアの日はテレビゲームか漫画。大体途中でその家の母親にうるさがられて外へ追い出される。

昨日と変わらない今日、今日と変わらない明日、明日と変わらない明後日《あさって》が綿々と続いていたそんな日々——明確に区切りの折り目がついたのは、小学校五年生のときだった。

テレビで怪獣映画がやっていた。

『ゴジラVSスペースゴジラ』。

子供の身にはそこそこ刺激的なタイトルで、観たい観たいと駄々を捏《こ》ねてチャンネル権を勝ち取り、家族みんなで観た。祖父と両親と妹。一つ年下の妹は裏番組のドラマを観たがっていたが、毎週やるんだからいいだろうと両親に諭《さと》され、連ドラとはそういうものではないと膨れていた。

今となっては気持ちが分かるが、当時は何を膨れているのかと不思議でならなかった。小学校五年生だった良助にとって、来週などという遠い未来に続くドラマは内容を覚えておくのが大変で、観たいとさえ思わなかった。

妹に言わせると、アニメや戦隊ドラマなら毎週観るのに、ということになるのだが、そちらは時間が三十分だし、やっていることは毎週大して変わらないからいいのである。

それに比べて、妹が観たがっていた学園ドラマときたら、誰が敵だか味方だか、途中で変身や戦いをしてくれるでもなく、どこに引きがあるのかさっぱりだ。

男と女の間には暗くて深い何とやら、だ。男子と女子では情操の発達速度に明確な差があり、この頃の良助は一歳下の妹に周回遅れで負けていた。

「いいじゃないか、別府が出るんだから」

父親がそう言って妹を宥《なだ》めた。

『ゴジラVSスペースゴジラ』は、冒頭から秘密基地的なところで秘密兵器的な巨大ロボットを作っており、男子的には引きはバッチリだ。

鹿児島の海から上陸したゴジラが、九州を縦断しはじめた。まずは天文館の路面電車に山形屋。次いで熊本駅前、熊本城。九州のローカルニュースでよく観る景色が、あっさりとゴジラに踏みにじられていく。

ゴジラと対決するスペースゴジラは、福岡を蹂躙《じゅうりん》中だ。

何だかドキドキした。鹿児島はニュースだけだが、熊本と福岡なら家族旅行でも行ったことがある。自分の知っている場所をゴジラが踏み潰していく。映画の中に現実が入ってしまったような、映画が現実に溢《あふ》れ出てきたような。

待てよ。――父はさっき、別府が出ると言ってなかったか？

心の準備が整う前に、見慣れた、あまりにもありふれた光景がパッと出た。

別府タワー！

下のテロップにも別府と出ている。

自転車でよく行く海岸沿いを人々が逃げ惑い、ゴジラがすべてを踏み潰しながら通過する。

「ジュピターだ！」

キジマモートピアランド！　小さい頃からよく行っている遊園地の木製ジェットコースターだ。別府インターからやまなみハイウェイで十五分。

良助と妹も並んだことがあるジュピターの木製の階段に、行楽客がみっちり詰まって迫り来るゴジラに悲鳴を上げていた。

「やまなみハイウェイも壊れたかな⁉」

良助が興奮して訊《き》くと、妹は「バカね、お話じゃない」と鼻で笑った。そういうことじゃないんだ、と今度は良助が膨れた。

「壊れた壊れた。三ヶ月は通行止めだ」

父がそう答えたのは、明らかに子供たちが喧嘩になるのが面倒くさかったからだが、
そうそう、そういうことなんだ。

ほんの数秒だったが、自分の知っている町並みが映画に出た。ゴジラに壊された。ジュピターまで。――まるで夢のよう！

別府はゴジラに壊されてよかったな、と思った。福岡はスペースゴジラでかわいそうに、と謎《なぞ》の優越感まで。せっかく壊されるなら、やはりニセモノのスペースゴジラよりも本物のゴジラがいい。どうせ最後はゴジラが勝つんだし。

登場しているのは、テレビでいつも見かける俳優やタレントたちだ。良助でも名前が分かる人がたくさんいる。

そんな有名人がたくさん出ている映画に、別府が。

良助の中で、初めて都会と別府が繋《つな》がった。都会――正確には、この映画に登場した人たちがいるであろう東京と。

同じ国と思われないほど遠く感じていたけれど、やっぱり東京と別府は、大分は同じ国だった。

映画が面白かったかどうかは、些末《さまつ》な問題だった。――というか、あらすじはそれほど覚えていない。

映画の中に別府が出た。物語と自分の知っている現実が繋がった。それこそが大事件で、重要で、良助の人生の中で初めてついた、明確な折り目だった。

「お前たちが三つか四つの頃だったたっけなぁ、撮影隊が来たの」

父がふとそんなことを言った。

はっとした。――そうか。

映画は勝手に出来るものではなくて、作る人がいるのだ。

俳優やタレント以外にも、撮影する人がいるのだ。

別府の場面で、有名人は誰も映っていなかった。――でも、作る人は、別府に来たのだ！

東京と別府が繋がった以上の衝撃だった。

映画は、作る人がいる。物語と現実を繋げる人がいる。――その人々と自分は同じ国に、同じこの世に生きている。

自分と物語は、繋がっている。繋がることができる。

それは、大変な発見だった。

映画を作る人になりたい。そう思った。映画じゃなくて、ドラマでもいいけど。

だって、物語を現実の世界に繋げてしまうなんて、現実の世界を物語の中に取り込んでしまうなんて、まるで魔法だ。

魔法使いはこの世にいる。――そして、魔法使いになることだって。

後の妹に言わせると、「出る人」でなく「作る人」になりたいというのが身の程をよく知っているということになる。

生まれて初めての人生の折り目は、目印だった。

ここを忘れないようにと本に小さく折り印をつけるような。

それは、小さくも輝かしい、未来への目印だった。

目印に導かれるように、高校を卒業して、福岡の映像専門学校に入った。

就職活動で求人募集を片っ端から当たり、東京の小さな映像制作会社で内定が取れた。

家賃は手取りの三分の一が目安だと聞き、念のためにそれより安手のアパートを借りた。

引っ越しは引っ越し屋を頼むまでもなく、単身らくらくサービスで済んだ。家具と家電と布団は東京の安い店で新しく揃《そろ》え、実家から持って出たのは服や生活用品くらいだった。

初日から作業に入るから動ける服装でと言われていたので、相応の格好で初出社。場所は渋谷の雑居ビルの三階。

すると、そこにあったのは空きテナントだった。

良助が入社試験を受け、面接を受けた映像制作会社は、影も形もなかった。

代表番号は死んでおり、入社に際して教えられていた先輩社員や社長の携帯番号も軒並み不通になっていた。

一体どうすればいいのか。三十分ほど道端で途方に暮れて、ふと思いついた。ビルの持ち主に訊いてみよう。

とはいえ、ビルのどこかに持ち主の連絡先が書いてあるわけでもない。さてどうしようか、とまた考えて、二階に入っていた会計事務所を訪ねた。

ドアをノックするという非常に直接的な訪問に、会計事務所に用があるとも思われないアウトドアファッションの若造なので、受付の女性には最初かなり警戒された。

しかし、事情を話すと気の毒そうな顔になり、ビルの管理会社の連絡先を教えてくれた。階によってテナントの持ち主が違うそうで、管理会社に問い合わせるのが一番早いという。

「事情は知らされてなかったの？」

潜《ひそ》めた声でそう訊かれた。首を傾《かし》げると、やはり潜めた声で――重大かつ深刻な情報がこぼれ出た。

「計画倒産らしいわよ」

まさかそんな。だってそれならどうして良助を採用したのだ。

管理会社からテナントの大家を教えてもらい、電話をかけた。良助が会社名を出すと、大家は「あんた関係者⁉」と噛《か》みつくように訊いてきた。

「怪しいとは思ってたんだよね、うちの滞納だけでえらい金額だったし、借金も方々にしてたんじゃないかな」

大家は鬱憤《うっぷん》も溜《た》まっていたのだろう、愚痴吐きがてらという感じで事情を教えてくれた。

「夜逃げでも企んでるんじゃないだろうねって釘を刺したことがあるんだけど、そしたら今年は新入社員も採ったんですよ、夜逃げする会社が新入社員なんか採るわけないでしょって……よく言うよ。履歴書まで見せてきたからすっかり騙《だま》されちまった」

それで騙されたこの大家もずいぶんと脇が甘いというかお人好《ひとよ》しというか。

「会計士の報酬も滞納して怪しまれてたらしいから、周囲を油断させるためにわざと採用したんだろうね。社会保険労務士も新入社員の保険手続きしたって言ってたしさ」

関係者で事情はすっかり共有しているらしい。

「あんたもアリバイ工作に使われて気の毒にね」

大家は同情してくれたが、事は気の毒だけでは収まらなかった。

当面はバイトで食いつないで、新しい就職先を探して――と気楽に考えていたが、やがて自分の背負わされた十字架に気づいた。

映像会社の求人に申し込むと、判で押したように不採用通知と履歴書が突っ返されてきた。

一社、通知が来ないところがあったので結果を問い合わせると、怒鳴られた。

夜逃げした会社の社員がいけしゃあしゃあと、うちがどれだけ迷惑したと思ってるんだ――というようなことをまくし立てられ、納得行った。

会社は、相当汚い逃げ方をしたらしい。社員全員、映像業界に二度と戻れないつもりでやったのだろう。業界中に手配書が回っているような状態であったらしい。

一応は採用されたのだからと、履歴書の職歴にその会社の名前を書いていたのが敗因だ。

それならと職歴を空白にしたら、いくつかは面接に進めたが、良助はすぐに自分の浅はかさを思い知らされることになった。

偽装採用のために保険手続きはされてしまっている。社会保険番号は発行されてしまっているのだ。

内定が出ても、保険の手続きでばれる。なぜ黙っていた、やはりあの会社にいた人間など信用ならんと叩《たた》き出されて終わりだ。

職歴を空白にして、面接で事情を説明する方向に切り替えてみた。しかし、やはり会社の名前を出した時点で「帰ってくれ」となる。

一体どれほど汚い逃げ方したんだよ、あんた！　――と、面接で一度会ったきりの社長を詰《なじ》りたくなってくる。

詰るどころか呪いたいくらいだ。沈めるつもりの船になぜ乗せた。なぜ俺を巻き込んだ。まだ出航してすらいなかったのに、港を出る権利さえ奪われた。

実家には事情を話せなかった。幸いにしてというべきか借りた部屋も安アパートで、バイトでどうにか食いつなげている。

働きぶりを気に入られ、契約でどうか社員でどうかという話も何度かあった。いくつか受けて働いてもみた。

だが、やはりしばらく勤めるうちに、後悔が頭をもたげてくる。出航さえできなかったという後悔だ。

何度か就職したことで、社会保険番号の経歴ロンダリングはできているのではないか、などと夢想する。いくつか会社を変わっていたら、最初の経歴までは遡《さかのぼ》らないかもしれない。

矢も盾《たて》もたまらなくなって辞める。もう一度チャレンジしたい。

物語と現実を繋げる魔法使いの世界へ。

だが、辞めてからいつも気づくのだ。自分は嘘《うそ》が上手《うま》くないということに。

別府と物語を繋げてくれたゴジラの話は夢中でできる。魔法使いになりたくて映像の専門学校に行った話も。

だが、その先がどうも上手くない。

専門学校にまで行ったのに、なぜ最初の就職は飲食店だったのですか？

いやぁ、就活したんだけど全部落ちまして。

ここの嘘が繋がらない。ゴジラの情熱がぷつんと切れて、その程度の情熱だったのねという話になる。

嘘を自覚してからはゴジラの話も上手にできなくなった。情熱が上滑りしない程度にとセーブしてぎくしゃくし、自己アピールがまったくできない。

生まれて初めての人生の折り目は、別府を蹂躙したゴジラ。

あの日の感動と衝撃を忘れないための折り印。

その折り目は、物語と現実が繋がる魔法の世界に続いていると無条件に信じていた。

信じて突き進んで、たどり着いたのは袋小路だ。

最後に映像会社に応募したのは二年前。そこを落ちてからは、ずっとバイトで繋いでいる。

映像を諦《あきら》める思い切りも、映像の世界に入るための嘘をつき切る思い切りも、実家にすべてを打ち明けて逃げ帰る思い切りも持てないまま、
何となくずるずると東京に暮らしている。


バイトだから。

佐々さんに誘われたから。

佐々さんに昔のことを訊かれなかったから。

バイトでもいいから一度でも映像現場で働けたら、気が済んで諦められるかもしれないから。

（昔のことがばれたら、逃げちゃえ）諸々——

葛藤《かっとう》する思いを抱えて、明朝。

良井良助は、五時を目指して渋谷・宮益坂上に向かった。

*

秋口だが、早朝はもう肌寒い。

始発でないと間に合わない時間の宮益坂上は、俗にロケバスと呼ばれるマイクロバスやバン、コミューターが何台も連なっていた。

そしていかにも映像スタッフ風の服装の人間がうろうろしている。

マウンテンジャケットに足元がワークブーツかエンジニアブーツならまず間違いない。

どうやらいくつかのロケ隊が混じっている。

余裕を持って着いたので、手前から順に探していくと、果たして佐々が見つかった。目立つ程の強面は、手前から二番目の金色のロケバスをメインとした車列のそばにいた。

「佐々さん！」

駆け寄ると、佐々は「おう」と片手を挙げて答えた。

「お、いいカッコしてんな」

佐々が長い顎をしゃくって良井の服装を示した。

「特にズボン」

「ただのカーゴパンツですけど」

「柄がいい、柄が」

とは言っても、よくある迷彩柄である。

「作品にぴったりじゃん。ほれ、今日の割り本」

佐々がバンの中からコピーを綴《と》じた小冊子を一冊取って良井に寄越した。表紙のロゴを見て、良井は目を剝《む》いた。

「これっ……」

「あ、割り本見たことないか。脚本から今日の撮影箇所だけコピーしてカット割りとか必要事項のメモとか書いて綴じてあるんだよ。関係者の連絡一覧も載ってっから」

「じゃなくて！『天翔《あまか》け』じゃないっすか、これ！」

見慣れたロゴは、毎週テレビで観ている。

『天翔ける広報室』という日曜夜九時の連続ドラマだ。航空自衛隊の広報室を舞台にしたドラマで、新米の女性広報官が航空自衛隊のイメージアップを目指して広報活動に体当たりで挑む——というコメディタッチのお仕事ドラマだ。

背が高いことがコンプレックスの女性広報官に若手実力派の喜屋《きや》武《ん》七海《ななみ》を配し、相手役の小柄な先輩広報官にやはり若手実力派俳優の平坂潤《ひらさかじゅん》。広報室長を始めとする仲間たちをベテラン俳優や個性派俳優で固めた演技力重視の配役が話題となった。

端整な顔立ちで女性ファンが多い平坂潤は、身長が低いことが惜しいと巷《ちまた》で度々話題となっていたが、このドラマの番宣で「でも、そのおかげでこの役がもらえましたんで」と発言し、その気安い人柄で今度は男性ファンを増やしたという。

航空自衛隊というテーマが堅苦しくはないかという懸念が言われていたが、巧みな脚本と演出が堅い舞台設定にコミカルな物語を成立させ、視聴率も堅調だ。

「俺、毎週観てるんですよ！　七海ちゃんかわいいっすよね〜！」

「そうか、よかったな。現場では喜屋武さんって言えよ」

「もうちょっと視聴率行ってもいいと思うんですけどねえ！」

「仕方ねえよ。舞台が自衛隊ってだけで一定の客層を捨ててるってプロデューサーも言ってるし。爆死さえしなきゃ伝わる人に伝わりゃいいんだと」

「『伝わる人に伝わりゃいい』！　ドラマで広報室長が言ってましたよね〜！」

「あー、それな。打ち合わせでプロデューサーが言ってたの、脚本家がまんま拾ったらしい」

「あの名台詞《めいぜりフ》、実話だったんですね！」

まさか、毎週観ているドラマにバイトとはいえ関われるなんて。良井は渡された割り本を宝物のように抱き締めた。

「浸《ひた》ってないで」

佐々に軽く頭を小突かれた。

「免許持って来てんだろうな」

「はい、いつも財布に入れてるんで。運転あるんですか？」

「今日はまあ大丈夫だろ。取《と》り敢《あ》えずそこのコンビニでコピー取ってこい、裏表両方な」

「え、何で？」

「身分証として空自に提出するんだよ。自衛隊施設に入るにはバイトでも身分証明が要《い》るからな。

何日か後に基地での撮影があるから……」

『天翔け』は、航空自衛隊全面協力のリアルなロケーションも売りだ。

「分かりました！」

良井はすぐそばのコンビニに駆け込んだ。十円玉を二枚放り込み、免許証の裏表をコピーする。

「佐々さん、コピー取ってきました！」

フリスビーを飼い主に届けるばりに張り切ってコピーを佐々に渡すと、佐々が「おお」と受け取りながら笑った。

「逆さまじゃねーか」

「ちょっと方向ミスっちゃって。やり直します？」

表をコピーした用紙を給紙トレイに戻し、同じ紙の余白に裏面も入れ込んだのだが、コピーの向きを見誤って裏表が逆さまになってしまった。

「いや、まあ、これくらいは大丈夫だろ。二枚になるよりいいわ」

佐々がコピーを折って自分の鞄にしまおうとするのを見て、ふと思いついた。

「FAXでよかったら自衛隊に送っときましょうか？　コンビニ、FAXサービスありました」

「ああ……」

佐々は少し考え込んだが、「じゃ、事務所に送っといて。つけなきゃいけない書類があるから、事務所から送ってもらう」とコピーを良井に戻した。

「FAX番号、これな」

渡されたのは佐々の名刺である。社名は『殿浦《とのうら》イマジン』、佐々の肩書きは制作となっている。

「事務所にはＦＡＸ送るってメールしとくから。電話番号と間違えるなよ」

「俺、どんだけドジっ子ですか」

と、佐々は別のスタッフに呼ばれてその場を離れた。良井もさっきのコンビニに戻る。

レジでＦＡＸサービスを頼むとセルフサービスだった。さっそく送ろうとして、はたと気づく。

良井の免許の裏表（しかも裏表で逆さま）。これがぺろっと一枚届いたら、事務所の人も意味が分からないかもしれない。佐々はメールしておくと言ったが、スタッフとの話が終わってからになるだろう。届くのは良井のＦＡＸが先かもしれない。

「すみません、何か書くもの貸してもらえます？」

店員にサインペンを借り、コピーの余白に——何と書くべき？

まず「殿浦イマジン御中」？　それから……良井は少し考え、ペンを走らせた。

本日より『天翔ける広報室』にアルバイトに入る良井良助と申します。免許書のコピーを送りますのでよろしくおねがいします。

「あ、免許書違うじゃん、証じゃん」

それを言うなら「おねがいします」だって漢字で書けばよかった。まあ、意味が分かればいいか、と割り切って送る。

送信完了の表示を確認してからレジで会計をし、レシートと原本を持ってロケ隊に戻る。

佐々はもうスタッフとの話を終え、立ち食いで朝食のロケ弁当を食べていた。おにぎりが二個に卵焼きが一切れ。弁当が入った段ボールを覗くと、他にゆで卵や唐揚げなどのバリエーションがある。

「まだ誰も食べてませんよ」

「俺は運転があるんだよ。スタッフは移動中に食えるからな。お前も車で食え」

「これ、どうしましょうか」

名刺とコピー、ＦＡＸ代のレシートを見せる。佐々は一瞥《いちべつ》し「名刺はやる、持っとけ。コピーとレシートは俺の鞄のポケット」と指示した。付け加えて「後でジュース奢《おご》ってやる」。ＦＡＸ代は五十円、足すことのコピー代が二十円。残り五十円は佐々のちょっとした気持ちか。

「現場どこですか？」

「今日は調布の貸しスタジオ。移動中に割り本に目ぇ通しとけ、喜屋武さん来るぞ」

「やった！」

「手分けして弁当とお茶配るぞ」

本日の撮影隊の構成車両は全部で七台だという。制作車が二台と先発隊を出すマイクロバスが一台、監督ほか撮影スタッフを乗せる本隊用のコミューターが一台に、現場で合流する機材車が三台。機材車は撮影部と録音部用、美術部用、照明部用に分かれている。

「まず先発出さなきゃならないからマイクロ優先で配れ。全員乗ったら点呼取って送り出した、お前は制作車だから一緒に乗るなよ」

先発には衣装やメイク、持ち道具、助監督数名と役者が乗るという。下準備が必要な者を先に送り出す、正しい順番だ。

「役者もって、喜屋武さんや平坂さんも!?」

「ばか、あのランクの人たちはマネージャーの送迎で現場合流だ。もうちょっとお預けな」

制作のバンのそばにまとめて積んであった弁当とお茶の段ボールをマイクロの乗車口に運び、乗り込んでくる人々に片っ端から配る。佐々も別の車両に配りに行った。

「お弁当でーす。おかずは卵焼きとゆで卵と唐揚げがありまーす」

アナウンスすると、好みのあるスタッフは箱の中から選《よ》って取ったが、大半は無造作に上から取った。お茶は一律ディスカウントストアで箱買いの烏龍茶缶である。

乗り込んでくるスタッフは、一体誰が誰だか。良井に分かるのは佐々だけである。たまに良井が初顔だと気づいたスタッフが「今日から?」などと声をかけてくれた。

「おい、唐揚げあるか」

箱を覗《のぞ》き込んで訊いたのは、——おっと、と顔を見て仰《の》け反《ぞ》った。佐々ばりの強面がまだいるとは。いかにもゲンバのおやっさん的な、顔のいかついおっさんである。

「すみません、唐揚げもうないですねー。卵焼きならまだあります」

殻を剝く一手間が面倒なのか、一番の不人気はゆで卵のパックだ。

「じゃあ卵焼きでいいや」

おやっさんは卵焼きのパックを取り、「見ねえ顔だな」と良井に訊いた。

「あ、はい。今日から殿浦イマジンさんでバイトに入りました、良井です」

「へえ。イイって、あれか。安政の大獄の」

特に歴史に詳しいわけではないが、字をよく間違われるのでこればかりは知っている。安政の大獄で大弾圧を行い、桜田門外の変で暗殺された井伊直弼《いいなおすけ》。

「いえ、良いに井戸の井で良井です」

「下の名前は」

「良助です。良く助けるって書きます」

おやっさんはハハッと笑った。

「良く助ける良井良助か。当てにできンのか」

笑顔だが地顔が恐いので、こちらは釣られて笑っていいのかどうか。でもまあ一応、と笑っておく。

「時給分くらいは当てにしてもらえるように頑張ります」

「当てにできたらいい良助だな。せいぜい悪い良助にならんでくれや」

「いやー、そのダジャレ、人生で聞き飽きましたわー」

イイ良助ってことはワルイ良助もいるのか、という冗談は必ず新しいバイト先で言われる。

ハッハ！　とおやっさんはさっきよりでかく笑った。

「言うねえ！」

おやっさんは弁当と烏龍茶缶を鷲掴《わしづか》みにして、マイクロに——は乗り込まず、その場で弁当をもぐもぐ食べはじめた。

「あれ、先発ですけど乗らないんですか？」

「俺ぁ制作車だ」

その間にも続々スタッフが乗り込んでくる。あ、あの人は顔を知ってる、という役者も何人か交じっていた。

配る弁当が残り少なくなってきた。お茶は取らない人もいたので半分ほど。

「おい、弁ガラと空き缶のゴミ箱、車内に置いとけ」

おやっさんから指示が出た。弁ガラというのは食べ終わった弁当の容器のことらしい。

「えと、ゴミ箱ってどこですか」

「空いた箱だよ、一個はそれまとめられるだろ」

お茶の段ボールに残った弁当のパックをまとめ、一つは確保。マイクロの乗降口に置く。

「あの、もういっこは……」

ぎろりとおやっさんに睨《にら》まれた。「子供か?」

「……ですよね、探してきまーす!」

バンまで戻ると、佐々が配り終えたのか空き箱がいくつかあった。お茶の空き箱を一つ持って戻る。

「ありました!」

「おう、置いとけ」

言いつつおやっさんが「ほれ」と腰のガチ袋から太いマジックを取り出して寄越した。

見ると、車内に置いた空き箱にはマジックで「弁殻」と書いてあった。力強い字だ。

持ち戻った空き箱に「アキカン」と書き、並べて置く。

運転席のドライバーが、良井のほうに向かって尋ねた。

「そろそろ出ていいの?」

そうか、点呼取って送り出しだったな、とマイクロの中に声をかける。

「まだ乗ってない人いませんかー?」

打って響くように「バーカ！」と返ってきたのは、立ち食いを終えた弁ガラを一番乗りでゴミ箱に入れたおやっさんである。

「乗ってない奴が返事できるか！」

全くだ。どっと車内に笑いが起こる。

「席、まだ一つ空いてるけど」

女性スタッフが教えてくれる。「出ちゃっていいんじゃないか？」という男性スタッフの声も。

良井は周囲を見回した。

スタッフ風のはちらほら残っているが、『天翔け』のスタッフかどうかは見分けがつかない。

「『天翔け』先発、出発でーす！　乗る人いますかー⁉」

注目は集まったが、特に反応した者はいなかった。

「大丈夫みたいです、行ってください」

マイクロのドアが閉まり、大きな車体が重々しく動き出す。

ぺこりとお辞儀で送り出すと、隣で一緒にお辞儀していたおやっさんが口を開いた。

「番組名は言うな、通行人もいるからな。関係者は大体近くにいるから先発って言や分かる」

「あ、はい、すみません」

「でもまあ、概《おおむ》ね合格だ」

おやっさんが踵《きびす》を返して歩き去る。途中でふと振り向き、にやりと唇の端で笑った。

「空き缶くらいは漢字で書け」

痛いところを突かれた。

弁当とお茶の残りを持って制作車に戻ると、佐々も他の車両に配り終わって戻ってきたところだった。

「よーし、乗れ。俺らも一番乗りしなきゃならないからな」

弁当とお茶の残りは取り敢えず後部座席。雑多な荷物を詰め込んだ隙間《すきま》に何とか収める。

助手席に乗り込みかけて、ふと気がついた。

「あの、俺が助手席で大丈夫ですか？　もう一人……」

言うと、佐々はおやっさんのことだと分かったらしい。

「大丈夫だ、あの人は自分の車だから」

制作車の一台は、随時社員の自家用車で間に合わせているらしい。

「向こう着いたら怒濤《どとう》だからな。弁当しっかり食っとけよ」

言いつつ佐々が車を出した。

残っていた弁当はゆで卵だけである。まあ、腹に溜まっていいかもしれない。おにぎりは具のはみ出し具合でおかかと昆布であることが食べる前から知れた。

片手で食べながら、読んでおけと言われた割り本をめくった。

生まれて初めてのロケ弁に、生まれて初めての割り本。夢のようだ。

映像制作の現場に、今いる。

割り本の最初にはスタッフの連絡先の表があり、佐々の名前も数名いる制作として載っていた。

良井の名前はもちろんない。

「制作、社長さんも入ってるんですね」

殿浦という名前が制作部の中にある。社長なのに最後になっているのはヘルプ的なポジションで入っているためらしい。

「規模がでかいからな。総動員だよ。慌てて俺を社員にしたけどまだ足りなくてな」

バイトでいいから誰か！　ということで佐々が良井を引っ張りに来たという。映像の専門学校を出ているらしいというだけで決まったそうなので、相当バタバタだ。

「俺、佐々さんが映像の仕事してるなんて知りませんでした」

「たまたま人づてでバイト回ってきてな。殿さんに気に入られてよく呼ばれるようになって」

殿浦社長で、殿さん。納得の通称だ。

「三年くらいちょいちょい手伝ってたんだけど、今回は規模がでかいからもういいかげん社員で入ってくれって」

バイトから正社員登用。そんな夢のようなルートがあるなんて。

「気に入られたって、どんなところが？」

「お前の顔は使い勝手がいいって」

「は？」

「この顔だろ、人止めとか楽なんだよ。通行人に現場避けてもらったりとか、許可取ってるのかってごねる人けっこういるんだけどさ、俺に絡んでくる奴は、まあいないだろ」

確かに。チンピラも裸足《はだし》で逃げ出す佐々の強面に食ってかかれる人間は、そうはいない。

俺には無理なルートだなぁ、と佐々の顎の尖った横顔をちらりと眺める。

「いいですねえ、その顔」

「替えてやろうか、ああ？」

佐々に横目遣いで睨まれた。

「夜中に女とおんなじ方向に歩いてるだけで走って逃げられるおまけ付きだ。職質は三日に一度の基本オプションな」

「あ、やっぱいいです、ちょっとめんどくさい」

「てめ、めんどくさいとか……！」

「ちょっと面倒でございます」

「そういう問題じゃねえ！」

佐々は憤然とドリンクホルダーの烏龍茶缶を呷《あお》った。

「佐々さん、心はきれいなのにねえ」

「お前、それフォローになってねえからな」

すかさず釘を刺した佐々が「いいんだよ」と鼻息を吹いた。

「このご面相でも俺の本質を見抜いていつか好きになってくれる女が……」

「現れるといいですねえ」

「もうお前とは絶交だ、一言も話さねえ」

そんなことを言いつつも、

「そういや残った弁当どうしますか」

尋ねると「お茶場に置いときゃ腹減った奴が適当に食うよ」と教えてくれる。

「やばそうになったら捨てとけ」

「お茶場って？」

「設営は着いたらまた教える。割り本読んだらお前も寝とけ」

そんなことを言われても、初めて映像の現場に参加した興奮で眠気など欠片《かけら》も訪れず、佐々と
ずっと話していた。

調布市内の貸しスタジオには、『天翔ける広報室』の主要舞台の一つとなる航空幕僚監部広報室のセットを設営しているという。

「『天翔け』って東都《とうと》テレビですよね？　東都のスタジオあるんじゃないんですか？」

「最近は外部にも貸してて、長期の大型セットがいくつか入ってて使えなかったんだとさ。局Pがぼやいてた、何でうちのドラマなのにうちのスタジオが使えないんだって」

局Pというのは局のプロデューサーの略称である。制作会社のプロデューサーはPと呼ぶ。

「でも広報室は登場頻度も高いし、セット作らないわけにもいかなくてなぁ」

「そんなこともあるんですね」

佐々の運転するバンは、道中ちらちら先行していた黒いワゴンと同時に着いた。

黒いワゴンからはさっきのおやっさんと背の高い男前が降りてきた。男前の度合いは、良井が集合場所で見かけて若手の役者かなと思ったレベルだ。

「おら、急げ急げ！　マイクロすぐ来ンぞ！」

バンの荷台を開け、佐々が真っ先に台車を下ろした。

「亘理《わたり》、動線確保！　ついでに資材持ってけ！」

おやっさんに亘理と呼ばれた男前が、バンから出した折り畳みの長机とパイプ椅子をいくつか両脇に抱え、搬入口から屋内に消えた。おやっさんも同じように長机を抱えてその後を追う。

「佐々さん、動線って」

良井が訊くと、佐々は台車にプラの三段マルチボックスやケースを積みながら答えた。

「搬入路に邪魔なものがないか確認するんだ。ここはスタジオだしセット設営も終わってるからいいけど、外部ロケだと養生《ようじょう》とか目印とかもな」

特に個人から借りた物件の場合は、搬入で建物や調度に傷などつけないように引っ越し屋ばりの養生が必要になるらしい。

「お、俺、何持って行きますか」

「後はポットを全部台車に積んで先行っとけ」

「場所分かんないです！」

「突き当たり右、第一スタジオ。俺もすぐ行くから」

訳も分からず台車を押して屋内に入ると、果たして佐々はすぐに追い着いてきた。パイプ椅子やらディレクターズチェアやらを抱えられるだけ抱えている。

通路の突き当たりを一回右に折れると、丁度おやっさんと亘理が戻ってくるのにぶつかった。

「マイクロ着いたぞ、搬入だ！　台車持って戻れよ！」

ドアを開け放したスタジオは、ちょっとした講堂のようにがらんと広く、そこにドラマで毎週観る空幕広報室のセットが建っていた。壁や天井もきちんと作り込んである。

スタジオの入り口、長机やパイプ椅子が積まれた辺りに台車の荷物や椅子を下ろし、二人の後を慌てて追う。

搬入口まで戻ると、到着したマイクロから荷物が次々と下ろされているところだった。大量の衣装がかかったハンガーラックや衣装ケース等々。

「組み立て式足場《イントレ》は⁉」

「下ろせ！」

「機材車着いたぞ、照明だ！」

あっという間に怒濤になった。

ひとまず衣装ケースを抱えて走り、先に着いていたハンガーラックのそばに置く。中身は靴のようなので衣装の近くに置いておけばよかろうという判断だ。パネルで割ったその一画が衣装・メイクルームになるらしい。

「おら、走れ！　新米なんざそれしか能がねえんだから！」

おやっさんにどやされるまま、訳も分からず搬入口とスタジオを往復する。

いつの間に誰が貼ったのか、スタジオ周りのいくつかの部屋にA４ペラの名札が貼られていた。

「喜屋武七海様控え室」「平坂潤様控え室」……三、四名が同室の部屋もある。

ここに喜屋武さんが入るのかぁ、と思うと少し中を覗いてみたくなったが、そんな暇は微塵《みじん》もない。

搬入がようやく落ち着いてきた。

「搬入はもういい、お茶場作れ。俺たちはベース手伝ってくる」

おやっさんにそう言われたものの、

「あの、お茶場って」

「そっからか！」

天を仰《あお》いだおやっさんが「佐々！」と丸投げた。丸投げた後は、亘理を伴って慌ただしくどこかへ消える。代わりに佐々がやってきた。

セットを適度な距離から眺める位置に、長机を長辺で二つ繋げて置く。その横に最初に運んだプラスチックの三段マルチボックスを並べて、天板にコーヒーの入ったポットとお湯のポットを置く。冷茶はポータブルの給水器、これは長机に置いた。

抽斗《ひきだし》には紙コップや割り箸《ばし》、ティーバッグやティッシュが入っている。

朝飯で残ったロケ弁や袋菓子の在庫を並べ、取り敢えずは準備完了だ。

「差し入れがあったら、順次ここに出す。くれた人の名前ともらった物とお礼を紙に書いて貼る。備品類はこっちの現場ボックスな」

便宜上、現場ボックスと呼ばれているのはやはりプラのマルチボックスだ。ガムテープや養生テープ、軍手、筆記具に紙、諸々の備品類が入っている。

お茶場に来たら飲み物やつまむ物、日用品が手に入るという寸法になっている。

「野外でもお茶場作るんですか？」

「撮影や通行の邪魔にならない適当な場所でな。後は撮影ベースも」

おやっさんが亘理を連れて「手伝ってくる」と言っていたあれか。

監督を始めとする撮影部のほか、録音部、照明部の三チームがそれぞれ撮影経過を観察できるモニター付きの機材ベースを作り、必要に応じて移動するという。

「ま、ベースの設営で制作が手伝うのは、椅子やトランシーバー《シーバー》出すくらいだけどな。シーバーの設定とかは学校で習ったか？」

「あ、はい一応……」

「ワタさんがやってっから見せてもらえ」

佐々が長い顎でしゃくった先で、亘理がトランシーバーをいじっていた。小走りに駆け寄る。

「あの、今日から入る良井ですけど」

うん、と亘理は頷《うなず》いた。

「佐々さんが設定見せてもらえって」

うん、と亘理は良井にトランシーバーを見せながら操作盤をいじった。良井が理解したかどうかはその都度目で尋ね、良井も釣られてうんうんと無言の応答になった。

最後の目線が「分かった？」のようだったので、「分かりました」と答えると、また「うん」。

「……無口ですね」

思わず口からこぼれた。亘理は「いや別に」と答えたが、充分無口の部類だろう。

「ただの温存」

「何を？」

「体力」

喋《しゃべ》る体力を温存したいということらしい。

と、スタッフの誰かが「ワタちゃん」と呼んだ。

「シーバーは？」

「はい、できてます！」

それまでの温存モードとは打って変わった溌剌《はつらつ》だ。

良井が目をぱちくりさせていると、気がついたように言い添えた。

「身内は……ね」

声をかけてきたスタッフはよその会社の人らしい。

「おま、そんなんで聞こえっか！　声出せ、声！」

近くからごちゃごちゃ聞こえてきたのは、おやっさんが若い男性スタッフを叱《しか》っているようだ。

あのー、と蚊の鳴くような声にじれったくなったのか、おやっさんは「もういい、俺が言う！」とスタッフを制した。

そして、

「喜屋武さん入られましたー！」

現場中に響き渡った太い声に、ドキンと胸が跳ね上がった。

ベースのディレクターズチェアに座っていた監督が、「よーし！」と声を上げる。

「喜屋武さん十時出しだぞ、巻いてくぞー！」

「十時出し？　って？」

良井が尋ねると、亘理が少し考え込むように視線を巡らせた。

「タイムリミット」

「十時が？」

うん、と頷く。目を巡らせたのは、できるだけ少なく説明できる回答を探したようだ。

要するに、次のスケジュールがあるので、必ず十時に現場を出さなくてはならないということらしい。

「わー、三時間しか見れないんだ。残念」

すると亘理がふっと笑った。

「喜屋武さん好きなんだ？」

それがその日、亘理から良井が直接聞いた一番長い台詞だった。


撮影は、喜屋武七海演じるヒロイン笑子《えみこ》が、広報室でテレビ取材を受ける場面から始まった。

働く制服女子という特集で、空幕広報室にも取材が申し込まれたという設定である。

ミリタリーオタクのディレクターが笑子にのぼせ上がり、テレビに出そうとするのを、平坂潤演じる先輩の鷲田《わしだ》が阻止する、という冒頭の一エピソードだ。

○空幕広報室・応接室
　応接のソファでディレクター（佐々木）を出迎える笑子。
笑　子「深夜だけどスペシャル番組なんですよね！」
佐々木「ええ、働く制服女子大特集！　ってやつで。あ、これ企画書」
笑　子「うわぁ～、素敵！」
佐々木「どんなところを見せてもらえるのかな」
　笑子、ドヤ顔。

笑　子「我が航空自衛隊の装備・人員・ロケーションのすべては、航空自衛隊への理解を深めていただくためなら、『帝都《ていと》イブニング』さんに無償でご提供できます！」

佐々木、突然のキメ顔。

佐々木「じゃあ、手始めに君で」

笑　子「へ？」

佐々木「いや〜、俺、空軍マニアでさぁ」

笑　子「……航空自衛隊は、空軍では……」

佐々木「カテゴリー的には一緒でしょ？　戦闘機持ってて防空に当たるんだからさぁ」

笑　子「カ、カテゴリー？」

佐々木「とにかく好きなの！　軍用機とか！　さっきの廊下に並んでた模型とか、たまんないよね〜！　そこへ持ってきて！」

佐々木、笑子に身を乗り出す。

笑子、乗り出された分だけ引く。

佐々木「女性自衛官！　美人！　制服！　たまんないよね〜！　ね、ね、ほら、さっきの模型のとこでこう、ポーズつけてにっこりさぁ」

笑　子「え、でもあの、紹介していただきたいのは現場の自衛官で」

佐々木「広報だって自衛官は自衛官でしょ。取り敢えず摑みでさぁ、美人を一発どーんと」

佐々木、笑子をむりやり立たせて廊下へ。

佐々木「さ、さ、さ、さ。こうさぁ、ちょっと色っぽい声で『こちらが我が航空自衛隊の主力戦闘機、F－15イーグルでございまぁす♥』なんちゃって」
笑　子「あの、ちょっと！」
佐々木に押された笑子、どんと誰かにぶつかる。
仁王立ちしている鷲田。
鷲　田「大変失礼ではございますが」
鷲田、笑子の腕を摑んで佐々木から引っぺがし、
鷲　田「そのご提案は、我が航空自衛隊としては趣旨がちょっと違うのではないかと」
佐々木、鷲田に気圧《けお》されてたじたじとなる。

その後、笑子が鷲田に説教を食らうというお約束の導入部だ。

佐々木には駆け出しのお笑い芸人がキャスティングされており、先に着替えとメイクを終えた。迷彩柄のカーゴパンツとミリタリーブーツ、そしてMA－1というコテコテのコーディネートでミリオタという設定が表現されている。

「お前と似てんな、カッコ」

佐々にからかわれ、良井は「やめてくださいよ！」とむきになった。

「カーゴパンツだけじゃないですか。それに俺は喜屋武さんにあんなセクハラしません！」

その喜屋武七海が控え室から出てきたときは、息が止まった。

信じられないくらい顔が小さい。手足が長い。そしてそしてそして、かわいい。

「佐々さん！　佐々さん！　佐々さん！」

矢も盾もたまらず、佐々の袖を摑んで揺さぶる。足はその場駆け足だ。

「おま、迸るリビドーを俺で解消しようとすんな」

「そういういやらしいものではないです！　感動を！　この感動をちょっと！　共有して！」

「悪いけどその感動はもう慣れたんだ、おりゃ」

「慣れる⁉　慣れるなんて！」

「どんな美人もハンサムも毎日見りゃ慣れる、三日もかからん」

そういうもんかなぁ、と良井は薄目で喜屋武七海を眺めた。まともに見たら目が潰れる。

鷲田役の平坂潤はまだ入っていない。テストは最初のカット割りに従って、佐々木のキメ顔のところまで。

役者を休憩させてスタッフで段取りの確認に入る。撮影に入ると制作の出る幕はあまりなく、辺りの整理整頓や事務、雑用くらいだ。

と、スタッフの段取り中に事件が起こった。

「うわっちちち！」

オーバーアクションは職業柄か、控え室には戻らずお茶場で休憩していた佐々木役の芸人が、飲んでいたコーヒーを引っくり返した。股間を押さえて跳ね回る。

「大丈夫ですか⁉」

近くにいた良井がタオルを渡すと、芸人は受け取り、慌ててカーゴパンツを拭《ぬぐ》った。

「ちょっと！」

メイクルームからすっ飛んできたのは衣装チーフの女性だ。芸人が鷹揚《おうよう》に手を振る。

「あ、大丈夫です、火傷《やけど》は特に……」

「あんたのことより、パンツ！　無事⁉」

「え、あの……」

ちょうど股間の部分に、コーヒーでべったりシミができていた。

「えっと、着替えとか……」

「あるわけないでしょ、ワンシーンだけなのに！」

レギュラーやメインゲストは替えが用意してある衣装もあるが、佐々木は名前こそついているもののの冒頭だけの出番である。

芸人は真《ま》っ青《さお》になった。

「す、すみません……」

「脱いで！」

衣装チーフが芸人からカーゴパンツを剝《は》ぎ取り、衣装ブースへ駆け込む。下半身が下着丸出しになった芸人も衝立《ついたて》の中へ逃げ込んだ。

と、衣装チーフがすぐにブースから飛び出してきて、「アイロン点《つ》けといて！」と言い残して洗面所へ走った。通常のシミ抜きではとても間に合わないレベルのシミだったらしい。

洗面所からざぶざぶ水を流す音が響く。

メイクルームからメイクスタッフがドライヤーを二本持ってきた。

洗ったカーゴパンツを持って戻った衣装チーフが、当て布もせずアイロンを走らせ、メイクが二人がかりでドライヤーを当てる。

だが、

「はい、もうすぐ本番ー！」

事情に気づいていないセットの中からは無情な声が歯切れ良く飛んだ。

「喜屋武さん呼んで！」

喜屋武七海は十時出しだ。その場にいた全員が凍りついた。

「誰か買いに……」

「店開いてねえよ、間に合わない。十時出しだぞ」

「あの！」

とっさに良井は手を挙げていた。

「これ使えませんか⁉」

手で引っ張ったのは、自分のカーゴパンツの太腿《ふともも》だ。迷彩パターンも色合いも違うが、迷彩のカーゴパンツではある。

衣装ブースから飛び出してきたチーフが、むむぅと良井の下半身を熱視線で睨む。

可か不可か。

うぬぅ、と声が漏れたのは衣装センス的にギリギリの決断だったらしい。

「よし、許可！　脱げ！」

「はいっ！」

良井はベルトを外しながら衣装ブースに駆け込み、衝立の中で脱ぎ捨てて芸人に渡した。芸人がつんのめるように足を通す。

芸人のほうが背が高いので丈が多少足りなかったが、裾《すそ》をブーツに浅めにインして何とか体裁を調《ととの》える。

「死ぬ気でごまかせ。ごまかせなかったらあたしが殺す」

衣装チーフにぎろりと睨まれ、芸人は真っ青な顔でこくこく頷き、セットへ戻っていった。

呼ばれた喜屋武七海も続けてセットに入る。

あのぅ、と良井は衣装チーフに恐る恐る問いかけた。

「本番、見てもいいですか？　俺、喜屋武さんの大ファンで」

芸人には鬼の面相だった衣装チーフは、ふっと笑った。

「行っといで」

放って寄越したのはバスタオルである。「服なら売るほどあるけど」とハンガーラックを眺め、

「全部衣装だから貸せるズボンがないのよ、ごめんね」

「いえっ！　行ってきます！」

良井はバスタオルを腰に巻き、いそいそとセットへ走った。


「じゃあ、手始めに君で」

衣装では下手《へた》を打った佐々木役の芸人は、芝居はなかなか器用にこなした。

気持ち悪いほどのキメ顔は、監督がベースで爆笑するほど。一発で「はい、カット！」とＯＫが出た。

喜屋武七海は気さくな質《たち》のようで、スタッフに笑顔で挨拶しながらセットを出て戻ってくる。

ああ、かわいいなぁ、優しいなぁ——と見とれていたら、
ぱちっと目が合った。

キュン、と胸が射抜かれる。きゃんにキュンとさせられる夢見心地。

えへへ、と会釈。

と、喜屋武七海の表情は対照的に強ばった。

絹裂く悲鳴とともに喜屋武七海が両手で顔を隠し、同時に良井の後頭部が引っぱたかれた。

「キャ——————ッ！」

「アホか、貴様！」

叱り飛ばす声はおやっさんである。

「何ちゅうカッコで喜屋武さんの前に出てんだ！」

はっと気づくと、腰に巻いていたバスタオルははらりと足元に落ちていた。——というか、腰にタオルを巻いていたこと自体を忘れていた。

喜屋武七海の本番の芝居を目に焼き付けようとするあまり、である。

俺は喜屋武さんにあんなセクハラしません！——などと、どの口が言ったか。

「わー！　違うんですこれは！」

慌ててタオルを拾い、隠すべき部位を覆い隠す。

「俺のズボン、今その人が……返してー！」

芸人に向けて手を突き出すと、芸人はシーッ、シーッ、と必死のジェスチャーだ。

「あ？　本番でズボン替わったのは、そういうわけか」

ベースにも事情が共有され、喜屋武七海の誤解は何とか解けたようである。

「あー、もう、びっくりしたー！　殿さん、勘弁してよー！」

喜屋武七海がおやっさんの肩をぶちに来る。

「すみませんねえ、うちのがびっくりさせちゃって」

「いいよいいよ、事故だもんね。でもキミ、ズボン穿《は》いてね！」

言いつつ喜屋武七海が歩き去る。

喜屋武七海にキミと呼びかけられた衝撃の後に、

「……殿さん？」

おやっさんの衝撃は訪れた。

「殿浦……？　イマジン……？」

「おう。社長の殿浦力《とのうらちから》だ。何だ、佐々に聞いてねえのか」

「いやー、すみません。落ち着いたら紹介しようと思ってたんですが」

佐々が軽く頭を掻《か》きながら駆け寄った。

「殿さん、こいつが今日から入る……」

「おう。良く助ける良井良助だろ」

おやっさん——殿浦社長は、良井の肩を叩いてにやりと笑った。

「——喜屋武さんの前ではワルイ良助だったな」

「いや、あの、悪くなろうとしてなったわけではなく……！」

へどもどした良井に、殿浦はポケットから出した車の鍵を渡した。

「俺の車、分かるな。荷台にジャージが積んであるから」

「あ、はい……」

「おら、走れ！　喜屋武さんがまた出てくるまでに、イイ良助になってこい！」

追い立てられるように手を叩かれ、良井は巻いたタオルを押さえて走った。

ヒロイン女優にパンツ一丁をご開陳。人事査定にプラスになりそうにはないなぁ、とトホホな気分になったが、
走って取り戻す！　何故《なぜ》なら走れと言われたから！

足にはそこそこ自信があるほうなので、殿浦たちが驚く程度には素早く現場に復帰した。

＊

三日では慣れなかったが、一週間ほどでさすがに慣れた。

何しろ同じ現場にいるのだから、いくらファンでも一々ときめいていたら仕事にならない。

それに、

「おい、今日はイイかワルイか⁉」

ぼんやりしていると、すかさず殿浦からお叱りが飛んでくる。

「手ぇ止まってんぞ、喜屋武さんの前じゃやっぱりワルイリョースケか⁉」

喜屋武七海の前でパンツ一丁の珍事を引き起こしてからというもの、良井がヘマをしたときの殿浦の冷やかしは決まってこれだ。

「やめてくださいよ、ダジャレ。ちょっと考え込んでただけじゃないですか」

「空き箱畳むのに何を考え込む必要があるんだよ」

「いや、一番効率的に畳める手順とか……」

今日も広報室セットの撮影だが、差し入れがあちこちから重なって、お茶場は豪華だがその分空き箱がサイズ違いや変形サイズで多く出ている。

「ぶきっちょさんか、お前は！　喜屋武さんに見とれた言い訳してんじゃねえよ！」

「見とれてません！」

などと大きな声で返そうものなら、今度は思いがけない方向から足下をすくわれる。

「えー、見とれてくれないんだ？」

そうからかったのは、ちょうど通りかかった喜屋武七海である。

「イーくん、あたしのファンだって言ってたじゃん」

「いや、ファンですよ！　ファンですけども！」

喜屋武七海は最初のパンツ一丁のイメージが強烈だったのか、一発で良井の顔を覚えてくれた。何かのゆるキャラのような発音でよく声をかけてくれるのだが、殿浦の突っ込みにも嬉々として乗っかってくるのが困りものである。

「喜屋武さんはかわいいですけど、一々ぽやーっとなってたら仕事にならないんですよ！」

「わー、冷たーい。イーくん、あたしのファンって嘘でしょ」

「ファンですよ、ファンだって言ってるでしょ⁉」

何故か喜屋武七海と言い合いになってしまう。

けらけら笑いながら喜屋武七海が去った後、

「素直に喜んだらいいだろ」

そう言ったのは佐々である。

「気に入られてるぞ、お前」

「え、だって俺からかわれてばっかじゃないですか」

「あんだけかまわれるってことは気に入られてるってことだ」

「え、じゃあ俺、ちょっと望みが⁉」

舞い上がった瞬間、後ろからすぱんと頭をはたかれた。

殿浦だ。

「調子に乗んな！　愛玩動物としてに決まってんだろが！」

ですよねー、とタハハと笑うと、殿浦がぐりっと目を剝いた。

「制作がヒロイン女優に色気出すとか許されねえぞ！　おとなしく小動物として愛玩されとけ、それだけでどんだけ誉《ほま》れだと思ってんだ！」

と、局プロデューサーが「殿さん、ちょっといいかい」と呼びに来た。何やら撮影変更の相談があるらしい。

「へい、毎度！」

まるで魚屋の親父《おやじ》のように答えた殿浦が去った後、ふらっと亘理が現れた。

「小動物ってよりは、犬だよね。リョースケは」

殿浦イマジンのスタッフからは、リョースケと呼ばれるようになっている。佐々がリョースケと呼ぶせいもあるが、良井と呼ばわるとそれこそ可否の「いい」と混同されやすいためだ。

「犬て！」

「いや、誉《ほ》めてるよ。よく走るし」

殿浦に走れと言われてから、誰かに呼ばれたらとにかく走って駆けつけることにしている。

「フリスビー取ってこいっつったのに、木の枝とかくわえてくることがあるけどな」

佐々が横から茶化す。

「コーヒー切れてたぞ、作っとけ」

コーヒーを作るのも制作の仕事だ。眠気覚ましに気分転換、熱いコーヒーは、特に冬場の撮影現場の必需品である。

「それと平坂さんの差し入れもう出しとけ」

平坂潤からも焼き菓子の差し入れが入っていた。

「え、でもまだ他にたくさんありますよ」

平坂潤の焼き菓子は個包装で日保《ひも》ちがするので、生菓子や個包装になっていないお菓子を優先的に出していた。

「平坂さんは今日は1シーンだけなんだよ。平坂さんがいる間に出せ」

「あ、そっか」

せっかく差し入れをしたのに、現場で出されないままだったら確かに残念な気持ちになるかもしれない。

「平坂さん、そういうのうるさい人なんですか？」

「ちげーよ」

佐々は呆《あき》れ顔で良井の頭をぺんとはたいた。殿浦といい佐々といい、よくはたく。

「平坂さんは出来た人だからそんなこた気にしねーよ。でも、コールがかかって現場のスタッフが喜ぶとこ見たら、気分がアガるだろ。そういうことだよ。キャストやスタッフの気分アゲてくのが制作の仕事なんだよ。そのために細かい気遣い積み重ねてくんだ」

ははー、と良井は大きく得心した。

「深いっすね」

「まあ、殿さんの受け売りだけどな」

良井は殿浦のいかつい顔を思い浮かべた。顔に似合わず繊細な教えだ。

「こえー顔なのに濃《こま》やかだなって思ったろ」

佐々に突っ込まれ、良井は思わず口を押さえた。

「口に出てました⁉」

「ちげーわ。お前の考えてることなんか筒抜けなんだよ」

またぺんとはたかれる。

「俺もだけどな、顔がこえーから繊細なんだよ。顔だけでびびられるのに慣れてっからな。地味に傷ついてんだよ、心に傷があるから優しくなれる。顔がこえー俺たちのほうが心は優しいんだ、分かったか」

「優しい割りにぺんぺんはたきますよね」

「スキンシップってやつだ。お前、はたきやすいんだよなー」

佐々は一方的な言い分を残して立ち去った。亘理もいつのまにかいなくなっている。制作には関係各所からよく連絡が入ってくるので、電話やメールで外すことが多い。その点、バイトで新米の良井には殿浦イマジンの制作メンバーからしか連絡が入らないので、自然と雑用係になる。

走るしか能がないんだから走れ。殿浦の箴言《しんげん》が蘇《よみがえ》る。

雑用でも走れ。——ということなのだろう、きっと。雑用でも誰もやらなかったら滞《とどこお》る。良井が細かい仕事を頑張れば、殿浦や佐々や亘理は自分の仕事に専念できる。

炊事場でコーヒーメーカーを立ててから、良井は預かっていた平坂潤の差し入れを開けた。

個包装で日保ちがするもので数が多い。残っても翌日以降に持ち越せる。焼き菓子からそんな気遣いが窺《うかが》えた。

生菓子は生菓子で特別感があるので、スタッフの盛り上がり方が違う。それもまた気遣いだ。

裏紙に「平坂潤さんからフィナンシェの差し入れです」と決まり文句を書きながら、何となしに字が丁寧《ていねい》になった。

使ったマーカーを現場ボックスに戻すとき、ふとカラーマーカーが入っているのに気がついた。茶色のマーカーを手にとって、空きスペースにフィナンシェの絵を描いてみる。——絵は昔からあまり上手くない。

「いやいや、心。心。気遣い」

リカバリーの意を籠《こ》めて、赤いマーカーでハートマークを添えてみる。まあ、こんなものか。

差し入れを出すコールは、撮影の邪魔にならないタイミングを読めと言われている。

今はどうやら大丈夫、というタイミングを窺って、ちょっといい声を張り上げた。

「平坂潤さんからフィナンシェの差し入れでーす！　ありがとうございまーす！」

おおーっとセット内から歓声が上がり、拍手が湧く。口々に「ありがとうございまーす！」というコールが飛ぶ。

出番待ちをしていた平坂潤が、はにかんだような仕草で応《こた》える。

今まで機械的にお菓子を出していたが、今日は初めて仕事ができたような気がした。

ただし、心尽くしで描いたフィナンシェのイラストは、通りかかった喜屋武七海に撃沈された。

「イーくん、何で平坂さんの差し入れに厚揚げ描いてるの？　好きなの？」

きっといじられるんだろうなぁ、と思いながら白状すると、案の定ゲラゲラ笑われた。

しばらくしてお茶場を整頓していると、差し入れ用紙に何か書き足されているのに気がついた。

イラストに矢印を引っ張って、――「厚あげじゃなくてフィナンシェです！（笑）」

喜屋武七海の字だった。


もう同じ轍は踏まない。と、翌日は勇んで現場に乗り込んだ。

その日もやはりセット撮影で、局Pからワッフルの差し入れがあった。

現場ボックスから取り出した用紙に贈り主を書いていると、

「何だそれ」

後ろから覗き込んだのは殿浦だ。

「お前、作ったのか」

「あ、はい。会社のコピー機で……」

良井が用意したのは、A4用紙の隅に『天翔ける広報室』のロゴを入れた用紙である。脚本の表紙に印刷されているロゴをコピーして作った。取り敢えず三十枚。

絵は大失敗したので、特別感を別の形で出そうと知恵を絞った結果だ。

「差し入れ、これに書いたらみんな気分アガるかなって」

言いながら、ふと気がついた。

「すみません！　コピーもったいなかったですか？」

「ばーか！」

殿浦の声にすくみ上がると、頭をぐしゃっとなでられた。

「こういうのはもったいないって言わねえんだよ」

そしていかつい顔がほころんだ。

「いいと思ったことはどんどんやれ」

来るぞ、と待ち受けたら、やっぱり来た。

「——良井だけにな！」

ダジャレでいいコメントが台無しである。

だが、初めて殿浦に誉められた。心が躍る。後で佐々に言ってやろうと思った。

佐々さん、顔が恐いのも悪いことばっかじゃないですよ。

顔が恐い人が誉めてくれたら、嬉《うれ》しさ二倍ですよ。

立ち去った殿浦と入れ替わりに、喜屋武七海がやってきた。

「イーくん、イーくん。差し入れ、これも出して」

「わー、ありがとうございます！　何ですか？」

「たまにはしょっぱい物もいいかなと思って、おかきなの。今気に入ってて。おいしいんだよ」

言いつつ喜屋武七海は自らおかきの缶を紙袋から出し、包装を開けようとする。

「わー！　やりますやります！」

「いいよ、これくらい」

「喜屋武さんにそんなことさせたら俺が殿さんにぶっ飛ばされます！」

殿浦は良井のヘマにそれはそれは目敏《めざと》い。

良井が包装紙を剝がして缶を開けると、いろんな種類の小粒のおかきが巾着のようなビニール袋の中に入っている。

「いくつか開けちゃって、みんな遠慮してなかなか開けないから」

言われて味の違う物をいくつか開けていく。喜屋武七海も手伝ってくれたが、これくらいなら許されるだろう。――憧れの人と一緒の作業をするのは、ちょっと心ときめく。

「喜屋武さん、どれが好きなんですか？」

「これこれ。このチーズ餅がおいしいの」

そう言って喜屋武七海は、チーズ餅おかきをひょいとつまんだ。そして、それをふっと良井の口元に差し出す。

ごく自然な仕草に、ついぱくっと食べてしまった。

唇に喜屋武七海の指先が触れる。

おおお、何だこのボーナスステージ⁉

喜屋武七海は気にした風もなく、自分も同じチーズ餅おかきをつまんで立ち去った。

思いがけない役得に、その日は一日中、足元が三センチくらい地面から浮いていた。

＊

明日以降、しばらく空けといて。

佐々にそうスカウトされて始まった殿浦イマジンの撮影アルバイトは、もう一ヶ月を超えた。

放送しているのはまだ中盤だが、撮影はもう後半に入っている。

ちょうど折り返しを過ぎた辺りのエピソードに、広報室メンバーの松田《まつだ》と一般人女性の結婚式の話が入った。

花嫁の父親が自衛官との結婚を反対しており、花嫁の父と松田の雪解けに仲間たちが奔走するという展開だ。

頑《かたく》なな父親・平野《ひらの》の心を動かすのは、広報室長・鷺沼《さぎぬま》のスピーチである。

〇披露宴会場
花嫁側の親族席で平野、仏頂面。
平野の妻「あなた……」
平　野「俺は認めてない。何でよりにもよって自衛官なんだ。何で……」

司会者「それではここで、新郎の上官である鷺沼正嗣《まさつぐ》様より祝辞を賜《たまわ》ります」

鷺沼、席を立ってスピーチマイクへ向かう。

鷺　沼「松田くん、由香《ゆか》さん、この度はご結婚おめでとうございます。これから幸せなご家庭を築かれることをお祈りしております。ただし、我々自衛官は、活躍しないことが世間にとって平和な証《あかし》という職業でございますので、由香さんは彼が活躍する場面が少ないことを祈っていただければと思います」

会場に笑いが起こる。

鷺　沼「自衛官は入隊のときに、炊事洗濯からアイロンがけまで、身の回りの家事一切を叩き込まれておりますので、家庭では非常に重宝な男になるかと思います。ぜひこき使ってやってください」

会場、さらに笑い。

松田と由香、顔を見合わせて微笑《ほほえ》む。

松田、花嫁側の親族席を遠目に窺う。

平野がわざとらしくそっぽを向いているのが見える。

鷺　沼「さて、その代わりと言っては何ですが、今日から自衛官の妻となる由香さんに、一つお願いがあります」

由香、きょとんとする。

鷺　沼「松田くんとどんなに大喧嘩をしたとしても、その翌日の朝は、笑顔で彼を送り出してあげてください。自衛官という職業は、いつ、何が起こってもおかしくない仕事です。

いつ何時も、決して心残りがないように」

会場、静まり返る。

鷺　沼「松田くんは、現在は広報室に勤務していますが、本来の職務は救難ヘリのパイロットです。いずれは人の命を救う苛酷《かこく》な現場に戻っていく。いつ、何が起こってもおかしくない任務に向かう彼を、どうか心残りなく、笑顔で」

松　田「……」

由　香「……」

松田と由香、顔を見合わせ、小さく頷き合う。

と、平野が親族席から立ち上がり、妻の制止を振り切って会場を出ていく。

それに気づいた笑子、とっさに平野の後を追う。

鷺田も笑子の後に続く。

松田、その様子に気づき、気がかりそうに見送る。

○会場の外・中庭
会場を飛び出してきた平野、ベンチに荒っぽく腰を下ろす。

追ってきた笑子、声をかけようとするが、息を飲む。

平野が肩を震わせ、涙をこぼしていた。

平　野「……分かってるんだよ、松田がいい奴だってことくらい！　由香が選んだ男がいい奴じゃないわけがないだろう！」

笑　子「……」
　迷いながら言葉を返そうとした笑子を、追い着いてきた鷲田が手で制する。
平　野「でも、何で自衛官なんだ！」
　笑子、こらえきれず反駁《はんばく》しようとするが、鷲田がさらに強く制する。
平　野「分かってるよ、あんたらのおかげで俺たちは、国防とかめんどくさいことを考えずに、のんびり暮らしていられる。でも、何か起こったら、あんたたちは俺たちを守るために、一番先に危険な目に遭《つ》うんだろう！　――残された由香はどうなる！」
　笑子、はっと胸を衝かれる。
鷲　田「何があっても、大切な人を守り抜けるように、我々は訓練を重ねています」
　平野が顔を上げて鷲田を見る。
鷲　田「その厳しい訓練が、我々の命も守ります。大切な人のところへ帰るために」
平　野「でも、絶対とは言い切れないだろう」
鷲　田「言い切れません。それが現実です。しかし、松田は国民の皆さんを、大切な人を守るために、どんなときでも全力を尽くします。松田が一番守りたいのは、由香さんです。由香さんにただいまと言うために、あいつはどんなときでも必ず全力以上を振り絞る」
平　野「……」
鷲　田「それだけはお約束できます」
　笑子、たまらず口を挟む。
笑　子「松田二尉は、すごく優秀で、尊敬できる人です！　その松田二尉を支える決意をした由香さんを認めてあげてください！」

鷲田、笑子の口を手で塞《ふさ》ぐ。

笑子、目を白黒させて押し黙る。

平　野「……許してくれよ。それでも俺は、もしものことがあって、由香が泣くところを想像するのが嫌なんだ。駄々こねるくらい、許してくれよ……」

笑子、目を伏せる。

平野の妻がやってくる。

平野の妻「もう駄々もこね飽きたでしょ。もうすぐお色直しで退場しちゃうわ、ずっとそっぽ向いてたけど、由香のウェディングドレスを目に焼き付けておかなくていいの？」

平　野「……よくない」

平野の妻「ほら」

平野、妻に手を引かれてしおしお歩き出す。

笑子と鷲田、見送って微笑む。


披露宴の客にはエキストラを募集し、総勢二百名が集まった。

人数が多いということに加え、結婚式に出席する服装やヘアメイクは自前、更に平日を朝から晩まで拘束されるということで、募集枠が埋まらないことが心配されていたが、蓋《ふた》を開けてみると一日で満員御礼だったという。

「やっぱり人気あるんですね、『天翔け』！」

良井は意気揚々とお茶場セットを運んだ。

披露宴の撮影は、防衛省から徒歩三分の市ヶ谷のホテルだ。実際に自衛官の結婚式や各種会合の御用達《ごようたし》会場でもあるという。

お茶場を設営するのは、披露宴会場に近い小会議室である。通路では会場の出入りのシーンで見切れることがあるので、ホテル側が食事部屋も兼ねて用意してくれた。撮影で使う会場の階を全面貸し切りにしてくれており、待機部屋などが足りなければ閉めている部屋の鍵を開けるので言ってくださいとまで申し出てもらえた。

「すごい親切ですね！」

良井が感動していると、佐々も頷いた。

「こんなにやりやすい会場も滅多にないな。しかも空自のほうで提案してきてくれたから、探す手間も省けた」

本来、ロケ場所を探すのも制作の仕事である。しかし、この会場は「自衛官の結婚式ならここしかありませんよ」と実際の航空自衛隊広報室から勧められ、段取りも取ってもらえたという。会場には衣装として航空自衛官の制服を着たキャストよりも、日常の制服として着用している現職自衛官のほうが多い。

自衛隊関係の施設で撮影するときによく起こる逆転現象だ。

「何か不思議ですよね。広報室のドラマを作ってる外側にリアル広報室が立ち会ってるなんて」

まるで現実とドラマの入れ子構造だ。

「空自の全面協力がなかったら作れなかったドラマだしな」

元々映画の撮影協力などで航空自衛隊の幹部と懇意であった局Pが、自衛官を軍事的な人員としてではなく人間として描くというコンセプトで航空自衛隊に持ちかけた企画で、航空幕僚長が全面協力で当たるべしとお墨付きを出したという。

そのおかげで自衛隊関係の施設の撮影では、空幕広報室からも現場調整に当たる人員を出してくれるので、現場がスムーズに回る。ベテラン広報官の二曹が『天翔け』に登場するが、実際にその二曹役が演技をしている場面では、モデルとなった実在の二曹が立ち会いをしているという具合だ。

人当たりもよく、細かいトラブルやミスを未然に防いでくれるので、殿浦イマジンのチームもその広報官には頼りきりになっている。今回クローズアップされた松田二尉は、その実在の二曹をリスペクトして同じ名前を付けられた。

局Pの発案によるものだが、現場で松田という自衛官が二人いることが混乱を呼び、現在では「キャスト松田」「リアル松田」と呼び分けられている。

リアル松田は本日もフル回転だ。自衛官の結婚式という特殊な設定で、公共の電波に間違いが乗ってはならじと細部の確認に駆け回ってくれている。

朝も早速、キャスト松田が結婚式で着用する自衛官の礼服の着付けミスを直してくれた。

「あの人がいてくれると色々安心だからな。キャストとも仲いいし」

その人当たりのよさで、リアル松田はキャストからも頼られる存在になっている。脚本の確認など、自衛隊部分は監督や助監督ではなく、リアル松田が直接訊かれたりするほどだ。

「つーわけで、その分俺らは別の仕事に没頭できるってわけだ」

「別の仕事って？」

「ロケハン」

ロケーションハンティング、すなわちロケ場所探しだ。自衛隊関連の施設はリアル空幕広報室から提供・提案があるが、その他のロケ場所は自分たちで見つけなくてはいけない。

「午後から俺とワタさんで行ってくっから、あと頼んだぞ」

「ええっ！　制作、俺一人ですか⁉」

さすがに二百人のエキストラを捌《さば》く現場で一人残されるのは不安だ。しかし、佐々は「大丈夫だって」と一顧だにしない。

「ここは準自衛隊施設みたいなもんだから。リアル松田さんが何人か手伝い連れて来てくれてるし、責任者で殿さん置いてくから」

「えー、殿さんですかぁ」

「何か文句でもあんのか」

「うわぁ！」

後ろからぬっと出た殿浦に、良井はぎょっとして飛び上がった。

「もぉ～、こういうとき絶対聞き逃しませんよね」

「デビルイヤー殿浦とは俺のことよ」

「デビルイヤーって……地獄耳？　まーたダジャレですか」

良井が苦笑すると、殿浦が愕然《がくぜん》とした様子で佐々に目を剝いた。

「おい佐々、通じねえぞ」

「そりゃ無理ですよ、俺だってリアルタイムじゃ観たことないですもん。こいつ二十代ですよ」

「え、何ですか、何か元ネタあるんですか」

すると佐々が、地獄耳をデビルイヤーと称する古いアニメがあったことを教えてくれた。

殿浦は地味に世代間ギャップに傷ついているようだったので、「何だかすみません、俺が若いせいで」と謝ると、「嫌味か！」と余計に憤慨された。

「で、俺が残ってたら何か文句あんのか」

「いや、ヘマしたら怒られるから恐いなーと思って」

「おま、恐いってんなら佐々だっておっつかっつだろうが」

殿浦は自分の顔と佐々の顔を忙しく人差し指で往復したが、顔の問題ではない。

「佐々さん、怒り方そんな恐くないですもん。殿さんはコラッて言われたとき、ビクッてなるんですよ」

「俺と殿さんの迫力の差ですよ。若造は緊張しますって」

佐々がそう執《と》り成《な》してくれたが、「その割りには俺に気軽な口きくぞ、こいつ」と殿浦は納得行かない様子だ。

「ま、殿さんとリアル松田さんなら何があっても心配ないから。純粋な戦力でいえば、俺とワタさん以上だよ」

と、佐々の携帯に電話の着信が入り、佐々は手振りで挨拶しながら電話に出てその場を離れていった。

見送った殿浦が呟《つぶや》いた。

「次のロケ場所が難航してての」

「そうなんですか?」

「メイン監督の撮影回だが、イメージに合う場所がなかなか見つからなくてな」

あまり気難しい監督ではないはずだが、どうしても妥協したくないシーンらしい。

「殿さんが探してあげたらいいのに」

佐々が現場に残ってくれるほうが気が楽だ、という程度で軽口を叩いたが、殿浦は真面目《まじめ》な顔を崩さなかった。

「あいつがメインで入った現場だからな。俺ァあくまでサブだ、今回は」

そんな意地悪言わないで、などと茶化せる雰囲気ではなかった。

「監督に自分の力できっちりロケ場所出せるかどうかで、制作の真髄が計られるんだ。力のある監督だから、ここで存在感を示せるかどうかであいつの未来が変わる。俺が手ェ出しゃ話は早いが、それじゃ意味ねえんだよ」

深刻な声を聞きながら、ふと不安に襲われた。

「……でも、もし、どうにもならなかったら……」

そうしたら、佐々の未来は折られてしまうのだろうか。——自分の未来が折られたように。

殿浦の表情がふと緩んだ。

「どうにもならなかったら、ケツは持つ。だが、あいつがギブって言うまでは、ナシだ」

佐々はまだギブとは言っていないのだ。

殿浦がニヤリと笑う。

「ま、これくらいでギブって言う奴なら拾ってねえけどな」

佐々さん頑張れ。超頑張れ。——無意識に両手がグーを握っていた。

殿浦が良井の肩をぽんと叩いた。

「仲間が真髄計られてんだ。背中支えてやれ」

仲間。——その言葉に、感情が焦がれた。

なりたい。——この人たちの仲間になりたい。

この人の下で働きたい。

焦がれるように、そう思った。

真髄を計られる仲間の背中を支えてやれ。

まるで息をするように自然にそう言ったこの人の下で。

「俺、頑張ります！　超、超、超、超、頑張ります！」

握った両手のグーが自然と胸の高さに上がっていた。

「空回りが恐いから超はいっこにしとけ」

殿浦は笑いながらお茶場を去った。


二百名のエキストラとはいっても、仕切りにはエキストラ会社が入っている。いつもどおりにやれば問題ない。

そう言い残して、佐々は亘理と一緒にロケハンに出かけた。

いつもどおり、と何度も心の中で唱えた。

フロアや控え室に溢れかえるエキストラを見ていると、どうしても気持ちが焦ってくる。人数が増えれば、その分ちょっとした移動や変更にも時間がかかる。常に時計の針に追い立てられるような気分になってくる。

「落ち着け。人数が多い分、時間も余裕を読んである」

殿浦がそう声をかけてくれ、リアル松田もにこやかに細かい進捗《しんちょく》を入れてくれる。

だが、やはり慣れないエキストラのせいでNGが増える。

撮影ベースで監督が舌打ちした。

「ちょっと、あのオレンジの人、替えちゃって」

オレンジ色のドレスを着た中年女性は、スタッフたちも気にかかっていた存在だった。

「たまにいるんだよなぁ、ああいうの」

誰かが苦々しく呟く傍《かたわ》らを、助監督が女性の元に走っていく。

目立とうとしてとにかく動作を大袈裟《おおげさ》にしたり、声を張ったりするのだ。悪目立ちでしかない。

助監督が説明し、オレンジの女性はふて腐れながら退場して、別の女性がテーブルに着いた。

だが、概ね順調――そして、予定を三十分ほど割り込んだが、十九時半に夕食休憩となった。

大問題が発生したのは、そのときである。

「殿さん殿さん殿さん！」

慌てふためき、こけつまろびつという様子で、リアル松田がすっ飛んできた。

「何ですか」

「今日のエキストラさんって確かノーギャラですよね⁉」

「そのはずです」

答えながら、殿浦の表情は既に険しい。弁ガラの箱を用意しながら、良井も二人のやり取りに聞き耳を立てた。

「エキストラさん、ギャラ有りだって言ってます！　一日五千円で募集がかかってたって！」

殿浦が目を剝いた。良井の見る限り、最大級に。

「確認します」

殿浦が飛んで行った先は、エキストラ会社の引率人のところである。

遠目に窺う限り、とてつもなくまずいことが起こっているらしい。

佐々さんのミスだったらどうしよう——と気がそぞろになり、弁ガラと書くつもりのところを弁ガロと書いてしまった。

殿浦はあちこちを忙しく駆け回り、戻ってきた。

エキストラ会社は一日五千円の当日払い、食事付きで二百人という依頼を受けたと言っているらしい。依頼書を確認してもらったところ、確かにその条件の依頼メールが入っていた。

依頼をかけたのは——

「佐々です」

目の前が眩《くら》んだ。だが、すぐに立ち直る。殿浦がこう続けたからだ。

「ですが、佐々にオーダーを出したのは局の助監督です。佐々に確認したらやり取りのメールが残ってました。助監督に余裕がなく、発注を頼み込まれたそうです」

「ど、どうしましょう」

撮影の立ち会い経験がずば抜けて多いというリアル松田も、こんな事態は経験したことがないらしい。

「エキストラさんに説明して理解してもらいますか」

「いや、それはできません。悪評が立ちます」

「え、局の失敗だから局が出すんですよね」

思わず良井が口を挟むと、殿浦が渋い顔をした。

「そういう単純な問題でもねえんだ」

制作予算はabove《アバブ》と呼ばれる種類とbelow《ビロー》と呼ばれる種類に分けられる。

aboveはキャスト費やプロデューサー費、監督、脚本、作曲諸々、主にクリエイティブ部分の予算で、belowはそれを補佐する部門——演出部や制作部、美術、衣装、メイクなどの予算だ。

通常はaboveを局が、belowを請負の制作会社が持ち、制作会社側で現場予算を管理するラインプロデューサーを立てることが多いが、今回はbelowの責任者も局から出ている。殿浦イマジンは現場予算を実質上は統括する立場でありながら、決裁は局がするという変則的な請負だ。

エキストラをキャスト費とするか、現場費とするかは微妙な問題だ。通常なら局PとラインPとで押し引きする。しかし、今回は現場側に立って押し引きするラインPがいない。

「つまり、局のミスだが現場が泣けって判断になる可能性もある」

既に殿浦は局のアシスタントプロデューサーと交渉したらしいが、APは自分の立場では判断できないと局Pに投げ、殿浦と局Pの交渉になるらしい。

「だが、金は要る。当日取っ払いだからな」

いつかやらかすと思ってたんだ、あの助監は。殿浦は苦々しげにそう呟いた。確かに現場でもミスが多い助監督だった。

「後日振り込みってことじゃ駄目なんですか」

リアル松田が尋ねるが、殿浦は首を横に振った。

「二百人分の振り込み手数料つったらバカになりません、払うなら取っ払いです。どこが被《かぶ》るにしてもこれ以上余計な赤は出せません」

え、でも、と良井はまた口を挟んだ。

「あるんですか？　そんなお金」

エキストラ二百人、計百万円。今日は殿浦が現場の仮払金を持っているはずだが、

「ない。こっちの手持ちは晩飯代の支払いで三十万切った」

「ど、どうするんですか」

「お前、会社に戻って取ってこい。経理室に金庫番の今川《いまがわ》ってのがいるから」

「ええええ⁉」

良井の声は裏返った。

「お、俺が？　俺が取りに行くんですか？」

「局の金は動かすのに時間がかかる。うちが立て替えるしかねえんだよ」

「でも、そんな大金……」

「子供みてえなこと言ってんじゃねえ！」

殿浦が一喝した。

「じゃ、何か？　俺が取りに行くのか？　俺がいない間に現場で何かあったら、お前が仕切れるのか？　だったら俺が行ってやるけどな」

殿浦がぐいっと良井の胸倉を摑んで引き寄せた。

「撮影終盤でみんな疲れが溜まってる、トラブルは深夜にかけてこっからどんどん増えてくんだ。その現場をお前が一人で捌くのと、百万くわえて走るのと、どっちが簡単だ？」

「走ります！」

反射で答えた。——新米なんざ、それしか能がない。

「よし行け！」

殿浦が、胸に拳をぶつけるようにして車のキーを良井に渡した。

「焦って事故るなよ」

「はい！」

良井は赤い絨毯《じゅうたん》敷きのフロアを全速力で駆けた。


殿浦イマジンは、北参道の雑居ビルに二フロアを借りて構えている。

良井が会社に戻るのは撮影を終えた深夜が多く、経理室に人がいるのは見たことがない。

その日、初めて経理室の明かりが点いているのを見た。

恐る恐るドアをノックして、恐る恐るドアを開ける。

「あのぉ～」

室内を窺うと、デスクに理系顔の眼鏡《めがね》の男性が向かっていた。年代は殿浦と同じくらいか。

これが金庫番の今川らしい。フルネームは今川慎一《しんいち》と聞いた。

「ん？　君は……」

「『天翔け』でバイトに入ってる良井です」

ああ、と今川は頷いた。

「聞いてるよ。良く助ける良井良助だっけ」

怜悧《れいり》な雰囲気に腰が退《ひ》け、無言でこくこく頷く。

「何の用だい」

「あの、殿さん……殿浦社長に頼まれて」

ぴくっと今川の眉毛《まゆげ》が片方撥《は》ねた。

「あまりいい予感がしないね」

はい、そのとおりです。——などと軽口を叩ける雰囲気ではない。

「あの、現場で急にエキストラ代が百万要ることになって。局側のミスなんですけど、当日払いなのでうちがとにかく立て替えなくちゃいけなくて。それで、社長が今川さんにもらってこいって……」

は————……っとこの溜息はいつまで続くんだろう？　というくらい深い深い溜息が答えた。

「す、す、すみません！」

溜息だけで平身低頭したくなるような、格別の圧力がある溜息だった。

「ちょっ…………と待っててくれる？」

ちょっとの溜めも特段だ。

今川は携帯でどこかに電話をかけた。どこにかけたかは会話が始まってすぐに分かった。

「何を考えてるんだ、お前は！　俺と一面識もないバイトに百万を使いっ走りさせるなんて正気か!?　正気なわけないけどな！」

うっすら殿浦の声が漏れ聞こえる。うっせえとか他に手がなかったんだよとか、そんなことを言っているのだろう。

「で？」

今川は最初の小言で取り敢えず気が済んだらしい。声のトーンが恐いくらい平坦《へいたん》に戻った。

「一人頭五千円、計百万は了解した。立て替えるのはいいとして、局から取り返せる当てはあるのか？」

スマホに耳を傾けていた今川が、また格別の圧力がある溜息をついた。

「分かった、もういい。今から帰す」

今川がせめてもの腹いせのように、強いタップでスマホの通話を切った。

そして向かったのは部屋の最奥の金庫だ。ダイヤルに指をかけながら、ちらっと良井のほうを見る。目は口ほどに物を言う。——良井は最敬礼の勢いで体ごと後ろを向いた。

ダイヤルを回す音がしばらく響き、重い扉が開く音がした。ごそごそ何かを取り出す気配——随分時間がかかっている。

また重い扉が閉まる音がして、

「もういいよ」

良井が向き直ると、今川はやけに分厚い札束を摑んでいた。

「五千円札が五十枚、千円札が五百枚しか在庫がないから、残りは一万円札だ。二十五万円分は両替しながら行きなさい。今、金種別に封筒に入れるから」

手早く札を数える手付きを見ながら、良井はぽかんとした。

百万円を持ち帰る覚悟はしていたが、札を崩すことは考えていなかった。だが、確かに一万円ではお釣りのやり取りで支払いが手間取る。

もう銀行の両替機は使えない。自分で百万円を全額両替しながら戻ることを思うと、気が遠くなる。今は両替お断りの店が多い。二十五万円分なら、まだ何とかなりそうな気がする。

「……すごいですね。こういうこと予想して用意してあるんですか？」

すると、金を数えていた今川がくわっと目を剝いた。

「用意せずに済むならそれに越したことはないんだけどね！」

ごめんなさい！　と反射で謝ってしまいたくなる硬質の迫力である。

今川はまた金を数える作業に戻った。

「殿浦は被らなくていいものを被ってくるからね。前もこういうことがあったんだよ」

「そのときはどうしたんですか」

「一人頭五千円で三十人だったからね。自分のキャッシュカード使ってコンビニATMで九千円引き出すのを十六回繰り返した。あまり〇・七回分は、手持ちがあったからね。一箇所でやると不審に思われるから、コンビニを五、六軒回ったかな。まったく無駄な時間だった」

思い出しながら忌々《いまいま》しくなったらしい、今川は苦虫を嚙みつぶしたような顔になった。

ああ、ごめんなさいごめんなさい、嫌なことを思い出させて。良井は内心で震え上がった。溜息にしろ眉撥ねにしろ苦虫にしろ、今川の硬質な圧はなかなか強い。ドカンと一発怒鳴って終わりの殿浦とは対照的だ。

「あんな無駄な手間は二度とごめんだと思ってね。使わずに済むならそれに越したことはないんだが、」

そこは強調せずにいられないらしい。

「一応、金種別にある程度の現金を用意しておくようにしたわけだ。しかし、よもや五千円札と千円札の在庫をこれだけ持ってて、まだ足りないような立て替えをぶん投げてくるとはね。不幸の使者だな、君は」

「すみませんっ！」

ほとんど九十度直角に腰を折ると、今川がちょっと驚いたような顔をした。

「……君は冗談が通じない人か」

今度は良井が驚く番だ。今のを冗談と思える人はこの世にあまり存在しないと思います。

「備品の茶封筒、持っていきなさい。現場には百枚もないはずだ」

「あ、はい！」

エキストラに取っ払うとしても、現ナマを直《じか》に渡すわけにもいかない。

経理室を出て備品棚を開けると、領収書の束が目に入った。複写式と単票式。

「あの、領収書も持っていったほうがいいですか？」

経理室に戻って尋ねると、今川は目をぱちくりさせた。

「……エキストラ会社は入ってるかい？」

「はい」

「なら、現金だけ用立てたらエキストラ会社がやってくれるはずだけど……まあ、かさばるものじゃないしね。複写式にしなさい、社判押してない分で」

「はい！」

備品を紙袋に入れて経理室に戻ると、今川のほうも現金の準備ができていた。

「悪く思わないでくれよ。俺の性分としてはこうするしかなくてね」

現金は金種別に大判の封筒に入れられ、表書きがされていた。

５０００円×50枚（25万円）が一通。

１０００円×１００枚（10万円）が五通。

１００００円×25枚（25万円）が一通。

そして、五千円札の封筒と千円札の封筒は、糊付けに今川の印鑑で割り印がしてあった。

糊付けと割り印をしていないのは、両替をしなくてはならない一万円だけだ。

「金種一万円、こいつは初対面の君に対する俺の信頼だ」

今川は、一万円の封筒だけ別にして渡した。

「裏切ったら酷《ひど》いぞ」

「……どう酷いんですか？」

「祟《たた》る」

冗談か本気か分からないので、神妙な顔をしてこくこく頷いておく。

「お預かりしました！　行ってまいります！」

思わず敬礼が飛び出てしまったのは、『天翔け』の現場柄だ。

「祟らせるなよー」

送り出した声で、さっきのが冗談じゃなかったことが知れた。

今川の圧を思うと、それくらいの裏技は持っているのかもしれないと思えた。


手近なコンビニから両替を頼んで回り、五軒目で心が折れそうになった。

【NO　CHANGE　MONEY】

この表示は実に実に強固だった。そのうえ、昨今の都会のコンビニは外国人アルバイトが多く、事情を説明して泣きつこうにも日本語の細かいニュアンスが通じない。ダメデス。ムリデス。で終わってしまう。

両替してくれたのは一軒だけ、しかも何か買ってくれるならお釣りで出しますというから普通の買い物だ。一万円札でガムを一個買い、嫌な顔をされるおまけ付き。

二十五万円分なら何とか、などと思った自分をぶん殴りたい。

どうする俺⁉　北参道から市ヶ谷まで、ガム一個ずつ買って帰るのか⁉　そしてそれは経費になるのか⁉

と、はっと気づいた。

ATMで九千円ずつ引き出し作戦、俺が代行すればいいんじゃね⁉

自分の口座に三十万ほどは入っている。預かった二十五万円（ガムを買って一万円は両替したので二十四万円）を自分がもらって、自分の口座から九千円ずつ引き出していけば。

一軒ずつ店を変えてガムを二十五個買うより、そのほうが絶対早い。

ＡＴＭの引き出し回数って一日の上限あるのかな、とスマホでぱぱっと調べてみた。うっかり警報でも鳴ったらアウトだ、事情説明やら何やらでエキストラを解散《ばらす》させるまでに戻れなくなるかもしれない。

検索の結果、利用額の上限はあるが回数の上限はないと出た。――よし！

思いついて最初に見つけたコンビニで、まずは五回引き出してみた。これくらいなら周りにも不審に思われないようだ。――よしよし、行ける！

今川は十五万円で十六回あまり〇・七回。良井は二十四万円で二十六回あまり〇・七回だ。

一度だけ店員に見咎《みとが》められたが、「すみません、どうしても細かいお金がたくさん要るので、分けて引き出してるんです」と拝み倒すと許してもらえた。

回ったコンビニは五軒で済んだ。


「戻りました！」

殿浦の元に駆けつけると、殿浦は驚いたような顔をした。

「早いな！　終電近くまでかかると思ってたぞ！」

殿浦も両替などで時間がかかることを見越していたらしい。

「今川からメール来たからな、二十五万両替しながら帰るって。ガム二十五個提げて帰ってくるかと思ったら」

「あ、すみません、一個買いました」

申告すると殿浦はゲラゲラ笑った。そして目玉がぎょろりと訊く。

「どうやってこんだけ早く両替した」

「あ、あの、自分の口座に三十万くらいは入ってたので……ＡＴＭで九千円作戦」

「今川がやったあれか」

「はい、お金出してるとき教えてもらって」

事情を話しながら今川に預かった金を出す。

割り印をされた封筒に、殿浦が苦笑した。

「ったく、細けぇ奴だ」

割り印をされていない封筒には両替した千円札を詰め込んで、未両替の二十四万円は剝き身で渡した。

きょとんとした殿浦に、「一応、数えてもらってからと思って」と言うと、殿浦は笑って良井の頭をぐしゃっとなでた。

手早く数えて「よし、間違いなし！」と太鼓判が出た。

「ほらよ」

万札の二十四万を返してもらい、財布に突っ込む。自分の財布がこんなに分厚くなったことはない。

「落とすなよ、弁償してやんねえぞ」

こくこく頷きながら、自分のガチ袋の奥の奥に突っ込む。ガチ袋というのは腰につける道具袋のことだ。

と、そこへリアル松田が駆けてきた。

「戻られました⁉　よかった、じゃあこれ！」

持ってきてくれたのは茶封筒である。リアル広報室の備品を出してきてくれたらしい。さすがの濃やかさだ。

「これ、要りませんでしたね」

紙袋から茶封筒を出すと、殿浦は良井の持ってきた茶封筒を取った。

「備品までお借りしちゃ申し訳ないですから」

そう言ってリアル松田の茶封筒は辞退する。

「気が利くな」

はい、と答えたいところだが、ここは正直に。

「今川さんが」

「おう、そうか。さすがに細けぇな」

今度は誉め言葉らしい。

「あと、領収書も一応」

「おう。それはエキストラ会社がやるからいい」

現金取っ払いでも、領収書はエキストラ会社の名義で出すらしい。さすがにエキストラ会社は自社の領収書を持ってきていた。

今川の言ったとおりだ。

あーあ、と思わず溜息が漏れる。

「どうした」

「いや、あの……俺の想像力って底が浅いなって」

茶封筒は今川に持たされ、領収書は自分で判断したと白状すると、殿浦が「ばーか」と笑った。

「俺たちが何年この仕事してると思ってるんだ。お前が上行こうなんざ百年早い」

「ですよねー」

でも、と殿浦が真顔になった。

「そうやって想像すんのが大事なんだ。たとえ最初は見当違いでもな。自分が何をしたら相手が助かるだろうって必死で知恵絞って想像すんのが俺たちの仕事だ」

そっか、と閃《ひらめ》いた。

「だからイマジンなんですか？　会社の名前」

おっと、と殿浦が目をしばたたいた。

外したかな、と思ったとき——ニヤリが来た。

「今日からそういうことにしとくか」


その後、エキストラ代はやはり現場費からということになった。

「すみません、俺が助監に確認しとけば……ポカが多いって分かってたはずなのに」

佐々は責任を感じてしょげていたが、殿浦は「気にすんな！」と会社で佐々の背中を張った。

「百万のチョンボは大ポカだって局も分かってる。でかい恩を売ったたってことだ」

「利子をつけて取り立ててくれるはずだよ、殿浦がね」

通りかかった今川が混ぜっ返した。佐々のことは一言も責めなかったらしい。

「ま、もちろんいずれ取り立てるけどな。でも、『天翔け』にくだらねえミソをつけずに済んだ。取り敢えずはそれで百万被った甲斐はあるじゃねえか、笑子や鷲田を守れたんだ」

『天翔け』はキャストやスタッフのチームワークがとてもいい。題材のため視聴率こそほどほどだが、現場の一体感は素晴らしいと佐々が教えてくれた。

撮影開始が台風シーズンと重なったため、天候による撮影中止に何度も泣き、スケジュールは追い詰められてきたが、それでも現場がギスギスすることはない。

喜屋武七海といい平坂潤といい、売れっ子が揃っているのに、誰も偉ぶることがなく、いつも笑いが溢れている。

エキストラの支払いで揉めたら、今のネット社会では絶対にどこかから漏れただろう。

そして、今どきのネットニュースはお粗末で、有名人のSNSの発言を裏取りもなくニュースにしたり、単なるテレビ番組の感想文をニュースとして配信してしまう。

素人《しろうと》のSNS発言をトップニュース扱いするくらいは余裕である。きっと即座に餌食《えじき》になった。

そんなくだらない記者モドキに『天翔け』を汚させるなんて、考えただけでぞっとする。

「それより、ロケハンで花丸出たそうじゃねえか」

殿浦が佐々を肘《ひじ》で小突く。おかげさまで、と佐々も嬉しそうだ。

計られた佐々の真髄は花丸の合格。

その佐々の背中を、あの日の自分が少しでも支えられたんだったらいいなと思った。

『天翔ける広報室』は、東日本大震災で被害を受けた航空自衛隊松島基地に、長らく福岡・芦屋基地に避難していたブルーインパルスが帰還するエピソードがクライマックスとなる。

現実でもブルーインパルスは、震災当日に九州新幹線開通イベント飛行のために芦屋に出張中で、震災の被害を免れた。再起した松島基地にブルーインパルスが帰還したのは、震災の二年後である。

もし松島で被害を受けていたら、ブルーインパルスは復活できなかっただろうと言われている。その巡り合わせに奇跡的なものを感じた局Pのたっての願いで、ブルーインパルスの松島帰還時のエピソードが最終回となった。

当然、松島基地での撮影が入るが、遠方の撮影は経費削減のためにできるだけ日程をまとめる。何しろブルーインパルスを飛ばさなくてはならないので、空自側の予定と天気予報とキャストのスケジュールをにらめっこで、十一月下旬の松島基地に一週間の地方ロケが組まれた。

宿泊は仙台、そこから毎日ロケバスで松島通いである。

松島にもリアル松田が出張で立ち会いに来てくれた。基地の撮影には、必ず誰か知ったリアル広報室メンバーがいてくれる。心強いことである。

＊

○松島基地・滑走路

がらんと空いた格納庫を見ながら、笑子が呟く。

笑子「……やっと、帰ってくるんですね」

鷲田「ああ。空自の象徴がやっと復活する」

鷲田、感無量な様子で格納庫の奥を眺める。

笑子、ちらりと鷲田の横顔を窺う。

笑子「……鷲田二尉って……」

鷲田「ん？」

笑子「昔、Ｆ－15のパイロットだったって、ほんとですか」

鷲田「ん？　ああ……」

鷲田、小さく微笑む。

鷲田「イーグル乗ってなきゃギャグだろって名前だろ」

笑子「……」

鷲田「親父が昔の戦闘機マンガが好きでな。子供の頃から英才教育みたいに読まされてた。空自のファントム乗りのコンビが主人公で、ハチャメチャだけどいざってときには必ずやってくれる、そんな男たちでな。俺もファントム乗りになるって言ったら、親父がお前は鷲田なんだからイーグルだろって。それもそうだなって、目指した」

笑子「……それでほんとになっちゃうなんて、すごいですね」

鷲田「戦闘機乗りの才能だけはあったんだろうな。ブルーインパルスに選抜まで されたんだから。誇らしかったよ。必ずもっと技倆《ぎりょう》を磨《みが》いて帰ると思ってた。でも……」

鷲田、苦く微笑む。
鷲田「お前も、誰かに聞いたんだろ。事故で片肺潰してな。もうパイロットは務まらん」
笑子「……」
鷲田「基地司令の計らいで内勤に回してもらってな。そこから鷲沼室長預かりになったってわけだ」
鷲田、格納庫の扉を振り返り、滑走路を眺める。
鷲田「訓練中の事故ならまだ諦めもついたんだがな」
笑子「……」
鷲田「神様ってのは残酷なもんだな。気まぐれに才能よこして、気まぐれに取り上げて。俺なんか飛行機乗るしか能がなかったのに」
笑子「そんなことないです！」
笑子、思わず叫ぶ。
鷲田、驚いたように笑子を振り返る。
笑子「鷲田二尉は、部下を育てる才能があります！　甘ったれたあたしのことを、一人前の広報官にしてくれました！」
鷲田、ぶはっと吹き出す。
鷲田「おま、自分で一人前とか言うか！」
笑子「あっ！　……えっと、言葉のあやです。でも、あたし、最初よりは随分マシになったと思うんです！　鷲田二尉のおかげで……」

鷲田の眼差《まなざ》しがいとおしげになる。

笑　子「なりたいものになれなくても、別の何かになれると思うんです。鷲田二尉は、あたしにそれを教えてくれました。女性初のイーグルパイロットにはなれなかったけど、でも、広報でイーグルのこと、パイロットのこと、自衛隊のこと、知ってもらえる。それは、広報官じゃなきゃできないことです。あたし、もっともっと出来る広報官になりたい」

笑子、真っ直ぐ鷲田を見つめる。

笑　子「あたしに次の夢をくれたのは、鷲田二尉です」

鷲　田「……」

鷲田、笑子の頭にぽんと手を乗せる。

鷲　田「励め」

鷲田、格納庫を出て滑走路へ向かう。

笑子、鷲田の背中に敬礼する。

ブルーインパルスが飛ぶクライマックスへ向かう、大切なエピソードである。この後、ブルーインパルスが描いたスモークのハートの下で、笑子と鷲田の思いが通じ合う展開だ。

ところが、その日に限って松島基地には臨時便の離発着が相次いだ。

予定されていた航空機の離発着はもちろん避けてスケジュールを組んでいたが、予定外のヘリや小型機が何機も来た。

「駄目です、ヘリです！」

録音スタッフから絶望的な声が上がる。小型モニターを設置した専用ベースで、撮影中ずっとヘッドホンに神経を集中している録音スタッフは、雑音の発生に誰よりも聡《さと》い。

「おい、制作！　いつ終わる！」

午前中にも小型の汎用機の離発着を二機待って、予定が半分午後にずれ込んでいる。撮影終了は日没に余裕を持たせているが、既に押しまくっている。

「ただ今！」

確認しています、は省略し、監督に返事の大声を飛ばしたのは殿浦だ。

録音スタッフの悲鳴と同時に、リアル松田が基地広報に確認しに行ってくれている。

その松田がダッシュで戻ってきた。

「ほとんどタッチ&ゴーですぐ飛び去ります！　音の影響がなくなるまで二十分くらいかと！」

全員がほっとした瞬間、

「ああ――――！」

録音スタッフの悲鳴再び。今度は他の全員も同時に気づいた。

隣の格納庫から、電動工具のけたたましい音が響きはじめたのだ。

「整備始まっちゃいました！」

こちらは予定に入っていた。音待ちで撮影が押している間に整備時間になってしまった。

整備は一度始まると一時間は終わらない。

全員の頭上に漬け物石が乗っかったような重たい沈黙がやってきた。ただし、ＢＧＭはヘリと整備の爆音である。

「忘れてた――……」

撮影の押しで頭がいっぱいになって、整備の予定は全員の頭から飛んでいた。

喜屋武七海と平坂潤の表情もさすがに暗い。芝居の気持ちを作ってからそれを中断させられるのは、役者としてはきつい。気持ちの作り直しになる。

「まあ、まあ、まあ、まあ！」

爆音に負けじとでかい声を張り上げたのは殿浦だ。

「整備とヘリが重なったのはラッキーだったと思いましょう！　ヘリ待った後に整備が始まってたら目も当てられませんや！」

それもそうか、と撮影ベースで監督が力ない笑いを漏らした。

だが、愚痴っぽい言葉も良井の周りではちらほら聞こえた。下っ端だから存在感がないのか、良井が近くにいても油断して喋るスタッフは多い。

「ラッキーとか思えねえだろ……」

「殿さんの前向き、こういうときはさすがにウザい」

殿浦にもきっと聞こえている。しかし、殿浦はけろりとした顔であちこちの様子を見て回っている。

殿浦はけろりとしていても、良井のほうが胸が痛くなった。

だが、殿浦は粛々《しゆくしゆく》とできることをやっていた。臨時便の予定を確かめ、整備の予定を確かめ、再開できる気配に神経をとがらせ、今日押した分をいつ詰め込めるかの段取りを、リアル松田や基地広報と詰める。

そんな殿浦を見ていて、愚痴をこぼしたスタッフもやがて少しばつが悪くなったようだ。

「リョースケ」

佐々が物陰に良井を呼んだ。

「はいっ」

すっ飛んでいくと、佐々が財布から一万円を抜いて渡した。

「売店で何かみんなが気分アガるようなもん買ってこい。息抜きさせねえとへばっちまう」

仮払金をこんなふうに使うのは、初めてだった。それだけ追い詰められた事態ということなのだろう。

「分かりました！」

良井は敬礼して制作車に走った。基地は敷地が広いので、今日のロケ場所から売店までは徒歩だと十分ほどかかる。

「こんにちはー！」

キャストやスタッフによく買い物を頼まれるので、売店の禿頭《はげあたま》の店主とは既に顔なじみだ。

「おお、撮影どうだい」

「いやー、臨時便多くて」

「ああ、今日はなぁ」

隊員の生活用品も賄《まかな》うので、売店はちょっとしたスーパーのような品揃えだ。

良井はお菓子が並んでいるコーナーを物色した。気分がアガるようなもの、というオーダーはなかなか難しい。

甘いもの。しょっぱいもの。腹に溜まるもの。こういうときみんなが欲するものは何だ。

残念ながらお菓子コーナーの品揃えはコンビニ程度で、目新しいものは見つからない。ポテトチップスやチョコレートの季節限定商品で手を打つか、と思ったとき
――これだ！

天啓が閃くように買うべき商品が見つかった。

「おじさん、これ！　これ、五十三個ありますか⁉」

「え、それ⁉」

店主は目をぱちくりさせ、「いや、まあ、数えてみるけどさぁ」とこちらにやってきた。

「でも、それでいいの？」

「いや、これですよ！　これしかない！」


「みなさーん！　待ち時間にこれどうぞー！」

キャストとスタッフ全員分で五十三個を大人《おとな》買いしたのは、松島基地限定・ブルーインパルスアイスキャンデー、その名も『ブルブル君』である。

ソーダ味や青リンゴ味など、フレーバーも各種取り揃えた。売店で段ボールに詰めてもらったそれをベースでスタッフにご開帳すると――

「何でやねん！」

関西人が多いわけでもないのに、居合わせたスタッフの声は一つになった。

「へ？」

良井としては、何でやねんと言われたことが何でやねんという感じである。

「いや、松島基地限定ですよ。ブルーインパルスアイスですよ。その名も『ブルブル君』！　超レアでしょ？　しかも今回、ブルーインパルスの撮影まであるじゃないですか！」

「アホか貴様！」

遠慮会釈《えしやく》なく良井の後頭部を張り倒したのは殿浦である。佐々は沈痛な表情で溜息だ。

「もう、すみませんねえ。うちのワンコが頭悪くて」

苦笑で周りにそう執り成したのは亘理だ。

「ワタさん酷い！　何でいきなりそんな誹謗《ひぼう》中傷⁉」

「誹謗じゃねえ、事実だ！」

殿浦からは張り手がもう一発。

「このクッソ寒いのにアイス買ってくるバカがいるか！」

はたと気づいた。

天気予報で気温は平年並みと出ていたが、基地はとにかく吹きっさらしだ。飛行場というものは一年中一定の方向から風が吹く地形が選ばれて作られているというから当然だが。

既に分厚いダウンまで装備しているスタッフが大勢いる中、アイスを嗜《たしな》むのは風流が過ぎたか。

「え、でも限定だし……レアだし……ブルーインパルスだから記念になるし……」

「ほんまもんのアホだこいつー！」

くつくつ低く響いていた笑いが、ついに誰かの叫びで爆笑になった。

良井としては肩が縮こまる思いである。

「えーでも、食べてくれないと溶けちゃうー……」

「この環境でみんな揃ってアイス食えとか何の修業だ！　売店で預かってもらってこい！」

殿浦にどやされ、良井は「はいっ！」と箱を抱えて駆け出した。背後では「バカだ」「アホだ」と笑いが弾《はじ》けている。いたたまれない。

制作車に戻る途中で、ベンチコートを着込んだ喜屋武七海と行き会った。

「あれー？　イーくん、どうしたのー？」

「いや、あの……待ち時間に差し入れ買ってきたんですけど、みんな今いらないって言うから、売店に預かってもらおうと思って……」

「えー、かわいそう。何買ったの？」

これ、と良井は箱を開けて中身を見せた。

「松島基地限定のブルーインパルスアイス『ブルブル君』です」

「へえー！　こんなのあるんだー！　何かガリガリ君みたいだね」

思いがけない好感触に、一筋の光明が射《さ》したような気分になった。

「食べます⁉」

声を弾《はず》ませると、喜屋武七海が「えっ⁉」と声を上げた。

「ブルーインパルスだから青のソーダが一番人気なんですよ。基地祭でも一番に売り切れちゃうんですって」

「あ、そう……じゃあ、ソーダ……」

「はいっ、どうぞ！　よかったら平坂さんの分も！」

喜屋武七海はソーダ味を二本取って、控え室になっている部屋へ引き揚げた。

「あ、いいよいいよ！　あたしと鷲田先輩の分だけで！」

「他にも控え室にキャストさんいましたっけ？」

「あ、うん……」


売店に戻って事情を話すと、店主は「やっぱりねえ」と頷いた。

「皆さん、ちょっと寒さに弱いみたいです」

「うん、皆さんのほうが普通だと思うけどね。まあ、預かっとくから、いつでも取りにおいで」

店主は箱のままでアイスケースの隅に『ブルブル君』を預かってくれた。

「他のもの買ってくかい？」

「そっすね……」

せめて挽回《ばんかい》に、とポテトチップスとチョコレートの季節限定商品を買った。最初からこっちにしておけばよかった。

ベースに戻ると、何やらスタッフがスマホを見ながら盛り上がっている。

「あ、来た！」

みんな良井を待ち構えていたようだ。

「ほら、これ」

亘理がスマホを見せてくれた。

表示されているのは、ＳＮＳの画面である。アカウントは喜屋武七海の公式だ。

喜屋武七海と平坂潤が、向き合って寒そうに背中を丸めながらアイスキャンデーを食べている。二人の虚《うつ》ろな様子は、芝居でわざと盛っていることが分かる。

コメントには「もうすっかり冬の松島で、スタッフのE君がなぜか？？？　アイスの差し入れ。意味が分かんないよー（笑）」

閲覧したファンのコメントには「ほんとですね！（笑）」「意味分かりません！（笑）」「目が死んでます（笑）」と（笑）が延々続いている。

「喜屋武さんひどい！　俺、全世界レベルで晒《さら》し者!?」

「つか、よもや喜屋武さんにアイス押しつけてたとは……お前のほうがよっぽどひどいわ」

佐々にも突っ込まれた。

そこへ、リアル松田が隊員たちと石油ストーブをいくつか持ってきた。

「皆さーん！　かき集めてきましたので、これどうぞ！」

スタッフは大喝采《だいかっさい》である。「さすがリアル松田！」「これぞ気遣い！」とやんやの拍手だ。

と、殿浦が良井の肩をぽんと叩いた。

「ありがとな」

え、何が？　と思ったら、

「お前のぶれないアホで空気が変わった」

誉めてるのか誉めてないのか、と思ったところに、補足が来た。

「誉めてるぞ」

撮影は数カットを翌日に持ち越したが、士気は高いままその日は終わった。

松島ロケの四日目。

夕食は時間が巻いて十七時と早まったのに、夕食後の撮影は押して仙台市内に帰り着いたのは二十二時だった。

夕食が早かったので小腹が減ってしまい、良井はコンビニで何か買ってこようとホテルの部屋を出た。

と、ホテルのロビーで殿浦とばったりだ。

「おう、リョースケ。どこ行くんだ」

「あ、ちょっと小腹減ってカップ麺《めん》でもと思って……」

「なら一緒に来い。カップじゃないやつ奢ってやる」

殿浦のほうはラーメン屋にでも、と思っていたところだったらしい。

殿浦が迷う様子もなく連れて行ったのは、仙台駅から程近い商店街の近くのラーメン屋だった。

『天翔け』以前にも仙台ロケを何度か経験したことがあり、旨《うま》い店はいろいろ知っているらしい。

「醤油《しょうゆ》ラーメン二つ！」

ここは醤油が一番旨いんだ、と良井に選択の余地は与えられなかった。

「あと餃子《ギョーザ》二つ、ビール二つ」

大盤振舞いに良井のほうが慄《おのの》いた。

「ビールまで⁉︎」

「カッと一杯呷ったほうがカクッと寝れるだろ。よく走ってってからご褒美《ほうび》だ」

ビールがパッと出てきて、ジョッキをガチンと合わせた。

「お疲れ」「さまでーす」

金色の炭酸が喉《のど》を通る刺激は冬でも格別だ。

「喜びとしてはコタツアイスに匹敵しますよね～」

まあな、と殿浦から反論は出なかったので、甘い物も行けるクチらしい。

ラーメンより先に餃子が出て来た。小皿にそれぞれタレを作ってぱくつく。ニンニクの辛みが舌を刺す。

「そういや、映像制作の学校行ってたんだってな」

きっと佐々に聞いたのだろう。ええまあ、と返事は歯切れ悪くなった。

どうして映像関連の仕事に就かなかったのかと訊かれたら、逃げ場がない。

「どうしてだ？」

殿浦からやはりのワードが出て、途端に餃子の刺激的な旨味《うまみ》が分からなくなった。

「どうしてって、あの……」

どうしよう。ごまかすべきか。でも、――いつもぎょろりと剝く目玉は、中途半端なごまかしなど裏側まで見透《みす》かしてしまいそうだ。

「学校だよ、学校。何で映像の勉強しようと思ったんだ？」

そっちか、とほっとした。単なる雑談としてならいくらでも喋れる。

「『ゴジラVSスペースゴジラ』って知ってます？」

「なるほど。別府だったな、お前」

話が早すぎる。

「詳しいですね！」

「そりゃあお前、俺の世代でゴジラっつったらドストライクだぞ。それにありゃあ、独立前だが俺も制作で参加してたんだ。ヘルプでちょこっとだけどな」

「マジで！」

思わずでかい声が出た。「おいっ！」と殿浦が顔をしかめる。

「ニンニクたっぷりのツバ飛ばしてんじゃねえ！」

「あ、すみません……あの」

良井は箸を置き、右手をズボンの尻でごしごしこすった。

「握手してもらっていいですか」

「何でだよ！　気持ち悪ィな、いきなり！」

「いや、あの……」

この気持ちをどう説明すればいいものか。

「あのね、別府タワーとキジマモートピアに、ゴジラ来たじゃないですか」

「来たなぁ、一瞬だけど」

「うん、一瞬ですけど」

その一瞬にすべての価値がある。

「でも、あの場面でね、俺の知ってる場所が、映画と繋がったんですよ。物語と現実が繋がったんです。まるで魔法みたいで」

殿浦はふんふんと聞きながら餃子を一口で一個飲んだ。

「俺にとっては、スペースゴジラ作った人って、現実と夢の世界を繋げてくれた魔法使いだったんです。あのとき。そんで、俺も魔法使いになりたいって……」

「なるほどな」

握手を待って手をわきわきさせていると、殿浦は面倒くさそうに箸を置いて、おざなりに握手してくれた。

「俺ぁ別府のシーンは噛んでねえけどな」

「いや、いいんですよ、そういうことは。あの作品に関わってただけで、俺にとっては充分魔法使いなんで。ちなみに、当時何やってたんですか」

「今のお前と一緒だよ。お茶場作って弁当発注して無駄に右往左往して怒られて」

無駄と思われてるのか俺、とへこんだが、殿浦にもそんな時代があったのかと感慨深い。

「まあ、魔法使いの弟子くらいじゃねえか？　あの頃の俺も今のお前も」

そんな童話があったなと思い出す。魔法使いの師匠の魔法を真似《まね》して水汲《みずく》みを怠けようとして、魔法の止め方が分からずに大失敗してしまう。最後は師匠が魔法を止めて、弟子はどうなったのだったか……叱られたのだったか、破門になったのだか。

「今でも観るのか、スペースゴジラ」

「いやぁ、最近はちょっと」

へへへ、とばつが悪く笑う。

「何かね、こう、俺の折り目だったんですよ。スペースゴジラって」

「折り目？」

「ほら、本読んでてしおりがないとき、ページの端っこちっちゃい三角に折って目印にするじゃないですか」

「ああ、ドッグイヤーか」

そういう呼び方もあるのか、と新鮮だった。確かに垂れ耳の犬の耳にも似ている。

「俺の人生のね、夢の折り目だったんです。夢のドッグイヤー」

「デビルイヤーならぬドッグイヤーか」

「そうそう。でも、夢が叶《かな》わなかったら、思い出すの辛《つら》いじゃないですか。だから……」

上京してからとんと観なくなった。

「今は、観るとちょっと痛くって」

「ちょっとか？」

何の気なしの様子で殿浦に訊かれ、面食らう。

ちょっとか？　——何が？

「人生に折り目つけてまで刻《きざ》んどきたかったんだろ。ちょっと痛い程度か？」

ボディブローのように言葉が鳩尾《みぞおち》に来た。答えにならない。言葉が出ない。

めっちゃ痛いです。

めっちゃ。

ぼろぼろっと涙がこぼれた。慌てて下を向く。

「勇んで強く折れば折るほど叶わなかったときは折り目は痛い。そういうもんだ」

こらえきれず、ずずっと洟《はな》をすする。

殿浦は特に慰《なぐさ》める様子もない。餃子とビールを交互に流し込む。

「……すみません、みっともないとこ……」

「痛いくらい折り目を折れないへなちょこより上等だ。それに、きっちり折り目を折ってる奴は信用できる。折り目正しいっていうだろ」

へい、お待ち。とラーメンがテーブルに運ばれてきた。

「礼儀ってなぁ折々きっちり折り目を折ってきた人間に身につくもんだ」

新手の早口言葉か、とおかしくなって、ふふっと笑ってしまった。

「熱いもんは熱いうちに食うのも礼儀だ」

殿浦がずずっと勢いよくラーメンをすすった。

良井も負けじとすすった。

猫舌なので舌が焼けた。

さっと湯通ししたもやしが歯にさくさくと心地好かった。

＊

○松島基地周辺
道路や空き地、道端に観客が大勢立っている。

やってきた笑子と鷲田、その様子を眺めて立ち尽くす。

笑　子「……すごい。基地祭でもないのに、こんな……」
鷲　田「ああ……」
　観客、ほとんどが近隣の住人。買い物袋を提《さ》げている人や学校帰りの子供も。
笑　子「帰ってきて、ただ訓練飛行するだけなのに……」
　と、近くを通りかかった年輩の男性が、二人に話しかけてくる。
男　「あんたたち、松島基地の人？」
笑　子「あ……」
　笑子、どう答えようか言葉に迷う。
鷲　田「はい。応援で今、松島基地に来ています」
男　「いやぁ、昔は訓練のたびにうるさいなぁと思ってたんだけどね。震災後に思い知ったよ。静かな空ってのは、なんて寂しいもんだろうってね。つまり、ブルーインパルスが訓練してるのが、この町の日常だったんだなぁって」
笑　子「……」
鷲　田「……」
男　「やっと俺たちの日常が帰ってきた。そんな気分だよ。ありがとな」
　男、立ち去る。
　笑子、思わず涙を浮かべ、うつむいてごまかす。
　鷲田、見ないふりをする。
　ブルーインパルスがやってくる。

観客が「来た来たぁ！」「おかえりー！」などと盛り上がる。
ブルーインパルス、スモークを焚《た》きながら曲技飛行に入る。
青天に白いスモークがさまざまな図形を描き出す。
笑子「鷲田二尉、来月異動ですよね」
鷲田「ああ」
笑子「鬼教官がいなくなると、調子狂っちゃうな」
鷲田「何言ってんだ。俺がいなくても励め」
鷲田、笑子の頭を小突く。
笑子「励みますけど……異動の前に、お伝えしたいことがあるんです」
鷲田「奇遇だな。俺も伝えたいことがある」
一度離脱したブルーインパルスが松島基地上に再度進入してくる。
笑子「……せーので言います？」
鷲田「そうだな」
ブルーインパルス、大きなハートを描きはじめる。
笑子「せーの、」
鷲田「せーの、」
完成したハートの中心を、白い矢が貫《つらぬ》く。
笑子と鷲田、矢に貫かれたハートを同時に指差す。
二人、お互いを横目で窺う。

笑　子「あー！　鷲田二尉、顔赤いですよ！」

鷲　田「そっちこそリンゴみたいなほっぺたしやがって！」

二人、笑い声を上げる。

空のハートに、見上げる二人の後ろ姿が重なり——

どちらからともなく、手を繋ぐ。


〈おわり〉


「はい、カットー！」

監督のカットの声に、一斉に歓声が上がった。

「喜屋武七海さん、平坂潤さん、オールアップでーす！」

笑子役の喜屋武七海と、鷲田役の平坂潤が、ラストカットで同時にクランクアップになるのは、誰が仕組んだでもない偶然だった。

だが、最高の偶然だ。

「ほら、行くぞ！」

佐々の号令で、良井は隠しておいた大きな花束を局Pのところへ持っていった。佐々も同じく、大きな花束を監督のところへ持っていく。

局Pにはイエローをメインにした元気なイメージの花束、監督には白とグリーンをメインに、スタイリッシュな花束だ。

局Pの花束は喜屋武七海に渡され、監督の花束は平坂潤に渡された。

二人が拍手に包まれる。

DVD・ブルーレイ用のクランクアップコメントを撮影スタッフが撮りはじめる。

「あー、これで喜屋武さんも見納めかー」

良井が名残惜《なごり》しく呟くと、佐々が「何言ってんだ」と小突いた。

「まだ打ち上げがあるだろ」

「えっ⁉ 俺、打ち上げ行ってもいいんですか⁉」

「つーか、制作は打ち上げでも裏方だ。仕事の続きだ」

「しますします、何でもします！」

喜屋武七海にまた会えるなんて！ 寂しい気持ちがいっぺんに吹き飛んだ。

その喜屋武七海は、花束を抱えてマネージャーと車に引き揚げながら、最後にお茶場に寄ってくれた。

「イーくん、また打ち上げでねー」

バイバイ、と手を振って去っていく。

二人を送り出した後も、今日はまだ風景の撮影が残っているので、移動がある。

良井は張り切ってお茶場を解体した。

＊

最終回が打ち上げ日と重なり、二次会でリアルタイム視聴をすることになった。

「やめてくれよ、何の罰ゲームだよー!」

そうごねていたのは監督だけで、二次会を視聴会とすることは満場一致で決まったという。

会場はキャスト松田の結婚式で使ったのと同じホテル・同じ部屋で、参加者は百名に上った。

その打ち上げの席でも、制作はひたすら裏方である。

受付で参加者のチェックをし、不審者が入り込んでいないかと神経を尖らせ(役者のファンやゴシップ雑誌の記者などが入り込もうとする場合がある)、段取りに奔走《ほんそう》する。

服装は派手でないスーツと指定され、良井はリクルート活動で着ていたスーツをそのまま着た。サイズは学生時代から変わっていない。

「すごい迫力ですね、あれ」

受付作業の合間に、良井は思わず亘理にこぼした。

巨大プロジェクターとテレビを繋げる作業をしている殿浦と佐々である。二人とも無難なことこのうえないダークスーツを着ているだけなのだが、

「どう考えてもどっかの組の組長と若頭《わかがしら》ですよ」

「言わないであげて、二人とも気にしてる」

二人とも、スーツを着て髪をきちんとセットしているほうが警察の職質が増えるという。

「しかし、久々に幸せな打ち上げだねー」

受付が途切れた隙間に、亘理が楽しそうにそう呟いた。省エネモードの亘理は表情も省エネで、こんなに朗《ほが》らかな様子はついぞ見たことがない。――とはいえ、良井にとってはバイトに入ったこの二ヶ月ほどの「ついぞ」だが。

「幸せじゃない打ち上げもあるんですか」

「あるある。ていうか、百人も参加者が出ること自体が稀《まれ》。ちょっと関わっただけの人も出たいってことだから、ほんといい現場だったってことだよ。酷いときなんかさぁ……」

と、亘理がしれっと声を潜めた。また参加者が受付に現れたのだ。照明の女性スタッフたちで、現場ファッションで男らしく現場を駆け回っていた姿からは想像がつかないほどおしゃれだ。

彼女たちが去ってから、良井は思わず囁《ささや》いた。

「あんなキレイだったんですね、皆さん！」

「現場じゃユニセックス極まりないからねー」

技術スタッフはてきぱきしている人が多く、女性といえどもいざというときはド迫力なので、異性として意識する機会はまったくなかった。

むしろ、相手によっては頼れるアニキくらいに思っていた。

「打ち上げで恋に落ちるパターンもけっこうあるよ。リョースケ狙ってる子いないの？　二次会とかチャンスだよ」

「いやいや、そんな余裕いっこもなかったって知ってるじゃないですか」

慣れない仕事にきりきり舞いするばかりで過ごした二ヶ月だった。

だが、人生の中で一番密度の高い二ヶ月だった。

少し鼻がツンとして、気を逸《そ》らすために話を変える。

「あ、そういえば酷い打ち上げってどんななんですか？」

さっき途切れた話題の続きを亘理に振る。

「ああ、あれね。うん。酷い現場のときは、『ペナルティ支払ったら打ち上げパスしていいって言われたら、いくらまでなら払う？』って話題が出るね」

ひぇっ、と思わず声が凍った。

金を払ってでも出たくない、というほど酷い打ち上げ——酷い現場があるなんて。

「……ワタさんは、いくらまでなら出せると思ったことがありますか？」

「一万円」

ひぃっ、とまた喉で声が凍る。

良井にとっては一万円といえば大金だ。飲み会で二次会まで出ても一万円まではかからない、という経済感覚で生活している。何なら三次会のカラオケまで賄える。

その一万円を、不参加のためだけに支払えるなんて。

「でも、この打ち上げは、一万円払っても出たいよ」

省エネで淡々とやっているように見えたが、亘理にとってもこの現場は楽しかったのだ。——そのことが嬉しかった。

その現場に参加できたことが嬉しかった。

「何か、もう、思い残すことありません」

感無量で呟いたが、亘理にはピンと来なかったらしい。怪訝そうな顔をされただけだった。

一次会を最終回の始まる前に閉め、二次会は引き続き同じ会場で視聴会だ。

巨大プロジェクターで前回のダイジェストが始まった辺りで、監督が席から逃亡しようとしたが、「捕まえろ！」という殿浦の指示で良井が取り押さえに行った。

「こんなときまで良く走らなくていいよ、君は～」

ぼやく監督を「まあまあ」と席に引き戻す。

最初は軽い笑いのシーンが多いので、会場からも笑い声が上がっていたが、クライマックスに近づくにつれ、静まり返っていく。


「励みますけど……異動の前に、お伝えしたいことがあるんです」

「奇遇だな。俺も伝えたいことがある」

画面の中で、一度離脱したブルーインパルスが松島基地の上空に再度進入してくる。

「……せーので言います？」

「そうだな」

二機のブルーインパルスが二手に分かれ、左右から空に大きなハートを描きはじめる。

「せーの、」

「せーの、」

キューピッドという技だ。

完成したハートの中心を、白い矢が貫く。

笑子と鷲田が、矢に貫かれたハートを同時に指差す。

ヒュ――――――――――――ッ！　と凄《すさ》まじい歓声が上がった。

口笛もピーヒャララだ。

「もうー、やめてよー！」

ゲラ笑いで照れるのは、キャストテーブルの喜屋武七海だ。平坂潤も苦笑である。

エンディングテーマが終わり、会場が拍手喝采に包まれた。

「えー、ここで監督からお言葉を……」

佐々が段取りに従って監督をスピーチマイクにコールするが、

「やだやだやだやだ！　羞恥《しゅうち》プレイもいいとこだろ！」

まるで子供のような猛烈な駄々捏ねだ。

「荒木《あらき》さん、パス！」

無茶振りでぶん投げたのは、広報室長・鷺沼のモデルになったリアル広報室長の荒木である。

「え、いや、おかしいでしょう、それ」

荒木は慌てたが、会場は異存なく盛り上がり、リアル松田に押し出されるようにして荒木室長が壇上に出てきた。

最初は戸惑っていたが、やはり自衛隊の幹部はここぞというときの肝の据わり方が違う。荒木はしっかりとマイクの前に立ち、よく通る声で話しはじめた。

「まずは、すばらしい作品を作ってくださった監督に、心からお礼を申し上げます。ありがとうございます」

ぶん投げて逃げたつもりがまともに返り討ちを食らって、監督は自分の席で大いに照れた。

「また、スタッフの皆さん、キャストの皆さんも本当にありがとうございました」

特に、と荒木が名指ししたのは、鷺沼役の名優、柴坂正司《しばさかしょうじ》だった。

「私と同じ役職を演じてくださった柴坂さんは、荒木にしてはかっこよすぎるだろうと四方八方から集中砲火を受けました。本当に光栄でした」

軽く笑いを取ることも忘れない。

すごいですね、と隣に立っていた佐々に良井が呟くと、佐々が「当然だろ」と答えた。

「あの人たちゃ、いつも何百人もの部下捌いてる立場だぞ。あのクラスの人になると訓辞の機会も多いだろうし、場数の規模が違わぁ」

なるほど、言われてみれば確かに。

「この作品は、我が航空自衛隊にとって、百年の財産になる作品です」

突如、大きな球を投げ込まれ、会場がどよめいた。

「我々は、自衛官がごく普通の人間であるということを、ずっと国民の皆さんにお伝えしたいと思っていました。その願いを、『天翔ける広報室』は、最大限に叶えてくれました」

場数の規模が違う。会場は水を打ったように静まり返り、荒木の言葉に耳を傾けている。

「プロデューサーの村崎《むらさき》さんは、第一話の放送を控えて、二百枚にもわたるスタンスペーパーを用意して、万が一の問い合わせに備えてくださっていたと聞き及んでいます」

なぜ自衛隊などをドラマの題材にするのか。そういう苦情を心配しなくてはならない、それが今の日本の現実なのだ。

「幸い、問い合わせは『喜屋武さんの髪はエクステですか？』の一件のみだったようですが」

またどっと笑いが上がる。

苦情に対応するための分厚いスタンスペーパーは、結局使わずじまいだったという。

「それは、皆さんが航空自衛隊、延《ひ》いては自衛隊という組織を理解し、その組織の中で働く隊員を、人間として誠実に視聴者の皆さんに届けてくださったからだと思っています」

スピーチの緩急が凄まじい。――これが自衛隊幹部の底力か。

「私が百年の財産をいただいたというのは、そういう意味です。『天翔ける広報室』は、自衛隊を国民の皆さんに理解していただくための、非常に貴重な作品となります。これは、我々だけが百年かけて頑張っても、決して届くことはなかったものです。これがテレビの力なのだと、痛感しました。――皆さんのおかげです」

一体、何という過分な言葉をもらっているのだろう。――だが、荒木はまったく過ぎた言葉と思っていない。それがひしひしと伝わってくる。

だからこそ、誇らしさが湧き上がった。

それほど価値のある、意義のある仕事をしたのだと。末端とはいえ、それに関われたのだと。

打ち上げは、一度ヘルプに来たことがある程度のスタッフまで、誰もが参加したがったという。

それは、この作品がそれだけの価値を持つものだということを、漠然とではあるが皆が察していたからではなかったか。

そして、その漠然とした思いに惹《ひ》かれて集まった関係者たちに、荒木の言葉が今、明確な意味を与えている。

『天翔ける広報室』でも、似たようなシーンがあった。

撮影協力で疲労困憊《こんぱい》した隊員たちを、鷺沼室長が労《ねぎら》うシーンである。

諸君の本日の働きは、広告価値に換算すると、二億を超える。本当にありがとう！

がむしゃらに働いていた隊員に、自分たちの仕事の意味を一瞬で伝えるエピソードだった。

「我々航空自衛隊は、皆さんに百年の財産を持たせていただいたことを決して忘れません。本当にどうもありがとうございました！」

アドリブとは思えないほど堂々たるスピーチだった。

拍手は、喝采ではなかった。沁《し》み入るように、じわじわと湧いてきた。

そして、ゆっくりと喝采までのトーンをたどる。

喝采に達した拍手は、なかなか鳴りやまなかった。


二次会の後は、カラオケの貸し切りで三次会を用意してあった。

送り出しと三次会の案内をしていると、喜屋武七海が「イーくん」と声をかけてきた。

シンプルな黒いワンピースが、すらりとした長身に映《は》えている。もう笑子ではなく、燦然《さんぜん》たるスターの、しかし親しみやすさが魅力の喜屋武七海だ。

「あっ、喜屋武さん。三次会の会場、こちらです」

地図を渡そうとすると、手を振って辞退された。

「ごめん、明日四時起きだからここまでなの」

「そうなんですか、残念！　喜屋武さんの歌、聴きたかったなぁ」

「あたしヘタだよ～」

喜屋武七海がけらけら笑う。

「でも、二次会まではどうしても出たかったから、よかった。最終回、絶対みんなと観たかったんだ」

現時点で、時刻は二十二時半を回っている。直帰しても、眠れる時間は三時間そこそこだろう。明日はきっときついだろう。

それでも、最終回をみんなで観たい。喜屋武七海がそこまで思ってくれる作品だったのだ。

「どうぞお元気で！」

「イーくんもね！　またどっかの現場で！」

喜屋武七海は朗らかに立ち去った。

またどっかの現場で。——それが叶ったら、どんなにいいだろう。

意味が分かんないよー（笑）と、良井のポカをＳＮＳでネタにしてくれるようなことがあったら、どんなに幸せだろう。

「喜屋武さん！」

思わず大きく呼ばわった。

会場を出かかっていた喜屋武七海が、驚いたように振り返る。

「俺、この現場に参加できて、幸せでした！　人生一番、幸せでした！　ほんとに、ありがとうございました！」

そして九十度直角のお辞儀。

喜屋武七海はきょとんとしていたが、にこっと笑ってバイバイと手を振ってくれた。

荒木がこの作品を百年の財産だと言ったが、——良井にも一生の財産だ。

「おい、なに最後にアピールしてんだよ。変な気起こしてねえだろな」

殿浦が後ろから小突いてきた。

「失敬な！　純粋な感謝ですよ、純粋な」

それは、殿浦に対してもだ。良井にこのバイトを紹介してくれた佐々にも、省エネでいろいろ教えてくれた亘理にも。

でも、それは三次会が終わってから言おう。――そう思っていたときだった。

「ああそうだ、明日は会社に昼集合な」

『天翔け』の残務処理でもあるのだろうか。

「それと、履歴書持ってこい」

「……は？」

「一応だ、一応。今川がそういうのうるせえんだよ」

え、あの、とおろおろしていると、佐々が横から口を挟んで去った。

「採用ってことだよ」

「え⁉」

――頭が、真っ白になった。

「で、で、でも！」

良井は殿浦の袖にすがった。

「俺、最初の就職、計画倒産したあそこだったたんですけど！」

社名は口に出すのもおぞましくなっている。

「ああ、あれな」

殿浦もそれだけで察したらしい。

「関係ねえよ。うちの採用基準は想像力があるかどうか、それだけだ」

そして、いつものニヤリが来る。

「イマジンがあるかどうか。だからうちの社名は殿浦イマジンってんだ」

「それ、俺が……」

「クレジットは支払い済みだ。醬油ラーメン、旨かっただろ」

クレジット料としては安く上げたものである。

「でも、俺、今まで映像の会社受けても、全部それで不採用で……」


真髄を計られる仲間の背中を支えてやれ。


まるで息をするように自然にそう言ったこの人の下で。

働きたい――

焦がれるようなあの日の熱さが蘇って胸を焼く。

でも、即座には信じられない。それほど無為な時間は長かった。

「ぐだぐだ細けぇ奴だな、今川か。そもそもあそこがかました計画倒産はな、うちの被害が一番でかかったんだ。一番迷惑した当の本人がもう水に流してんだよ、とっくの昔に」

「水に……流せるんですか」

どこの会社も恨み骨髄という感じだった。一番被害を受けたというならなおさらそうではないのか。

「あのな。あそこの社長は、もう二度とここに戻ってこられねえんだぞ」

殿浦が親指で三度足元を指差した。

ここに。――この誇らしい打ち上げに。こんな作品を作れる可能性のある現場に。現実と物語を繋げる、魔法のような映像の世界に。

もう二度と戻れない――

「それ以上の罰があるか。俺ァ死者に鞭《むち》打つ趣味はねえよ」

なら――本当に、
本当に、働けるのだ。

今はどっかの組の組長にしか見えないこの人の下で――

うわ――――――――――――――――――――っ！　という号泣は、自分の意識の外で漏れていた。

周りがぎょっとして良井と殿浦を振り返る。

「ちょ、殿さん、何もこんな席でそこまで叱らなくても」

若頭が飛んできてなだめる。

「ちげーよバカ、勝手に泣いたんだよ、勝手に！」

つーか、と殿浦が良井の頭をはたいた。

「何か知らんがとっとと泣きやめ、人聞きの悪ィ！　俺、完全に悪者じゃねーか！」

「ちがっ、ちがうんです」

しゃくり上げながら叫ぶ。

「皆さん、殿さんのせいじゃないんです！　俺が……俺が……」

嬉しいだけなんです、というのはまたこみ上げた号泣に押しつぶされた。

「だからそれが人聞きが悪いっつってんだ、バカ！」

もう一発はたかれた。

ますます人聞きが悪い画《え》になった。

2

『罪に罰』

＊

出社すると、早速ホワイトボードの予定表に良井の名札ができていた。

随分と横に長いホワイトボードは、名札の右に一ヶ月のスケジュールを書く余白が取ってあるが、長い矢印で余白を一気に埋めて作品タイトルを添え書きしているだけの社員が多かった。

映像作品の制作現場は、佳境に入ると事務所に立ち寄る時間もないほど立て込むことが多く、顔を出せるときに「取り敢えずこの現場に入ってます」という意味でこの大雑把な予定を残していくのだという。

良井の名札は、予定表の一番下だ。書き込むスケジュールはまだない。

「いやー、実に惜しい」

腕組みしながらそう話しかけてきたのは、社長の殿浦だ。

「惜しいって何がですか？」

「字が惜しい、字が。こっちならよかったのに」

言いつつ殿浦がマジックを持ち、ホワイトボードの余白に「井伊」と書き込んだ。

井伊直弼の井伊である。世間的にはこちらの字面のほうが多いだろう。

「こっちなら俺の戦国大名コレクションが増えたのに。ほら」

殿浦が名札を上から順に指差していく。織田、細川、上杉、武田、小早川……辺りは良井にも分かったが、佐々を差されて目を丸くする。

「佐々さんもですか？」

「おま、佐々といえば佐々成政《なりまさ》だろうが」

「知りませんよ。何した人なんですか」

「織田家に仕えた猛将だ。前田利家のライバルだったたっつったら分かるか」

「あ、そっちのほうが分かります」

そっちも具体的に何をしたかは知らないけど、などと口を滑らせたら話が長くなりそうなので黙っておく。

「亘理もそうだな」

「ワタさんも⁉　全然知りませんよ！　どこで何した人なんですか」

「伊達政宗の家臣だ、常識だろ」

そんな常識は知らん。と、歴史に疎い人間としては強く訴えたい。

「あと、今川。今川といえば今川義元。これくらいは分かるな」

「ええ、まあ……」

具体的に何をしたかは以下略。良井にとって今川といえば、殿浦イマジンの金庫番、今川慎一である。

今川のスケジュールは几帳面に一日ずつ「出社」と書き込まれている。毎日事務所に出勤する経理だから当たり前だが、退勤のときに翌日分の「出社」を几帳面に書き込む姿が目に浮かんだ。

「歴史好きなんですね」

「まぁな」

「もしかして、苗字《みようじ》って殿浦イマジンの採用基準に入ってますか？」

「そんなわけあるか、偶然だ偶然」

と言いつつも「でもまぁ、」と続く。

「長宗我部《ちようそかべ》、とかが来たら、レアすぎてうっかり採らない自信はない」

長宗我部元親《もとちか》、あと一歩で四国統一を果たすところだった戦国大名だという。

「やっぱ左右するんじゃないですか」

「俺ぁ殿浦だからな。殿様集めるのが好きなんだ」

まるでガチャポンか何かのコレクションのような言いようだ。

「佐々にお前の名前聞いたときは、これで井伊もコレクション追加だと思ったのになぁ」

そんなことで勝手に期待が外れたように言われても困る。

「でも、井伊直弼ってイメージ悪くないですか？　安政の大獄とか……」

読みは同じなので雑談などで話題に上がることは多かったが、大老時代の弾圧政策など、日本史で習った限りでは良井にはあまりいいイメージがない。

「彦根藩主時代は名君だったんだぞ」

彦根といえば、良井はとっさに猫のゆるキャラしか出てこない。

「それに、物事ってな誰の側に立つかで見え方ががらりと変わるもんだ。忠臣蔵だって四十七士が忠臣で吉良上野介《きらこうずけのすけ》が悪者だってテンプレだけど、吉良は地元じゃ名君として慕われてるんだ。ほんとにテンプレ悪役みたいな藩主だったら慕われたりしないだろ」

「へえー、意外ですね」

素直に良井が声を上げると、殿浦はにやりと笑った。

「意外性があるから人間ってなぁ面白いんだ」

ふと思いついて訊いてみた。

「ちなみに殿さんが一番好きな大名って誰なんですか？」

「島津斉彬《しまづなりあきら》だな！」

即答だ。

「幕末の薩摩《さつま》藩主で名君だ。視野が広く公明正大、人望に篤《あつ》くて武芸も達者。日本の近代化にも大きく貢献してる人物でな。晩年に幕府を諫《いさ》めるために挙兵したが、これが成功してたら日本の歴史はかなり変わってたんじゃないかって言われてる」

「何で失敗しちゃったんですか」

「江戸へ向かう前に病死したんだ。惜しい、実に惜しい」

「良井くん、スイッチ入れたな」

通りすがりにそう声をかけたのは、経理室から出てきた今川だ。

「そいつ、斉彬を語り出すと長いぞ」

「いや、スイッチ入れたわけじゃなくて勝手に入っちゃったっていうか」

日本初の反射炉がどうとか熱弁を振るっている殿浦を止めてくれるつもりはないらしく、今川はコピー機のほうへ歩き去った。

「薩摩は武芸も盛んな土地でな、」

「あっ、知ってます。薩摩示現流《じげんりゅう》とかでしょ」

ゲームか何かで拾った知識でうっかり相槌《あいづち》を打つと、ますます拍車がかかった。

「そうそう！　一撃必殺、先手必勝、初太刀《しょだち》にすべてを籠めて、外したときのことは考えない。外したら死ぬだけだから考える必要もない、初太刀をとにかく極めるって剣術だ。他にもタイ捨《しゃ》流《りゅう》ってのがあってな……」

「殿さん、盛り上がってるところすみません」

助け船は事務所に入ってきた佐々から出された。

「そろそろそいつ貸してもらっていいですか」

「おお、すまんすまん。ロケハンだったな」

良井は聞かされていないが、良井のスケジュールはもう決まっているらしい。佐々がホワイトボードのマジックを取って、良井の予定表いっぱいに長い矢印を引いた。

矢印の下に書き込まれたタイトルは、『罪に罰』。

佐々の予定表にも同じ書き込みがしてあり、どうやら『天翔ける広報室』に続いて佐々の下で働くらしい。

「ドラマですか、映画ですか」

「映画だ」

「雑賀《さいか》監督だったな。初オリジナル作品だっけか」

横から殿浦が口を挟んだ。

雑賀才壱《さいいち》、良井もいくつか作品を観たことがある映画監督である。バイオレンスやアクションが得意な監督だが、今回は自分で書き下ろしたオリジナル脚本で心理サスペンスに挑むという。

「できれば亘理をつけてやりたいところだけどな」

「いやいや、駄目でしょワタさんは。相性ってもんがありますから」

人呼んで省エネの亘理こと亘理俊一《しゅんいち》は、現場の人間関係も省エネで、『天翔ける広報室』でも波風立てない立ち回りが上手かった印象がある。

その亘理が相性が悪いというのはよっぽどではないのか——と、良井のココロには俄《にわか》に不安の黒雲が湧き上がった。

「まあ、荒れたら呼べや」

殿浦は不穏な激励を残して自分のデスクに戻った。

荒れたら——荒れたらってどういうこと？　しかし、殿浦に尋ねる前に、

「リョースケ、行くぞ」

佐々に呼ばれて、良井はその後を追った。


車が高速に乗ってから、良井は恐る恐るハンドルを握る佐々に尋ねた。

「雑賀監督の現場ってどんな感じなんですか？」

「荒れる」

顔色一つ変えない佐々の即答に、良井は内心震え上がった。

「ワンマンなことで有名な監督の弟子だからな。俺は師匠のほうは知らないけど」

知らない、というのは師匠が故人であるためだ。晩年は文化人として情報番組などによく出ており、良井も見かけたことがある。何かにつけて噛みつくような物言いが印象に残っている。

さて、弟子の雑賀である。

「ワタさんがついたとき、過労で倒れたスタッフに『俺の作品のために死ねるんなら本望だろ』って言い放って休ませなかったらしい」

ひぇっと思わず声が出た。

「もしかして、ワタさんもいじめられてたんですか？」

「いや、ワタさんは例によって例の如《ごと》くだよ」

省エネで飄々《ひょうひょう》とやり過ごしていたらしい。

「倒れたのは助監督だったんじゃねーかな」

監督の指示を受け、手足となって撮影を仕切る助監督は、重要なポジションだが監督と歯車が合わないと悲惨なことになるという。

「最近は助監督も人手不足で、経験足りないまンまぬるっとポジションが上がってっちゃったりするしな。ちんたらやってる奴も多いから、一概に監督が悪いと言い切れないこともあるけど」

「そのときはどうだったんですか」

「雑賀監督はスタッフクラッシャーだからな。キャストも壊すことあるけど」

ますます不安になってきた。

「ワタさん、その助監督と親しくてな。映像学校の後輩だったらしい。監督に気づかれないように制作車で休ませたり、雑用代わってやったりしてたんだけど。結局、体壊して辞めたらしいんだ。ワタさん何にも言わなかったけど、終わってから殿さんに『雑賀監督の現場には二度と入りません』って」

省エネモードが常の亘理だが、意外と熱いところもあるらしい。

人間は意外性があるから面白い――という殿浦の言葉が脳裡《のうり》をよぎった。

「今回は雑賀監督の初オリジナル作品だからな。ピリピリするのが目に見えてっから、殿さんもワタさんに駄目元で『無理か』って訊いてくれたんだけど」

「無理だったんですか」

「ま、だからお前が来てるわけだ」

佐々にしてみたら、亘理が来てくれたほうがどれだけ心強かっただろう。

「……頑張りますね、俺」

佐々さんの足を引っ張らないように。――というのは心の中で。

「ま、あんまり気張るな。殿さんもいざとなったら来てくれるっていうし、お前は空回るほうが恐い。差し入れでアイスキャンデーなんか買うなよ」

「さすがにもうそんなことしませんよ！」

天気予報も連日真冬の寒さがと喧伝《けんでん》するようになっている。『天翔け』でアイスキャンデーを繰り出したときは、まだ晩秋だった。

「お前が喜ぶことがいっこあるぞ」

へ？　と首を傾げた直後に特大のサプライズ。

「主演、喜屋武さんだ」

「えええ――――――――――――――――――――――――――っ!!」

るっせえよ、バカ！　と返す刀で頭をはたかれた。でも、叫ぶなというほうが無理だ。

またどっかの現場で。喜屋武七海は『天翔け』の打ち上げでそう言った。——それがこんなに早く叶うなんて！

「いや、これってちょっと運命だったりしません⁉」

「調子に乗るな！　この程度で運命だったら俺なんか喜屋武さんと結婚できるわ！」

「えっ⁉」

聞き捨てならない。

「佐々さん、喜屋武さんと現場被るの何回目？」

「これで四回目だ。殿さんなんか喜屋武さんが新人の頃からもう数えきれねえぞ」

そういえば、『天翔け』の現場で喜屋武七海は殿浦に「殿さん」と気軽な様子だった。

「けっこう被るもんなんですか」

「結果出してりゃいい座組に入れてもらえる。いい座組は当然キャスティングにも力が入ってるから、いい役者が重なることはままあるよ。ま、殿さんの積み重ねの結果だな」

そういうものか、と拍子抜けしたが——

「頑張ります、超頑張りますね、俺！」

ここから運命が始まるのかもしれないし！　と調子よく夢想をしていると、すかさず佐々から釘が飛んできた。

「お前、ここから運命がとか能天気なこと考えてんじゃねえだろな」

「いやいや、殿さんの積み重ねを無にしないようにですよ！　それに、運命になるにはまず佐々さんを抜かないと」

考えてんじゃねえか、とまた小突かれた。

ロケハンも制作部の重要な仕事だ。本決定のときは監督やプロデューサーも同行するが、候補を集めるのは制作である。――ということは、『天翔け』のときに殿浦からも聞いている。

今日のロケハンで探す候補は、学校の屋上だ。学校の屋上に見立てられるビルでもいいが、星がきれいに見えることというオーダーがついていた。

星がきれいに見えるためには夜景の明かりが少ないほうがいいので、狙うのは地方都市の郊外だ。佐々が中央高速で向かったのは山梨である。

「どうして山梨なんですか？」

「都内から通える距離で、ちょっと雪景色も狙えるといいってことでプロデューサーが北関東と甲信越に絞ってな。そっから各地のフィルムコミッションに情報収集かけて……」

監督のイメージに合う景色が多かったのが山梨とのことだった。

富士山はもう冠雪しており、連峰もてっぺんが白く彩られているのが中央道から見えた。

「脚本読めたか？」

「半分くらい……」

読んどけ、と車に乗ってから渡された。車酔いしない質でよかった。

「『天翔け』とは全然違うタイプのヒロインですね」

喜屋武七海が演じるヒロイン宮原成美《みやはらなるみ》は、市内の花屋に勤める無口で影のある女性だ。母親が同じ市内でスナックを営んでおり、男関係が激しかったため成美は父親の顔を知らない。

屈折した思春期を送った成美にとって、唯一の親友と呼べるのは早瀬有希《はやせゆき》が演じる長谷川凪子《はせがわなぎこ》である。高校の同級生で、成美とは正反対の明るく前向きな性格だった。

○図書室（回想・夕方）

放課後、閲覧席で本を読んでいる成美。

凪子がやってくる。

凪　子「宮原さん」

成美、答えない。

凪　子「なに読んでるの？」

成美、答えない。

凪子、成美の本を覗き込む。

凪　子「『罪と罰』？　ドストエフスキー好きなの？」

成　美「別に」

凪　子「なんで読んでるの？」

成　美「分厚いから」

凪　子「斬新《ざんしん》な理由だね」

成　美「うるさいなぁ。ほっといてよ、人のことなんか」

凪　子「ごめんごめん、怒っちゃった？」

凪子、成美の隣に腰を下ろす。

凪　子「宮原さん、あたしが本借りに来たらいつもここで本読んでるから。宮原さんも本読むの好きなのかなーって」
成美、答えない。
凪　子「あたしは面白そうかどうかで選ぶんだよね。分厚いからっていう理由は面白いなって。宮原さんって、あれ？　読書マラソンとか、ノルマ燃えちゃうタイプだった？」
成美、凪子を睨む。
成　美「分厚かったら何でもよかったの！　時間つぶしてるだけだから！」
インサート映像。２ＤＫの成美の自宅。
鼻歌混じりにメイクをしている成美の母親の姿。着替え。
やがて出勤。
成　美「あんたは面白いから本読むお幸せな人間なんだろうけど、そうじゃない人間もいるの。あたしは家に帰りたくないから時間つぶしてるだけ」
凪　子「それなら別に読書じゃなくてもよくない？」
成　美「お金がかからなくて、一人でずっと居座ってても周りから変な目で見られない。これよりパーフェクトな時間のつぶし方が他にあるなら教えて」
凪　子「……ああ。確かにパーフェクトだわ」
凪子、拍手。
成　美「バカにしてんの？」
凪　子「いや、ほんとにパーフェクトだと思って。で？」

成　美「で？　って何よ」
凪　子「時間つぶしに読んでみた『罪と罰』はどうだったの？」
成　美「別に。つまんない。登場人物の名前覚えられないし、あだ名多すぎるし。暗いし重いしうっとうしいし」
凪　子「そっか。でも、ちゃんと読んで、何か得てるよね」
成美、きょとんとする。
凪　子「ちゃんと読んでないと、登場人物のあだ名が多いとか分かんないもん」
成　美「……読まずにページめくってたらすぐ終わっちゃうし、時間つぶせないから。でも、つまんないよ」
凪　子「いいんだよ、つまんなくても。うちの親が二人とも本好きなんだけどね。本読むと、面白くてもつまんなくても、残るんだって。ここに」
凪子、自分の胸を指先で叩く。
凪　子「そんで、読んだときは分かんなかったことが、何十年もしてからふっと分かることがあるんだって。ずっと眠ってた種が芽を出すみたいに。それってすごくない？」
成美、凪子の横顔を窺う。
凪子、成美のほうを見てにこりと笑う。
凪　子「あたしね、卒業するまでに図書室の本、読めるだけ読むのが夢なんだ」
成美、思わず吹き出す。
成　美「夢って。大袈裟じゃないの」

凪子、照れくさそうに笑う。

凪　子「『罪と罰』もいつか読んでみるね。難しそうだからあたしもつまんないかもしれないけど、そのほうが何十年かして種が芽を出す感じが味わえるかもしれないし」

成　美「……勝手にしたら」

「いいですよね～、この図書室に美少女二人って。ツンケンした喜屋武さんもきっとかわいいんだろうな～」

「おま、感想それか」

佐々が渋滞に合わせて細かくブレーキを踏みながら、実に情けなさそうな溜息をついた。

「制作として読め、制作として」

「制作としてって……」

「読みながら画を結べってことだよ。どんな図書室が作品のイメージに合うか」

「あ、もう絶対レトロな感じ。床とか木で張ってて重厚で、異人館みたいな」

「学校の他の場所との調和や時代背景は？　あんまりレトロだと物件探すの難しいし、現代物としては浮く」

「あ……」

正直、そんなところまではまったく考えていなかった。

「でも、私立の高校ならレトロな雰囲気でも合うんじゃないですか？　脚本、私立か公立か特に指定ないし」

「指定はないけどヒロインの設定があんだろが」

　成美の母親は水商売のシングルマザーで、家庭は決して裕福ではない。レトロな校舎が売りの上品な私立に通わせてしまうのはおかしい。

「公立でレトロだとおかしいですよね……」

「おかしいな」

　脚本はそこまで細部を詰めて考えていない雑なものもある。しかし、それをちぐはぐなままで作品にしてしまうか、整合性があるものにするかは、制作部や演出部、プロデューサーの手腕に関わってくる。

「この脚本は通して読めば整合性が逆算できるからな。しっかり書かれてる」

「ワンマンだけど脚本を書く力はあるんですね、雑賀監督」

「まあ、長年温《あたた》めてたらしいからな」

　渋滞気味だった車がするりと流れはじめた。高速の出口が近いらしい。佐々の車も出口レーンへ流れた。

「図書室もこの辺で探すんですか？」

「屋上用に学校がいくつか候補に入ってるから、一緒に校内も見せてもらう」

「廃校とかですか」

　近年は廃校になった学校をロケ用に貸し出す例が多い。

「図書室に本残してりゃ使えるけどな」

　机や椅子などの什器《じゅうき》は残っていても、本や運動用品などは処分されてしまっていることも多い。

「本は大量に調達しようとしたら面倒なんだよな」

画面に書影が映るものは、出版元に許諾確認をしなければならないという。

「引き画もあるから、図書室全部フェイクで埋めるのはことだし」

実録以外のテレビ・映画の映像で本や雑誌が登場するときは、美術スタッフがフェイクを用意することになる。図書室のロングショットを全部フェイクで埋めるなどということになったら、

「美術にぶっ飛ばされる」と佐々は身震いした。

「監督が気に入っちゃったら、空の図書室でも埋めないことには仕方なくなるからな」

もちろんその分予算も変わってくるので、ロケーションの決定は作品の浮沈を決める重大事だ。

「何年か前に図書館が舞台のアクション物ありましたよね。図書館に立てこもった犯人との銃撃戦で、本とか粉々になっちゃうやつ。あれとかどうしたんでしょうね」

「ああ、ありゃ大変だった」

その作品も殿浦イマジンの請負だった。

「普通は有り物の本にフェイクのガワつけるのが定番なんだけど、とにかく数が多かったからな。まず、有り物がそんだけ集まらない。火薬を仕掛けて紙が吹っ飛ぶから質量が要る、本体を箱でごまかすとかができない」

「それでどうしたんですか?」

「最初はPが古本で調達しようとしたんだけど、古本チェーン店の名前を撮影協力に入れなきゃならないってなって。そしたら原作側が絶対NGだって」

「あ、そっか原作物だったんだ」

「そ。仮にも出版社が古本チェーンを撮影協力に加えるわけにはいかない、新刊書店に申し訳が立たないって」

中古書店で本を買っても、出版社や原作者には一切利益は入らない。また、中古書店の過度な利用が新刊書店の経営を圧迫するという事情もある。

「まあ、向こうの業界の仁義的にはそうなるよな。新刊商ってんだから」

「じゃあ、全部フェイクで？」

「予算オーバー間違いなし、どうするってなったとき、殿さんが『出版社なら断裁本があるはずだ』って言い出して」

「断裁？」

「落丁乱丁なんかで断裁処分される本ってのが出版社には必ずあるんだと」

断裁本を提供してもらい、カバーだけ変えて銃撃戦のある書棚を埋めたという。

「へえー。殿さん、よくそんなこと知ってましたね」

「ああ見えて読書家だからな。好きなジャンルは……」

「あ、知ってます」

歴史物一択、間違いなしだ。

「いい図書室も見つかるといいですね」

「忙しいぞ、図書室の他にもいくつかあるし。屋上がデイとナイトと両方要るからな」

デイはデイ（日中）シーン、ナイトはナイト（夜間）シーン。日のあるうちに候補物件の写真を押さえ、夜もまた回らなくてはならない。加えて図書室もチェックするとなると慌ただしい。

「昼飯は移動しながらコンビニおにぎりだな」

「えー、せっかく山梨まで来たのに」

「遊びじゃねえんだ、遊びじゃ」

佐々が横から良井を小突き、車は料金所をＥＴＣレーンで通過した。

○校内（回想・夜）
　成美と凪子、校舎内をこっそり歩いている。

　警備員の懐中電灯から身を隠しつつ、屋上へ。

○屋上（同・夜）
　凪子、屋上に出るドアに鍵を差す。
成　美「あんた、一応優等生で売ってるのにさ。知らないよ、こんなことして」
凪　子「大丈夫、大丈夫。明日の朝、鍵戻しとけばバレないよ。夢だったんだよね、夜の学校に忍び込んで屋上から冬の大三角形見るの」
成　美「卒業までに図書室の本読めるだけ読むのが夢じゃなかったの」
凪　子「大きいものから小さいものまで各種の夢を取りそろえております」
　成美、小さく吹き出す。
凪　子「中学のとき読んだ漫画でそういうのあったの、一緒に忍び込むのはカレシだったけど。ま、カレシは間に合わなかったんで、親友と？」

成美「……誰よ、親友って」
凪子「またまたぁ。こんなこと付き合ってくれてる時点で親友でいいじゃん」
成美「……」
二人、ドアを開けて屋上へ出る。
満天の星。
二人、言葉もなく見上げる。
成美「……で？　冬の大三角形ってのは、どれよ」
凪子「あっ！　……星図表持ってくるの忘れた」
成美「はぁ⁉　知ってるんじゃなかったの⁉」
凪子「星図表で調べるところも真似しようと思ったのよ。あーん、忍び込む段取りに夢中で完璧《かんぺき》に忘れてた、買ってあったのに」
成美「ばっかじゃないの、あんた」
凪子「まあまあ、この満天の星のどっかに三角がありますってことで！　それに……」
凪子、成美に微笑みかける。
凪子「おかげで夢がもういっこ増えた」
成美「……なに？」
凪子「大人になったら、成美と大三角形リベンジ！」
成美「ばっ……かじゃないの、あんた！　今だから見つかっても反省文で済むけど、大人になったら犯罪じゃん！　事案だよ、事案！」

凪　子「スリル大盛り！」

成　美「バーカ！」

「後の展開見ると泣けますよねぇ、ここ」

一般道に下りてしばらく、良井は読み終えた脚本を屋上のナイトシーンにめくり戻した。

その後、体が弱いことを理由に入学のときから体育をずっと見学していた凪子が、心臓に先天性の疾患を抱えていることが分かる。移植手術が必要で、ドナーが見つからなければ余命わずかだということも。

○保健室（回想・夕方）

成美、保健室に入ってくる。

ベッドに横たわっている凪子。

成美、ベッド脇まで歩み寄り、しばし無言。

成　美「……なんで、黙ってたのよ」

凪　子「……」

成　美「あんたがそんなに重い病気だって知ってたら、練歩会いっしょに出ようなんて言わなかった！　何でよ！」

成美、詰りながら涙。

凪子、苦笑。

凪　子「歩くだけなら大丈夫かなって思ったのよ。ほんと、ポンコツで嫌になっちゃう。この心臓」

成美、うつむいて歯を食い縛り、泣き声をこらえる。

凪　子「……あたしね。物心ついたときからずっと、大人になるまで生きられないって言われてたの。もう、うんざりするくらい。みんな腫れ物に触るみたいに、大事に大事にしてくれて。普通の友達いなかったの。みんなあたしのお世話係みたいで」

校庭の光景。

部活の生徒や下校する生徒。

凪　子「普通の友達がほしかったの。あたしの命の心配しないで、普通にしててくれる友達。だから、高校越境して、あたしのこと誰も知らないとこにしたの。じゃないと、あたし、普通の友達ってどんなか一生知らないままかもって」

凪子、校庭の様子を眺める。

凪　子「嬉しかったの。成美が練歩会いっしょに出ようって言ってくれて」

成美、涙が止まらない。

凪　子「お願い。誰にも言わずに、成美も普通にしてて」

成　美「……無理だよ。知っちゃったんだから」

凪　子「でもほら、大人になれないなれないって言われながら、高校二年まで来れたんだしさ。大人になるまでに、奇跡的にドナーが見つかるかもしれないし」

成　美「バッカじゃないの！　奇跡なんて……！」

成美、はっとして言葉を呑《の》む。

凪子の目から、涙。

凪　子「……起こるって言ってよ。成美があたしの奇跡なんだからさ」

校庭。楽しげな生徒たち。

凪　子「普通の友達がほしい、できれば親友になりたいってさ、あたしの人生で一番大きな夢だったんだよ。それが叶ったんだから……」

成　美「あたしにそんな力ない！」

成美、保健室を飛び出す。


「この保健室も大事ですよね」

制作的に読むとどうなるか。——校庭のカットが入るので、一階の校庭に面した位置。生徒の下校も入るので、屋外の通路も通っていなくてはいけない。いや、通路は通っている態《てい》で撮れるか？　だが、校庭はマストだ。

「校庭に面した保健室かぁ……」

「簡単だろ」

「そうですかぁ？」

良井の通っていた小学校も中学も高校も、保健室は中庭に面していた。校庭に面した日当たりのいい場所は全部教室になっていた覚えがある。

「ロケーションが合う教室があったら美術で飾りゃいい」

「その手か！」

良井としては盲点を衝かれた気分である。保健室という固定観念から抜け出せていない自分がちょっと情けない。

やがて、車の向かう先に学校らしき建物が見えてきた。


最初のロケ物件だった廃校でフィルムコミッションと合流し、昼間のうちに物件を六つ回った。内訳は、廃校が三つと普通の学校が二つ、そして屋上だけ見立てるという形で企業のビルが一つである。

昼食は、佐々の予言どおりコンビニおにぎりだった。フィルムコミッションは昼過ぎを区切りに人員交替していたが、こちらは交替要員なしだから致し方ない。

有望なものも有望でないものも含めて写真を撮り、日が落ちてから今度は屋上の夜間の状態を確認して回る。

最後の物件を撮影したときは、もう夜の十一時が近かった。

「では、また明日よろしくお願いします」

フィルムコミッションと別れるときの挨拶で、良井は首を傾げた。

帰りの運転は良井になった。

「有望なとこいっぱいあったのに、まだ回るんですか？　最初の廃校、屋上も図書室も保健室も条件クリアしてたじゃないですか」

「七、八件は用意しとかないと雑賀さんは納得しないんだよ」

候補物件が少ないと、それだけで全ボツになることがあるという。

「俺の作品のためにこれしか用意できないのかって不機嫌になるんだ」

「えー！　何それ、めんどくせー！」

「めんどくさい人なんだよ。今回は初オリジナルで気合いが入ってるから、一箇所につき十件は用意しといたほうがいい」

見せゴマのために十件。まだ会ったこともない雑賀監督が、早くも暴君のイメージを結んだ。暴君、あるいは――

「男を試そうとするめんどくさいカノジョみたい……」

今日、何の日か分かる？　世の全ての――とまでは言わないが、圧倒的多数の男が慄く恐怖の質問。何の日だっけ？　などとうっかり返そうものなら金切り声が飛んでくる。

信じらんなーい！　二人で初めて◯◯した日なのに！　あたしのこと愛してないの⁉

「ああ、それ割りと正解」

佐々はあっさり頷いた。

「そう思って接したほうが上手く行くかもな」

ということは、

「信じらんなーい！　俺の初めてのオリジナル作品なのに！　これしか物件用意してないの⁉ってことですね」

佐々はブッと吹き出した。本人を知っているのでハマったらしい。

「まあ、そういうことだ。見た目はスキンヘッドのマフィアみたいだけどな」

「ヤクザみたいな見た目の人なら見慣れてるんですけどねぇ」

「おい、誰のことだ」

「いや、佐々さんだけじゃないですから」

幹部の上に歴史好きの組長がもう一人。

「うっせえ、三下《さんした》」

「いや、いつか俺も立派な幹部に……」

今度は平手が飛んできて頭をはたかれた。

その後もくだらない雑談をしていたが、車を高速に乗せた辺りで佐々の相槌が途絶えた。見ると、首は大丈夫かと心配になるほどガクリと斜めに折れて、寝息を立てている。

いつもより丁寧なブレーキングを心がけ、良井は深夜の中央道を東京へ向かった。

＊

初顔合わせはお祓《はら》いの後になった。

製作に芸能プロダクションの大手であるサワプロが入っているため、お祓いの場所はサワプロの会議室である。

製作と制作、読みはどちらも同じセイサクだが、前者はいわゆる「企画・製作」、作品を作る資本に加わり興行までの責任を持つ「製作委員会」などの製作だ。制作は作品を作る実作業全般を受け持ち、「製作から発注されて制作する」ということになる。

良井ら制作スタッフの仕事は、大きく出れば「段取りを立てて円滑に現場を回すこと」であり、身も蓋もなく言えば「雑用係」だ。撮影や照明、美術、演出など、技術スタッフの担当ではない隙間仕事の全般を受け持ち、どこが受け持つべきか微妙なグレーゾーンの作業も全て回ってくる。専門技術が要らないことであれば技術スタッフの作業も適宜手伝う。

現場の隙間産業みたいなものだが、隙間の割りに制作がいないと現場は止まるし、現場の予算も管理する。重要隙間産業、とでも言うべきか。「重要」「隙間産業」というのは言葉としてはかなりの矛盾を含んでいるが。

「あー、イーくん！」

喜屋武七海は良井を見つけるなり歓声を上げた。

「また会ったねー！」

「はい！」

もっと気の利いたことが言いたいのに、それしか言えない。

せめて精一杯元気よく。

「佐々さんもー！　もう四回目だっけ」

「よく覚えてますね」

ちょっと嬉しそうに驚いた佐々に、

「その顔は一度見たら忘れないよー、初めてのときはヤクザの人が因縁つけに来たのかと思ったもん。あ、あの恐い顔の人また現場一緒だって」

無邪気なカウンターがぶちかまされた。

そうっすよねー、などと佐々はにこにこ相槌を打ったが、良井としてはその心境を思うと涙を禁じ得ない。

「うちは社長から強面ですしね」

「でも、顔が恐くて心が優しい人は、ほんとに優しいよね」

佐々が目をぱちくりさせた。

「第一印象で恐がられるのに、いい人だって言われるの、ほんとに優しいからだよね。殿さんもそうだし」

鬼のカウンターの後に天使の介抱。狙ってやっているのなら小悪魔だが、天然だ。

ありがとうございます、とか何とか口の中で佐々がもごもご言っていると、早瀬有希がやってきて、喜屋武七海はそちらと「久しぶりー」などと盛り上がった。

よかったっすね、と良井は佐々を肘で小突いた。

「俺、ちょっとジェラシー」

「なに言ってんだ、バカ」

引っぱたかれた。照れている。

キャストが概ね揃った頃に、真打ちとばかりに雑賀監督が到着した。

和やかに盛り上がっていた会場がピリッと締《し》まる。

こ、これは……

良井はごくりと唾《つば》を飲んだ。

スキンヘッドのマフィアとは聞いていた。だが、予想以上にマフィアだ。

黒いサングラスに金のぶっといチェーンネックレス、何よりマフィア感を醸《かも》しているのは黒い毛皮のロングコートだ。フェイクなのか本物なのか知らないが。

サワプロの男性プロデューサーが揉み手ですっ飛んでいく。

「お待ちしてました、雑賀さん！」

「おう」

横柄な返事は、周りを威圧する演出のようでもある。プロデューサー相手でも愛想は売らないという威嚇《いかく》だ。

「ご祈禱《きとう》していただいたら必ずヒットするっていう神主さんにお願いしたんですよ」

言いつつプロデューサーが、祈禱の準備をしている神主を手で示した。

「ああ、そう。そっちも気合い入ってるじゃない」

雑賀は威圧の態《てい》は緩めなかったが、明らかに機嫌がよくなった。分かりやすい。

関係者たちが揃い、主要キャストと製作側の責任者が会場前方の席へそれぞれ着いた。会場の前と後ろで服装がきっぱり分かれる。前に分かれたお祓いを受ける組は小綺麗な格好をしているが、後ろに集ったスタッフは既に現場服に近い。お祓いの後のスタッフ初顔合わせは、そのまま打ち合わせになだれ込むので、その流れで早速作業に入る者も多い。

神主が祭壇の前に立ち、御幣《ごへい》が振られ、よく響く声で祝詞《のりと》が奏上されはじめた。

いい声だなぁ——と良井は思わず聞き入った。いわゆるハンサムボイスということではなく、声が質のいい弾力を含んでいる。その弾力が空気を響かせ、部屋の隅々まで共鳴させているかのような——耳から入ってきた声も、体の中で何やら増幅されているようだ。

あまり信心深いとは言えない良井でも、その祝詞に力があることは分かった。空気をきれいな水で丸洗いしているような、不思議な清々《すがすが》しさがひたひたと部屋を満たしていく。

いい神主を呼んだ、というのは、雑賀の機嫌を取るための出任せでもないらしい。

盃《さかずき》一杯の奉納酒を全員が振る舞われた後、スタッフは別の会議室に場所を移して初顔合わせになった。

講義室型に配置された机の最前列に雑賀とプロデューサー陣が座り、スタッフは二列目以降。お祓いが始まる前にサワプロに入り、机を並べたのは良井と佐々である。重要隙間産業として、会議室への誘導も。

スタッフは総勢六十人ほどにもなった。部署ごとに何となく固まって座っている。

プロデューサーの仕切りで、雑賀から挨拶が振られた。

のっそり立ち上がった雑賀がスタッフを睥睨する。

「作品のために死ねない奴は今すぐ出てけ」

ぎょっとするようなぶちかましに、スタッフが凍りついた。身じろぎ一つできない。

「よし。——覚悟は受け取った」

勝手に受け取らないでぇー！　と良井は内心悲鳴を上げた。恐らく他の多くのスタッフの心の声を代弁している自信がある。

「死ぬ気でやってくれ」

雑賀は言うなりどすんと椅子に腰を落とした。周りは呆気《あっけ》に取られていたが、プロデューサーがやがて慌てたようにフォローする。

「雑賀監督らしい、武闘派なご挨拶をいただきました！　皆さん、頑張りましょう！」

毒気を抜かれていたスタッフも、慌てて拍手した。

監督と製作陣が挨拶を終え、次はスタッフである。撮影部から順に紹介される。一人一人席を立ち、名前と所属だけを述べる簡潔な挨拶だ。

「では次は演出部の皆さん」

演出部として紹介されるのは助監督だ。監督の意図を汲み、監督の相談役になりながら現場の演出を統括するチーフを筆頭に、エキストラなどの演出を受け持つセカンド、小道具類の出納《すいとう》や雑用を受け持つサードで構成されるチームだが、規模が大きい現場では更にフォースがつくこともある。『罪に罰』ではサードまでの三人体制だ。

チーフ助監督は三十半ばのひょろりとした男性。続いて挨拶したセカンドは、若い女性だった。

「セカンド助監督の島津です。至らないところもあるかと思いますが、よろしくお願いします」

ちょっと美人だな、と思って良井は手元に配られているスタッフ表を確認した。フルネームは島津幸。

「ゆき？　さち？」

口の中で呟いたつもりが、隣の佐々には聞こえたらしい。

「さちだ」

佐々は見知った顔のようだ。スタッフ表によると、所属はフィールズという制作会社である。規模的には殿浦イマジンのライバル的存在だ。

今回は制作を殿浦イマジン、助監督をフィールズで受注を分け合ったらしい。

「きつい現場になりそうだけど、セカンドにさっちゃんいるなら大丈夫だろ」

「できる人なんですか」

先日の佐々の話では、助監督は人手不足のため何となくポジションが上がってしまう者も多いということだったが——

「今回のチーフよりできる。ただ、フィールズは完全に年功序列だからな」

と、挨拶のほうは黒縁眼鏡のサード助監督がのその席を立って挨拶するところだった。赤いチョッキを着た黄色いクマのような風貌だ。

「サードは?」

「俺は初だな。気の利く奴ならいいんだが……」

その言いようで、気が利かなさそうな奴だなと懸念していることが分かる。

佐々と良井にも挨拶の順番が回ってきて、やがて初顔合わせはお開きになった。

「行くぞ」

佐々が早速席を立って監督のほうへ向かう。

「監督、ロケハンの写真見てもらっていいですか?」

おう、と雑賀が横柄にロケハンの資料を佐々から受け取る。五日ほどをかけて、一箇所につき十件をピックアップした分厚い資料だ。

「図書室はこちらが有望かと思うんですが……」

佐々の説明を気難しい顔で聞いていた雑賀は、やがて資料を佐々に突っ返した。

「図書室と保健室と教室は第一候補を見に行く。だが、屋上はなってない！」

良井はすんでのところで「そんな」と呟きかけた声を飲み込んだ。目をつけられたら、えらいことになる。

「ちゃんと脚本読んだのか！　成美と凪子の思い出のシーンだぞ、こんなチンケなロケーションでいいわけねえだろうが！　数だけ揃えりゃいいってもんじゃないぞ、デクノボウ！」

そんな、を飲み込むこと再び。

佐々はあっさり「分かりました、探してきます」と引き下がった。

「いつまでだ」

「三日ください」

打ち合わせを他のスタッフに譲った佐々は、会議室を出ながら電話をかけはじめた。ＯＫ物件に正式なロケハンを申し入れているようだ。

やがて電話が一通り終わり、それを待ちかねて良井は佐々に「どうすんですか、佐々さん！」と迫った。

「あれよりいい物件なんかそんなあります⁉　使用条件もゆるかったし、景色もよかったのに」

良井にしてみれば、屋上こそ自信の物件に思われた。佐々もそう思っていたはずだ。これ以上の物件を探すとしたら、他の県にも捜索範囲を広げなくてはならない。撮影は明日にも始まるし、他の作業も目白押しに詰まっているのに、たった三日で代替物件が見つかるとは思われなかった。しかも、屋上は昼と夜と両方の参考写真を押さえなくてはならない。

「大丈夫、大丈夫」

佐々は余裕綽々《よゆうしゃくしゃく》だ。

「まだ候補があるから、お前が合間合間でいくつか見てこい」

「え!?」

「要領は分かったろ。三つ四つ増やしときゃオッケーだから」

「でも……」

ロケーションにうるさく、一箇所につき十件は候補を用意しないと納得しない雑賀が、良井のような新米が見立てたロケーションで満足するとは思われない。

「今回、三十件近く物件見せたからな。ボツにした物件なんかどうせすぐ忘れるし、見劣りする新規物件いくつか付け足してもう一回有望物件見せたら、あっさりＯＫするよ」

今度は違う意味で「そんな」が漏れる。相手が佐々なので飲み込む必要はない。

「そんなテキトーでいいんですか」

「踏み絵っつーか、お作法だ、お作法。何か難癖つけなきゃ気が済まねえんだよ。屋上か図書室かどっちかは何出しても蹴るだろうなって読めてたし」

「めんどくさー！」

「言ったろ」

実際、三日後に良井が探してきた「見劣りする物件」五つほどの中に最初の有望物件を混ぜて提出したところ、雑賀は「やればできるじゃねえか」とご満悦だった。

＊

『天翔ける広報室』とは全く違う空気の現場だった。

　スタッフが朗らかに雑談する様子は全く見られず、常に息詰まる気配が現場を満たしている。待機中のスタッフが無表情でぼそぼそ口だけ動かしているところに通りかかると、低い声で雑賀の横暴さに文句を言い合っているという有り様だ。

　打ち上げ、一万円払ったら出なくていいと言われたら一万円払う。そんな話が出る現場もある。亘理に聞いたことがあるそんな話が、良井にも現実味を帯びて感じられた。一万円払って欠席、というスタッフは既に少なくないような気がする。

　良井自身、一万円は無理だが、三千円くらいなら払ってもいい気がしていた。空気が悪い中、気を利かせたつもりで撮影ベースの雑賀にコーヒーを持っていったとき、「薄い！」とぶっかけられたのだ。防水のジャケットを着ていたので染みにも火傷にもならなかったが、厚意を泥靴で踏みにじられるような仕打ちには、腹の中でどす黒い怒りが渦巻いた。

　更に作り置きのコーヒーを全部淹《い》れ直せと命令されて、ポットに三つ作ってあったコーヒーは全部流して捨てることになった。だが、良井が特別に目をつけられていびられているということではない。たまたまその日は良井が的になったというだけで、誰もが似たり寄ったりの理不尽を味わっている。

　空気が悪くなっている大きな原因は、初顔合わせで佐々も懸念していたサード助監督だった。打って響かないにも程がある、恐るべき鈍感力の持ち主だった。仕事の進め方に独特のこだわりがあり、なだめてもすかしても怒っても泰然自若《たいぜんじじゃく》と自己流で作業する。

現場をプラスチック段ボールで養生する際、一番減っている白い養生テープで貼り合わせるというマイルールがあるらしく、緑で貼っても黒で貼っても同じだろうと周囲がキレても、「でも白いものは白で貼らないと」と譲らない。白いテープがあっても一番減っている巻きから使うというルールを譲らないので、うっかりそれをどこかに紛れさせると、他に新しいテープがあっても使いかけを発見するまで養生作業は頓挫《とんざ》だ。

「何であの人クビにならないんですか⁉」

他社のことではあるが、良井が佐々に思わず詰め寄ったことも一度や二度ではない。

「助監督はほんとになり手がいないんだよ。クビにしたら代わりが見つからない」

佐々は現場でへらへら笑って立っているだけの助監督を見たことがあるという。

マイルールを譲らないことから、サード助監督には逆にユズルという渾名《あだな》がついた。ユズルの作業がもたつく度に、ベースから雑賀の怒声が飛ぶ。「ユズル、死ね、ゴミ！」「殺すぞ、このクズ！」常人なら心を病むほど怒鳴られても、ユズルは一向に恐れ入る気配はない。ある意味、ハートはピカイチに強かった。

そのユズルをフォローするのがセカンド助監督の島津幸である。チーフ助監督は雑賀の機嫌を取ってお追従《ついしょう》を言うばかりで、全く采配《さいはい》しようとしない。

さち、さっちゃんと呼ばれている幸は、最初はユズルの作業を手伝うことでカバーしていたが、ユズルの段取りを無視しようとすると今度はユズルがキレて怒り出す。

一度、良井が見かねて養生中に口を出したことがある。

「ユズルさん、申し訳ないけどどこっちお願いできますか」

大して急ぐ用事でもないが、散らかったお茶場の片づけを頼んで養生作業から引き離し、阿吽《あうん》の呼吸で佐々が養生作業を代わった。

ユズルは片づけなら一人で黙々とやれそうだったので、良井も養生作業に加わり、もたついていた養生はあっという間に仕上がった。

そのときは雑賀の堪忍袋の緒が切れるのに間に合い、幸に後で礼を言われた。

「ありがとね、ごめん」

美人に手を合わされる気分は悪くない。

幸はその後、ユズルに他の作業を振れるときは振って、自分が急ぎの作業をするようになった。良井や佐々も手が空いていたら手伝う。

しかし、ユズルを抱えた幸の動きはどうしても重くならざるを得ず、ユズルの作業を代わっていることで疲労もどんどん蓄積されているようだった。移動の車に乗ると、真っ先に首が斜めになって寝落ちする。

雑賀もユズルと話すのがうんざりらしく、文句を言うときは幸が的になるようになった。

「チーフがクズだな」

佐々が何かの合間にそう呟いた。

「自分にとばっちりが来ないことしか考えてないタイプだ」

チーフ助監督は雑賀には気に入られていて仲がいい。だが、幸がどれほど理不尽に怒鳴られていても、庇《かば》う気配は一向になかった。

スタッフの中でもチーフの評判は悪かった。

ユズルは出来なさすぎて諦めるしかないが、チーフは逃げ回っていることが見え見えなので、スタッフとしては時に雑賀より苛立つ。雑賀の尻馬に乗るような発言も多いのでなおさらだ。

そんなある日のことである。

撮影現場が二手に分かれることがあった。エキストラを主体にしたシーンだったが、慣れないエキストラを大勢使っているため時間が押し、エキストラシーンにはセカンドカメラマンと幸が残り、次の現場に撮影本隊が向かった。

制作は、撤収に手こずると思われたエキストラシーンに佐々が残り、良井が本隊に同行した。次の現場でもエキストラが入っており、その演出はチーフ助監督がつけることになった。

ここで珍しく、チーフ助監督が雑賀の的になった。

「おい、何やってんだ！」

——というのは、チーフがつけたエキストラの演出である。

「エキストラの総数考えろ！　最初でそんなにばんばん使ったら後半で誰もいなくなるぞ！」

数を調整したら、今度は動きだ。

「何で校門から出てくる生徒が必ず二人ずつなんだよ！　一人で通る奴もいるだろが！」

「何で全員ロボットみたいに無表情で歩いてんだよ！　ここは北朝鮮か！」

「演出つけろっつってんだ！　相手は素人だぞ、役者じゃねえんだから指示出せ！」

今回ばかりは、雑賀が正論である。チーフは怒鳴られるたびにへどもどしながらエキストラの動きを調整した。

そこへ、遅れていた幸が到着した。

エキストラの演出を引き継ぎ、一人一人に指示を出しはじめる。

良井が見ていると、動線と動き出しのタイミングしか指示していなかったチーフに比べて、幸は簡単にだがきちんと演出が入っていた。

「塾に遅れるから急いで帰ってるつもりで歩いてね」

「昨日観たテレビの話をしてるつもりで雑談お願いできるかな。小さい声で」

「今日は宿題がたくさん出ました、二人ともうんざりしてます。そんなつもりで雑談してね」

エキストラは高校生ばかりだったが、明確に自分の演出をつけられて、見違えるような動きになった。具体的なオーダーを与えられて、傍目《はため》にもやる気を出しているのが分かる。自分なりの工夫も始めたようだ。

テストを二度ほどやって本番。ロボットが歩いているような下校シーンが、自然な下校の風景になった。

「演出ってのはこうやるんだよ、見習え！」

雑賀はまだご立腹らしく、チーフ助監督をこてんぱんに叱りつけた。

神妙な顔で頷いていたチーフ助監督が、ようやく解放され――粘りつくような視線を幸に向けた。気づいた良井の背筋を、ざわっと悪寒が走った。

幸は気づいていない。

良井は佐々のほうに目をやった。佐々も電話中で気づいていない。

良井は目を伏せた。気づかなかったことにすれば、なかったことになるのではないか――自分があの粘りつくような視線の目撃者になってしまったことが、何だか恐ろしかった。

気のせいだ。雑賀の的になって物騒な目付きになるスタッフなどいくらでもいる。良井だってコーヒーをぶっかけられたときは、自分でも人相が悪くなっているのが分かった。誰か刺しそうな目ぇしてるぞ、と佐々に突っ込まれた。

嫌な目付きをしている者を見たら、嫌なイメージしか結べない。——例えば、何か嫌なことが起こりそうな。

こういうときこそ、イマジンだ。幸に粘りつく視線を振り払うように、良井は頭を左右に強く振った。

いいイメージを結べ。嫌なイメージに取り込まれるな。イマジンがあるかどうか、それが殿浦イマジンの社訓だ。

嫌なものから目を逸らすための楽観は、殿浦の言ったイマジンなどではない。——そのときの良井は、まだそれに気づいていなかった。

屋上で成美と凪子が冬の大三角形を見るシーンの撮影日がやってきた。

撮影隊はデイシーンを終わらせた後、夕方に屋上に入った。佐々が裏技でＯＫを取った、例の屋上である。廃校だから使用条件が厳しくなく、平日でも使えるのがポイントだ。

雑賀はぐるりと屋上を眺め渡し、一言「雪」と呟いた。呟きというには聞こえよがしな大きな声だったが、ベースを作っていたスタッフたちは忙しく立ち働いて聞こえないふりをした。

と、雑賀は本隊に立ち会っていたプロデューサーに矛先《ほこさき》を定めた。いい神主を呼んだと雑賀の機嫌を取っていたサワプロの男性プロデューサーである。

「雪、欲しいよなぁ？」

プロデューサーは困ったように曖昧《あいまい》な笑いを浮かべた。市内には既に積雪があり、成美と凪子の高校生のときの回想には雪景色になったシーンもある。

「やー、屋上にも積もってたらよかったんですけどね」

日当たりがいいためか、床材が蓄熱でもするタイプなのか、屋上には雪の名残も残っていない。

「いるだろ雪。繋がりがおかしくなるじゃねえか」

繋がり、というのは他のシーンとの辻褄《つじつま》の繋がりである。

スタッフたちは固唾《かたず》を飲んで雑賀とプロデューサーの攻防に耳をそばだてた。

屋上に雪を運んできて敷き詰めろ、などということになったら、この場面の撮影は深夜0時を過ぎるてっぺん越えなどでは済まない。ヘタしたら明け方までかかる。

「いや、このシーンは直接雪のシーンと繋がってるわけじゃないですし……成立すると思いますけどねぇ」

プロデューサーは逃げを打ったが、雑賀は胴間声《どうまごえ》を張り上げた。

「全体的に雪のイメージができてんだろが！　雪があったほうが美しい、違うか⁉」

「それは、まあ……」

「そこにあんじゃねえか、雪」

雑賀は屋上から校庭を指差した。日陰部分には踏み荒らされていない雪が積もっている。

「そっから持ってくりゃいいじゃねえか。どうせ泊まりの地方ロケなんだから、終電は関係ねえだろ」

これが泊まりでなかったら、スタッフを帰宅させなくてはならない都合があるので、何となく終電が撤収ラインという暗黙のルールがある。だが、泊まりで宿が確保されているとなったら、徹夜と言われても可能は可能になってしまう。

「いや、でも明日も予定がパッパツですし……」

ああん？　と雑賀は下からプロデューサーをねめつけた。

「作品のために死ねない奴は去れって初日で言ったよな？」

「しかし、予定外の作業でスケジュールが押した場合のことを考えるとですねぇ……明日は東京に撤収の予定ですし、撮影がこぼれて一泊増えるようなことになったら予算が」

粘るプロデューサーに、雑賀の声が爆発した。

「予算なんか言い訳にしてんじゃねえ！　二時間ドラマじゃねえんだよ！」

プロデューサーは、ぐっと声を飲んだ。サワプロは二時間ドラマで活躍する俳優や女優も多く抱えているし、このプロデューサーも二時間ドラマのシリーズを手掛けたことがあるはずだった。

佐々がそっとその場を立ち去って、電話を使い始めた。万が一のときの延泊の手配をしていることが、漏れ聞こえる内容で良井にも分かった。

「なあ！　二時間と一緒にすんなっつーんだよなぁ！」

雑賀が話しかけたのは、たまたまベースのそばでユズルと作業をしていた幸である。ユズルが譲らないのはいつもどおりで、幸は四苦八苦しながらユズルを誘導しようとしていた。

雑賀に話しかけられたのは、全くの意識の外からのことだったらしく、「え？」と一瞬呆《ほう》けたような顔をした。

耳に残っていた言葉だけで、幸は何とか返事をしようとしたらしい。何も言わなければそれはそれで的になることが見えていた。

「あ、あの……どの二時間も同じ二時間ですから……わたしは何でも全力で」

しどろもどろで答えた幸に、

「ふざけんな！」

雑賀の飲んでいた紙コップのコーヒーが飛んできた。バシャッと幸の顔にかかり、幸は悲鳴を上げて顔を押さえた。

良井はとっさに駆け寄り、ポケットの中にあったウェスを幸に渡した。汚れてるけどと詫びると、幸は首だけ小さく横に振って答え、ウェスを受け取った。

「怪我《けが》は⁉」

プロデューサーが焦った様子で尋ねると、幸はそれにも首を横に振った。

雑賀も一瞬、火傷をさせたのかと焦ったのだろう。声が止まっていたが、大事なかったことで逆に怒りが再燃したらしい。

「同じ二時間ってのは何だ！　俺の映画が二時間ドラマと同じだって言いたいのか！」

「いえ、そんな！　よく聞こえてなかったので」

「聞こえなかったんだったら何でテキトー答えてんだよ！　俺をバカにしてんのか！」

こうなったら何を言っても揚げ足を取られるルートだ。幸は俯《うつむ》いて黙りこくった。

雑賀はそばにいたチーフ助監督を振り向いた。

「おい！　フィールズの助監督ってなこんなレベルか！」

「とんでもないです！」

チーフ助監督は直立不動で敬礼でもしかねない勢いだ。

「ほんっとすみません、こいつバカで。使えないんですよ、俺も困ってて」

おい、と良井は声に出して突っ込むところだった。居合わせた他のスタッフもきっと同じだ。

「会社にも報告して厳しく指導しておきますので、申し訳ありません！」

そこへ、電話で外していた佐々が戻ってきた。

「雪、上げましょう。フィルムコミッションに頼んで、ボランティア集めました。三十人くらいなら何とかなるそうです」

雪を上げる作業は、できることなら避けたい重労働だった。しかし、この嫌な空気を切り替えられるなら、重労働に徹したほうがマシだ。それほど空気が悪くなっていたためか、佐々の提案に弱々しいながら歓声が上がる。

「監督、先に画角を決めてください。見切れるギリまで雪で埋めます」

強面の佐々に淡々と訊かれて、雑賀もそれ以上ごねるのはきまりが悪くなったらしい。素直にカメラマンを伴い、撮影ポイントを検討しはじめた。

雪の搬送に使うのは、近所の商店でかき集めてきた発泡スチロールのコンテナである。

軽トラの荷台一杯に雪を積んで校舎の昇降口まで運び、そこから地上四階の屋上まではバケツリレーだ。

「イーくん、話聞いた。あたしもやる」

途中でやってきたのは、喜屋武七海だ。怒ったように唇を引き結び、バケツリレーの列の最後に並ぼうとした。

「いやいやいやいや！」

良井は慌てて喜屋武七海を列から引っ張り出した。

「喜屋武さんにこんなことさせるわけには……」

「だって！　あたしが主演だよ⁉」

喜屋武七海は苛立ちをそのまま良井にぶつけてきた。

「みんなにこんなことまでさせて、のうのうとお芝居なんかできないよ！」

「みんなが逆に気を遣いますから」

「スタッフもキャストも関係ないでしょ、こんな横暴！」

物陰で喜屋武七海を宥めていると、誰から聞いたのか佐々が飛んできた。

「喜屋武さんは休んでください」

「やだ！」

「お願いします。このとおりです」

佐々は腰からまっすぐ折るようにして、喜屋武七海に頭を下げた。喜屋武七海がさすがに怯む。

「やだ、やめてよ佐々さん」

「雪運びは誰でもできます。でも、お芝居は喜屋武さんにしかできません。雪のセッティングが終わるまで三時間はかかります。喜屋武さんたちはそこからが仕事です。監督の気分によっては明け方までかかるかもしれません。体力を温存してもらわないと困るんです」

だって、と喜屋武七海は駄々を捏ねるように呟いた。佐々が正論だと分かってはいる。

「雪の繋がり、必要ないじゃん！」

「決めるのは監督ですから」

傍目にも頑なになっている喜屋武七海に、佐々は根気強く言い聞かせた。良井は能もなく横で突っ立っているしかない。

「みんな疲れてます。喜屋武さんには一発ＯＫを出してもらわないと。だから休んでください」

それに、と佐々は付け加えた。

「喜屋武さんが動いたら、他のキャストさんが休めなくなります」

初めて喜屋武七海がたじろいだ。

ばたばたっと足音がして、喜屋武七海のマネージャーとプロデューサーがやってきた。

「お迎えですよ」

言いつつ佐々が、喜屋武七海をマネージャーたちのほうへ押し出す仕草をした。仕草だけで、どこにも触れてはいない。──制作の分ということなのだろう。

俺は引っ張っちゃったな、と良井は喜屋武七海を列から連れ出したときを思い返した。慌てる余り、ベンチコートの袖を強く引いてしまった。

ごめんなさい、と喜屋武七海は息だけで囁いてマネージャーのほうへ歩み出た。そのまま立ち去る。

「いやー、佐々ちゃん、すまん！　助かった！」

プロデューサーがばんばん佐々の背中を叩く。

「こんなことが雑賀さんの耳に入ったら、喜屋武さんが睨まれちゃうからな。俺へのイヤミか！って」

「先に気づいて連れ出したのはこいつです、誉めてやってください」

「いや、そんな！」

せっかく花を持たせてもらったが、佐々の見事な宥め方を見た後となっては、ちゃっかり花を受け取る気になれない。

だが、プロデューサーは「良井くんだったね」と名前を確認してくれた。

雪のセッティングは、予想どおりてっぺんを越えた。

だが、再開した撮影で、喜屋武七海はＮＧを一度も出さなかった。

「よーし、埋まり！」

監督がそう怒鳴ったのは、午前二時をしばらく回った頃だった。埋まりというのは、その場面のカットをすべて撮り終えたという業界用語である。

執拗《しつよう》にカットを割られた冬の大三角形の場面は、順調に進んでも三時間はかかるだろうという大方の予想だったが、嬉しい大誤算である。

「お先でーす！」

挨拶しながら喜屋武七海が先に上がる。良井とすれ違うとき、「お疲れ！」と背中を叩かれた。

こういうふうに気安くしてくれるから、つい手が出ちゃうんだよな、と先ほど袖を引っ張ってしまったことへの反省が蘇った。

「お疲れさまです！　執念の超速でしたね！」

せめて元気に送り出そうと全開で笑うと、喜屋武七海はニヤリと笑って去り際のVサインだけで答えた。

＊

雪の撮影の後、風向きがはっきりと二つ変わった。

一つは、喜屋武七海が雑賀に対して明らかに態度が頑なになった。「屋上の雪って本当に意味あったのかなぁ」などと聞こえよがしに呟き、雑賀が顔色を変えるような場面もあった。

もう一つは、セカンド助監督の島津幸である。

追い詰められた状況とはいえ、「同じ二時間なので」という発言は尾を引いた。雑賀は事あるごとに幸を目の仇《かたき》にするようになった。

それだけではなく、チーフ助監が完全にその尻馬に乗っかった。

譲らないユズルを抱え、段取りが悪くなりがちな幸を、狙い撃ちするように吊《つ》るし上げる。

雑賀が気づいていないときでも、わざと気づかせるように幸の手際を罵《のの》った。

チーフがクズだな、と佐々が呟いたときのことが良井には思い出された。それにしてもチーフの幸への当たりは酷い。

酷くなったきっかけは、恐らく――良井はチーフの粘りついた視線を思い出した。

「恨んでるんですよ、きっと」

良井は目撃した一件を佐々に話した。

「あのとき、幸さんがエキストラ上手く捌いて、監督が幸さん誉めてチーフ怒ったから」

クズだな、と佐々は同じことをまた呟いた。だが、声に籠《こ》もった怒りは前より強い。

「殿さんに入ってもらうから、お前がさっちゃんサポートしろ。非常事態だ」

「え、でも俺、助監督やったこと……」

「じゃあユズルにはやれてるように見えるか?」

言われてみれば確かに。少なくとも、良井には白いプラ段を白い養生で貼るこだわりはない。

「お前のほうが百倍マシだ。畑違いの業務でも、さっちゃんが指示したら二百倍近くマシだ」

比較対象がユズルなので誉められているのかどうか。

荒れた現場に現れた殿浦の安定感はすごかった。

「いやー、ご無沙汰《ぶさた》してます雑賀監督!」

ご面相は雑賀と互角だ。組長VSマフィアのボス。

「何だよ、殿さん。来たのか」

「スケジュールが押してるって聞きましてね。一肌脱ごうかと」

殿浦のおかげで、良井はかなり幸をサポートできた。とにかくユズルを現場から引き離すこと、それが幸の負担を軽くする一番の方法だった。

「幸さん、ユズルさんには次の場面の準備を先に始めててもらいましょうよ」

良井が幸にそう提案したのは、殿浦の入れ知恵だ。最初は佐々が制作の手伝いに引っ張り出すようにしていたが、途中でチーフに見咎められたのだ。

「何でうちのサードが制作手伝ってんだよ」

チーフは殿浦や佐々でなく、幸にねじ込んだ。

「ちゃんと演出部の仕事させないとユズルが成長しねえだろうが！　後輩育てるのもお前の仕事なんだよ！」

一見正論だが、幸の足を引っ張るためにユズルを付けておきたい底意が見え見えだった。

そこで殿浦の入れ知恵である。今の場面を手伝わせると、ユズルは余計なこだわりを出して足を引っ張る。それなら次の場面、次の次の場面の準備を先に始めさせて、直近の場面から遠ざけたらいい。余計なこだわりはあるが、ユズルの仕事は丁寧ではあるので、単純作業を先行させておく分には問題はない。

果たして、撮影現場はそれまでより円滑に回るようになった。

「ごめん」

食事休憩の合間に、幸がぽつりとそう呟いた。

「ほんとはわたしがちゃんとできたらいいんだけど」

「幸さんはちゃんとやってますよ！」

良井はほとんど反駁するような勢いで答えた。幸が理不尽な扱いを受けていることは、現場の誰もが分かっている。ただ、雑賀が恐くて——雑賀の腰巾着になっているチーフ助監督が恐くて何も言えないだけだ。

下手に庇うと次は自分が的になるかもしれない。それを恐れて見て見ぬ振りをするしかない。監督の手足になるのは演出部だという大義名分も見て見ぬ振りを手助けする。

良井がチーフに睨まれながらも幸を手助けできるのは、殿浦と佐々の強面に威を借るところが大きい。雑賀の威を借るチーフも、殿浦と佐々に噛みつくことはできないらしい。

「あのチーフの下で頑張ってますよ、幸さんは」

もはや雑賀よりもチーフのほうが率先して幸をいたぶっている。

「上司に相談したりできないんですか」

差し出がましいとは思いながらもそう尋ねると、幸は少し黙り込んだ。ややあって、力ない声が漏れる。

「……うちは年功序列だから。チーフは社長に気に入られてるし」

訴えても無駄だ、と言外ににじんでいる。

と、そこに当のチーフが通りかかった。

「最近、イーくんはうちの幸と仲いいんだな」

必要以上に大きな声は、周りに聞かせるための揶揄《やゆ》だ。組長&若頭の威を借って幸をフォローしている良井が気に食わないことは、日頃の態度の端々で分かっている。

「いっつもいそいそ手伝って、幸に気でもあんの？」

狙っていることは驚くほどにあからさまだった。幸が慌てて「そんなのじゃないです」と否定する。

「わたしが駄目だから、良井くんが気を遣ってくれてるだけです」

スタッフもやり取りに注目している。――考えろ。イマジンだ。

俺がここでどう出たら、この後の現場が上手く回る？　加えて――

このいけすかないチーフに一泡吹かせてやれたら、最高だ。

「いやー、バレました？」

良井はことさらでかい声で答えて笑った。

「俺、幸さんの顔めっちゃ好みなんですよね！　だからいっぱい手伝ってポイント稼いどいたらあわよくばと思って！」

どっと周囲が笑った。

「顔って！　イーくんサイテー！」

「ポイント下がってる下がってる」

「しまったぁー！」

良井は大袈裟に頭を抱えた。裏表なくバカっぽく見えることには自信がある。伊達に歌舞伎町でチンピラに絡まれながらビラ撒きのバイトをやってきたわけではない。

「幸さん、今のでどれくらいポイント下がりました⁉　10？　20？」

うろたえている幸に代わって、メイクや衣装など俳優部の女性が囃《はや》してくれた。

「ばーか！　桁《けた》が違うよ！」

「５００は下がったね」

「１０００かもよ」

「うわー、取り戻さないと！　幸さん、何でも言いつけてください！」

息が詰まる現場で、スタッフは娯楽に飢えている。ここぞとばかり面白い展開に乗っかった。

「イーくんひどーい！」

そこに飛び込んできたのは、ちょうど飲み物を取りに来ていた喜屋武七海である。

「あたしのファンって言ってたじゃん！」

図らずも最高のアシストだ。

「おおっと、良井、どうする⁉」

囃されて、良井は盛大に泡を食った。

「違うんです、喜屋武さん！　喜屋武さんは女神っていうか、心の恋人っていうか……」

「図々しいわ！」

後ろから思い切り頭をはたかれた。殿浦だ。こちらもナイスアシスト。

盛り上がるスタッフを尻目に、チーフは忌々しげに舌打ちしながら立ち去った。

騒ぎが収まってから、殿浦が肘で良井の脇を小突いた。

「なかなか上手に使ったじゃねえか」

言いつつ親指で自分の頭を指差す。

「殿浦イマジンの社員ですから」

澄ましてそう返すと、殿浦は「言うねえ」と笑いながら立ち去った。

「ありがとう」

そう言ってきたのは幸である。

「いいっすね、そっちのほうが」

笑った良井に、幸が首を傾げる。

「ごめんより、ありがとうのほうが聞いてて気持ちいいです」

幸は良井に釣られたように笑い、もう一度「ありがとう」と呟いた。

＊

その日の撮影は、成美の親友である凪子が思いがけない死に方をする場面だった。

凪子が心臓病を患っていたことが分かった後、成美と凪子の友人関係がぎくしゃくするようになる。成美が凪子の重い運命を受け止めきれず、凪子を避けてしまうようになったのだ。

観客としては、余命わずかかもしれない凪子と早く仲直りをしてほしいと気を揉む展開である。

しかし、凪子の余命を奪ったのは病気ではなかった。

○通学路（回想・夕方）

下校している凪子、成美の姿を見かけて手を振る。

成美、気まずそうに目を伏せて立ち去る。

凪子、苦笑して歩き出す。

横断歩道を渡る。

猛スピードで走ってくる車。柄の悪そうな若者たちが乗っている。

クラクション。

ヘッドライトに照らされる凪子。

ブレーキ音。

凪子の体が地面に叩きつけられる

若者1「やっべ……！」
若者2「何やってんだよ、お前！」
若者1「こいつがちんたら歩いてっから！　クラクション鳴らしたのによ！」
若者3「け、警察……？」
若者4「バカ、逃げるぞ！　誰も見てねえ！」
　車、急発進。
　凪子、ぴくりとも動かず……

　道路は積雪していないところを選んだが、山梨の冬の路面は冷たく凍りついており、氷の上に倒れるのと変わらない。テストは毛布を敷けるが、本番はアスファルトに直に横たわらなくてはならない。

　凪子役の早瀬有希は、衣装の下に十個以上もカイロを貼り付けて備え、制作部も風よけで四方を囲った屋外用のテントに、ガンガンと呼ばれる高火力のストーブを焚いて待機場所を用意した。

　撮影場所には口コミで野次馬が押し寄せ、それを捌きながら撮影時の車止め。それらはすべて制作の仕事だ。地元の警備会社を雇い、トランシーバーで綿密にやり取りをしながら混乱が起きないように現場を回す。

　このときばかりは良井も幸の手伝いをする余裕はなく、シーバーに耳を傾けながら右往左往だ。テストに監督のＯＫが出た。すかさずシーバーに殿浦の声が入る。

「車止め解除！　通行人通せ！」

警備員が赤い誘導灯を振って車を流す。待ってもらっていた車は上下ともこまめに流さないとすぐに苦情に繋がる。

佐々が野次馬に向かって声を張り上げた。

「すみません、ご協力ありがとうございまーす！　お通りくださーい！」

良井も自分の持ち場で声かけに努めた。

「ありがとうございまーす！　今、通っていただいて大丈夫でーす！」

野次馬は芸能人を見るために立ち止まっている。そこを敢《あ》えて「お通りください」と促すのがミソだ。「立ち止まらないでください」はできるだけ禁句。「お前らに命令する権利があるのか」と絡んでくる野次馬が必ず現れる。

こういう局面では佐々や殿浦の強面が大活躍だ。筋者にしか見えない男に「お通りください」と声をかけられると、敢えてそれに逆らう者はまずいない。

良井には使えない技なので、良井はひたすらにこやかに低姿勢に促すのみだ。

やがて本番で再び車止めと人止め。

テント内で待機していた早瀬有希が、位置についてベンチコートを脱いだ。ベンチコートの下から現れるのは高校の制服だ。物語内の季節設定が秋なので、コートどころかマフラーもなし。足など黒のスクールソックスを履いただけの生足だ。

スタッフは冬山に立ち向かえるような重装備なのに、キャストの本番は季節が違うと苛酷だ。それだけに芝居とカメラ以外のＮＧ要素を出すわけにはいかない。

「はい、回った！」

　雑賀の怒号がシーバーに入る。回ったのはカメラだ。現場にピリピリと帯電するような緊張感が走った。その緊張が伝わるのか、野次馬も「お静かに」という事前の指示を守ってくれている。ぴくりとも動かず……という卜書きのとおり、早瀬有希は凍りついた路面に横たわり続けた。カメラは二台回しで、倒れた引きと顔のアップを狙っている。

「カットー！」

　雑賀の指示で殿浦がまた車止めと人止めを解除する。だが、なかなかOKの声がかからない。撮影ベースでは監督が撮れた画を確認しているはずだ。

　OKか。やり直しか。スタッフは固唾を飲んで待った。

　チッ、と監督の舌打ちが先にシーバーに入り、良井の胸はサッと冷えた。やり直しか。

「まあいい、OK！」

　ほうっと現場が弛緩する。

　だが、収まらなかったのは早瀬有希だ。物も言わずにベースに向かう。慌てて幸が追った。

「早瀬さん、何か」

「まあいいって何？　文句あるなら撮り直して、あたしやるから」

　監督のOKのかけ方が引っかかったらしい。当然だ。早瀬有希はこの場面でオールアップだ。最後の最後に舌打ちでOKをかけられたら、すっきりとは上がれない。

「違うんです、芝居じゃないんです」

　幸が必死で宥めた。引きの画の端をコンビニ袋か何かが舞ったらしい。野次馬が取り落としたものが風に飛ばされたようで、完全な不可抗力だ。

「でもＣＧで消せるので。芝居は全く問題なかったです」

早瀬有希は納得したものの、表情は不快感を隠し切れていない。気持ちは分かりすぎるほどだ。苛酷な撮影に耐え続け、オールアップで舌打ちと「まあいい」である。

キャストを報《むく》いる気持ちはないのか、とスタッフの中にも不満そうな空気が広がる。

「ほんとにすみません、せっかくのオールアップに」

幸としては雑賀の代わりのつもりだろう、前屈でもするのかという勢いで頭を深く下げた。

「おい、花！」

横柄な態度でやってきたのは、当の雑賀だ。花を用意するのはアシスタントプロデューサーの担当だが、毒気を抜かれてもたついたらしい。慌てて横から花束を持ってきて雑賀に渡す。

「お疲れさまでした！　ただいまの撮影をもちまして、長谷川凪子役の早瀬有希さんがオールアップとなりました！」

場違いなほど明るい声を張り上げたのはチーフ助監督だ。太鼓持ちのように大きく拍手をするが、早瀬有希をねぎらうよりも雑賀の機嫌を取る意図のほうが透けて見えて、スタッフは苦い顔になった。

雑賀がＡＰから受け取った花束を早瀬有希に突き出す。

「ご苦労さん」

「……ありがとうございます」

その後はお決まりのオールアップコメントの撮影だ。ＤＶＤの特典映像などに使われる。特典映像担当のカメラマンが、ハンディカメラを早瀬有希に向けた。

「皆さん、お疲れさまでした。どうもありがとうございます。厳しい現場でしたが、いろいろと学ばせてもらいました。忍耐とか」

次の現場で活《い》かしたいと思います、と締めた早瀬有希のコメントは、顔こそ笑顔だったが内容はかなり皮肉が効いていて、特典として使えるのかどうか良井には心配なほどだった。

そばにいた殿浦と佐々を窺うと、二人とも顔がいつもより恐かった。雑賀の態度に思うところがありすぎるのだろう。

「よーし、次、凪子の葬式行くぞー！」

雑賀が大声で呼ばわった。早瀬有希はまだ引き揚げていない。

良井は、殿浦と佐々の顔をもう窺えなかった。

○通夜会場（回想・夜）
凪子の遺影を呆然と眺める成美。

機械的に焼香の列に並び、機械的に焼香を済ませる。

凪子の両親に頭を下げる。

両親、泣きくれながら口を開く。

凪子母「ありがとうね、成美ちゃん。ありがとう……今まで、ほんとに」

凪子父「成美ちゃんのおかげで、きっと楽しい高校生活だったと思う」

成美、答えることができない。

凪子父「そうだ、母さん」

凪子母「そうね」

　凪子母、親族席の椅子に置いてあった荷物から本を取り出し、持ってくる。

凪子母「先生がいらしたときにお返ししようと思ってたんだけど……凪子が事故に遭ったとき、鞄に入ってた本なの。図書室に返しておいてくれる？」

　渡された本は、『罪と罰』。

　成美、号泣。


　この場面で、チーフがまさかの嫌がらせを幸に対して繰り出してきた。

「おい、ユズルにエキストラの演出つけさせてみろよ」

　こんな大事な場面で⁉　と良井は耳を疑った。幸も顔が強ばる。

「でも……」

　幸が抗《あらが》おうとするが、「何だよ」とチーフは幸を睨んだ。

「ユズルにも経験積ませろよ。自分のことばっか考えてんじゃねえよ」

　これぱかりは良井も手助けできない分野だ。制作がエキストラの演出をつけるのは、明らかに越権行為だ。巧妙な嫌がらせを考えついたものである。

　通夜の場面だ。喪服の弔問客を淡々と流していくだけだ。やってくる、記帳する、会場に入り焼香する、出ていく。バリエーションはせいぜいその程度だ。普通に考えれば普通に流せる。

　頼むから余計なことはしてくれるな。天に祈るように良井はユズルに祈った。

　しかし、ユズルは期待を裏切らなかった。

「おい、待てェ！」

テストで雑賀の怒号が飛んだ。

「何で弔問客が重箱捧《ささ》げ持ってんだァ！」

雑賀の顔――ばかりかスキンヘッドまで、怒りで赤く煮え上がっていた。弔問客の中年女性が、重箱を捧げ持って画面の奥を横切ったのである。

ユズルが幸の付き添いで撮影ベースに飛んで行く。

「この人はご近所さんという設定にしました。お通夜で大変だろうから、凪子の両親に差し入れを持ってきたんです」

「余計なオリジナリティ出してんじゃねえ！」

雑賀は自分の椅子を遠くに吹っ飛ぶほど蹴飛ばした。物騒な事態に、離れていたスタッフたちの間にまで一瞬で事情が共有された。

またユズルがやったらしいよ。重箱持ってきたんだって、通夜の客が。あり得ないでしょ……

「ていうか、さっちゃんがやればよかったのに」

スタッフとしては当然の疑問である。

「チーフがユズルにやらせたらしいよ」

誰かが説明し、あぁ……と周りが納得した。チーフのいじめは周知の事実だ。

「説明しろ！　何で余計なことした！」

「あの……幸さんがいつもエキストラに設定を与えて上手く動かしてるので」

ユズルはユズルなりに幸の仕事をきちんと見ていた。自分なりに学び、盗もうとしたのだ。

ただし、盗み方に絶望的なまでにセンスがない。そして、チーフに絶好の理由を与えた。

「お前の教育が悪いんだよ！」

鬼の首を取ったようにチーフが怒鳴った。エンドレスのいびりが始まる。雑賀も二時間発言で幸を嫌っているので止めはしない。

「いいかげんにしてください！」

やがて、割って入ったのは喜屋武七海だった。

「気持ち作って待ってるんですよ、こっちは！　セカンドが悪いとかサードが悪いとか、そんなどうでもいいこと後にしてください！　サードが駄目ならさっちゃんがやればいいじゃないですか！」

どうでもいいこと、と言いつつ幸を庇いに入ったことは明らかだった。

雑賀が気に食わなさそうに喜屋武七海を睨んだが、プロデューサーがさっと入って切り替えた。

「演出はセカンドに交替、それでいいよね！」

そう言った相手はチーフ助監督だ。

「サードにやらせてみようって言ったのは君なんだろ、これ以上引っ張ると君の采配の責任問題にもなるよ」

プロデューサーに釘を刺されて、さすがにチーフもびびったようだ。へどもど了解する。

幸がエキストラの演出を代わってからは、スムーズに撮影が進んだ。そもそも、通夜の場面は独創性など発揮するようなものではない。

撮影後の撤収は、制作が最終確認の責任を持つ。

他の技術スタッフを送り出した後、荷物の積み込みをしながら良井は他の二人に愚痴った。

「いくら何でもあんまりですよ。幸さんをいびるためにユズルさんに演出やらすなんて」

「一線踏み越えてると思いますよ、俺も」

佐々も殿浦にそう言った。

「いい助監督です。うちで引き抜けないんですか？　あのチーフとこじれちまったらフィールズにこのまいても……うちも助監督は手薄ですし」

「人を増やすと今川大明神がうるさいんだよ。一人採用したら年間の人件費が五百万近くかさむからな」

えっ、と良井は思わず声を上げた。

「じゃあ、俺を採っちゃったから幸さん採れない……？」

萎《しお》れそうになったが、「そういうこっちゃねえ」と殿浦がデコピンをくれた。

「いい人材なら借金してでも採る。助監督は特に今どき貴重だからな」

「さっちゃんじゃ借金まではできないってことですか」

食い下がったのは佐々である。前から知っているだけに、今の幸の有り様は心配らしい。

「まあ、そういうことだ」

殿浦の声はドライだ。佐々が不服そうな顔になった。良井の顔もきっと同じだ。

「まだ噛みごたえが足りねえ」

「噛みごたえって……」

良井は唇を尖らせた。良井だって自分がそれほど噛みごたえがある人材だったとは思えない。

「この話は終いだ」

殿浦が最後のコンテナをトラックに積み、荷台から飛び下りた。

「帰り、事故るなよ」

良井も佐々も不服なままだったが、殿浦はそれに構わず自分の制作車へ立ち去った。

帰りのトラックを運転したのは良井である。

「幸さん、駄目っすかね」

良井が尋ねると、佐々は納得している様子ではなかったが、「駄目だろ」と答えた。

「殿さんがああ言うんだから」

「そうですね……」

長期滞在中のホテルまで、二人とも口が重くなった。

＊

その後、『罪に罰』の時間軸は成美の成人後に移る。

凪子を殺した轢《ひ》き逃げ犯は、結局捕まらなかった。

成美は市内の花屋に勤め、凪子の月命日には必ず長谷川家の墓に花を供えに行くようになった。

母親とは折り合いが悪いままだが、忙しいときはスナックの手伝いを渋々する。代わりに日頃は一切交流しない。

そんなスナックの手伝いの折である。

成美は泥酔して言い寄ってきた若い男が、逃げおおせた轢き逃げ犯だったことを知る。男の名は澤田彰《さわだあきら》。成美は彰に近づき、付き合いはじめる……

○事故現場（夜）

成美、車を駐《と》める。

成　美「ねえ、起きて」

彰「あ、ごめん寝ちゃってた……」

助手席で目を覚ました彰、風景を見てぎくりと固まる。

成　美「……覚えてるのね」

彰「……何のことだよ」

成美、突然足元から工具を取り出す。釘打ち銃。

躊躇《ちゅうちょ》なく彰の首元に突きつけ、撃つ。

続けざまにもう一発。

血しぶき。

彰「かっ……はっ……」

彰、傷口を押さえてのたうつ。

指の隙間からどくどくと血。

成美、彰のこめかみに釘打ち銃の先端を押しつける。

彰「や……やめ……」

成　美「あんただけ？」
　彰「な……」
成　美「あたしの親友を轢き殺したとき、車に乗ってたのはあんただけ？」
　彰、恐怖と苦痛にまみれた顔。
成　美「はいかいいえか。簡単な二択よ。答えなかったらこのまま撃つ」
　彰「は……はい！　あ、いや、いいえ！　いいえ！」
成　美「あんた含めて、何人？」
　成美、無表情に彰の横顔を見つめる。
成　美「何人乗った車で、あたしの親友を轢き殺したの？」
　彰「よ……四人！　四人……です……」
成　美「あんた以外の三人の名前と連絡先を教えてちょうだい。どうせクズ同士つるんでるんでしょ、まだ」
　成美、油断なく釘打ち銃を突きつけながら、彰の服を探って携帯を取り出す。
　電話帳を呼び出す。
成　美「誰なの？」
　彰、ヒューヒューと空気が漏れるような息をしながら。
　彰「く……黒木《くろき》直人《なおと》……山下光一《やましたこういち》……野中達也《のなかたつや》……」
成　美「オッケー」
　彰「た……助けてくれ……救急車……」

成　美　成美、艶《あで》やかに微笑む。
「あたしの親友も、あんたたちが逃げずに救急車を呼んでくれてたら、助かったのかもしれないわ」
　彰、絶望で表情を歪ませる。涙。鼻水。
成　美「あんた、凪子が病気だったたって知って、何て言ったったっけね？　どうせ、もう、長く、なかったんだろ？」
彰「頼む……許して……」
成　美「どうせ、死んじゃうんだったら、事故で、死んだって、同じだったよな？」
彰「ごめ……ごめんなさ……」
　成美、釘打ち銃の先端を外す。
　彰、ほっとする。
　その瞬間、膝に釘打ち銃を当ててもう一発。
彰「があああああ！」
成　美「いつ死んじゃうか分かんないって、大人になれないって言われながら、あたしの親友はちっちゃいかわいい夢をたくさん作って叶えてた！　卒業までに図書室の本をできるだけたくさん読む！　夜中の学校に忍び込んで屋上から冬の大三角形を見る！　普通の友達を作る、できれば親友！」
　成美、釘打ち銃を叫びとともに連射。
彰「ぎゃあああああああああああああ！」

彰の膝、血みどろ。
成　美「どれだけ残ってるか分かんない時間だけど大事に大事に生きてたの！　あんたたちに殺されなかったら、まだあそこで終わってなかった！　まだ……！」

×　　×　　×

凪子の通夜会場。
両親から渡された『罪と罰』。

×　　×　　×

彰、息も絶え絶え。
彰「す……すみませんでした……すみません……すみません……」
成　美「どうせ死んじゃうんだったら、事故で死んだって病気で死んだって同じなんでしょ？……復讐で殺されたって」
彰「お願い……助けて……」
成　美「あんたもどうせ死んじゃうんでしょ？　明日か、来週か、来月か、来年か、十年後か、三十年後か分かんないけど、いつか」
彰、恐怖で顔が引きつる。
成　美「どうせ死んじゃうんだから、今ここであたしに殺されたって同じでしょ？」
成美、釘打ち銃を彰のこめかみに戻す。
彰「やめ……やめてぇえええええええ！」
成美、顔色一つ変えずに釘打ち銃を連射。

工事現場のような釘打ちの音が何十発も響く。

「はい、カット！　ＯＫ！」

雑賀のカットとＯＫが同時にかかった。それだけ喜屋武七海の芝居が研《と》ぎ澄まされていた、ということだ。

「雨ストーップ！」

雨の中の犯行ということで、現場には雨を降らせるための特機部が出ている。カメラクレーンや牽引車《けんいんしゃ》など、特殊な機械を使って撮る場面で活躍する部隊だ。

釘打ち銃はもちろん空打ちの連射だったが、喜屋武七海は本当に釘を何十発も打ち込んでいるような冷徹な表情だった。

間違いなく喜屋武七海の新境地と言われるようになる、そんな芝居だった。

次は彰の死体を車から捨て、車を走らせるシーンだ。

万が一にも事故がないように、空打ちの釘打ち銃を受けていたのは精巧なマネキンだったが、それを取り出し、役者が入れ替わる。

マネキンにはまだ実射で釘打ち銃を受ける役目が残っているので、取り扱いは丁重に。彰役の俳優が「俺より大事にされてるなぁ」と軽口を叩いた。

再び散水車が雨を降らし、喜屋武七海がどしゃ降りの中で死体を運び出す。段取りをしっかり重ねていたので、これも一発ＯＫ。

問題は、車を走らせるシーンだった。

テストの段階で、運転席の窓が喜屋武七海の呼吸で曇った。

そこへ、雑賀から信じられない指示が出た。

「冷房入れろ」

さしもの腰巾着チーフもうろたえた。

「ずぶ濡《ぬ》れで冷房、ですか？」

「窓が曇るだろ」

「いや、しかし……」

プロデューサーも難色を示した。

「こまめに拭きながらやれば……」

「リアリズムがねえだろ。おい！」

雑賀が声をかけたのは喜屋武七海である。

「大女優様はやれねえってか」

痛烈な挑発だった。

喜屋武七海は、雪のシーンからずっと雑賀への反感を隠さなかった。その報復だということは明らかだった。

「やれます」

マネージャーが間に入ろうとしたとき、
喜屋武七海が、挑発を買った。周囲がざわつく。

「大女優様はやるそうだ」

車の冷房が入れられた。

「ガンガン追加で焚け！　タオルと毛布！」

殿浦の指示で、佐々がガンガンをテント内に二つ焚いた。良井はタオルと毛布をかき集めた。

カットは二つに割られていた。喜屋武七海はどちらも本番を一発で決めた。

良井は転がるように喜屋武七海の元へ走った。

「喜屋武さん、これ！」

カットがかかった瞬間に衣装スタッフからベンチコートを着せられていたが、更に毛布を渡す。

マネージャーに毛布でぐるぐる巻きにされて、喜屋武七海は歯をガチガチ鳴らしながらテントへやってきた。

佐々は二つ焚いたガンガンの間に、背もたれのない丸椅子を置いていた。

「背もたれがなくてすみません、でも前と背中と同時に炙《あぶ》れるので」

「ありがと、佐々さん」

答える声も歯の根が合わない。喜屋武七海は佐々の用意した丸椅子にすとんと収まった。

「あと、これ」

佐々が出したのは、長い延長コードに繋がれたドライヤーである。

「すみません、支度部屋からメイクさんのを出してきてもらいました」

「いやいや、助かります！」

メイクが礼を言いつつ早速ドライヤーを唸《うな》らせる。支度部屋にはエアコンはあるがガンガンは焚けない。火に当たりながら髪を乾かせたほうが温まる。

「コード焼けないように気をつけてくださいよ」

佐々が注意しながら、小型のジェットヒーターを喜屋武七海とメイクの両脇に置いた。前後ろはガンガン、両サイドはヒーター、火の包囲網だ。

だが、ドライヤーのコードが火の間をちらちら危なっかしい。髪を乾かすことに集中すると、やはりコードが疎《おろそ》かになるらしい。

「リョースケ、コードの介添えしてろ」

佐々の言いつけで、良井はコードを両手で捧げ持った。メイクの動きに合わせて火からかわす。

その様子を見届けて、「焼くなよ」と良井に念を押してから佐々はテントを出て行った。

ふと、喜屋武七海と目が合った。

「……かっこいいね、佐々さんは」

喜屋武七海がひひっと笑う。

はい、と良井は全力で頷いた。

＊

成美はわずか十日ほどの間に残りの轢き逃げ犯を処刑し、最後の一人を殺すと警察に出頭した。

連続猟奇殺人として騒がれていた事件の犯人が若い女性、しかも美人だったことで、マスコミの報道は過熱した。成美の母親のスナックにも取材陣が詰めかけたが、母親は店を閉めて行方を晦《くら》ませた後だった。成美との短いやり取りで復讐を察し、逃げた設定である。

クライマックスは事件の公判だ。

○裁判所・法廷（昼）

弁護士の陳述が終わる。

証言台に成美。

裁判長「被告はこの陳述の通りで間違いありませんか？」

成　美「いいえ」

法廷がざわつく。

弁護士「宮原さん！　……すみません、裁判長！　被告は少し混乱しています！」

成　美「いいえ。私は混乱していません。陳述を訂正します」

裁判長「被告、陳述を」

成美、口を開く。

成　美「私は悪いことはしていません」

法廷、どよめく。

成　美「私の殺した四人は、無実の女子高生を轢き殺し、逃げたまま口をつぐみました。罪の償いをしておらず、罪の意識もなく、どうせ病気で死ぬ身だったんだから事故で死んでも同じだと言いました。彼女が車を避けなかったから悪いと言った奴までいます。反省の色なんて全くない。だから殺しましたが、何か？」

静まり返る法廷。やがて沸騰。

彰の父「死刑だ！　死刑にしてくれ、こんな奴！」
裁判長「静粛に！」
槌《つち》が激しく鳴る。
成　美「私は反省していません。彼女の両親は、娘を亡くした心労で相次いで亡くなりました。彼らは結果的に三人もの人間を殺して、のうのうと生きていました。私には許すことはできませんでした」
裁判長「被告は落ち着きなさい。日本の法律は私刑を認めていません」
成　美「では、あなたたちが無辜《むこ》の被害者のために何かしてくれましたか？　裁判長」
裁判長、槌を激しく鳴らす。
裁判長「被告は法廷を侮辱する発言を慎みなさい！」
成　美「すみません。どうぞ私に罰を与えてください。私刑が認められていないこの社会で、私刑を行った私には罰が必要です。どうぞ、四人の人間を私刑で殺した罰をください。――ただし」
法廷が静まり返る。
成　美「どんな罰を与えられたとしても私は反省しません。私は間違っていないと思いながら服役します。死刑になっても、私は間違っていないと思いながら死んでいきます。――さあ」
成美、ぞっとするほど美しい笑顔になる。
成　美「あなたは、私にどんな罰を与えますか？」

画面いっぱいの成美の笑顔から、暗転。

エンドロール。


裁判所を見立てた建物は、地元の多目的会館である。

美術スタッフが腕によりをかけて、凄まじかった。会議室の一つを法廷に作り込んだ。

喜屋武七海の集中は凄まじかった。本人も開けっぴろげな性格で、明るく朗らかなイメージの役が多かったが、先日の処刑のシーンに引き続き、従来のイメージを覆《くつがえ》す演技だった。

成美は昂然《こうぜん》と頭を上げ続け、表情に臆するところも迷うところも一切ない。

そして、最後の台詞を迎えた。

「テストから回しとけ」

雑賀から密《ひそ》かに指示が飛んだ。喜屋武七海は器用な演者ではなく、感覚派だ。集中が高まっている今の状態だと、テストで最高の芝居を叩き出してくる可能性がある。そういう判断だった。

「――さあ」

部屋には空調が効いている。照明もたくさん当てているので着込んだスタッフは上着を脱いでいるくらいの室温だったが、

――寒い？　良井は無意識に二の腕を抱いた。

室温が下がったように感じたのは、良井だけではなかったらしい。撮影、照明、録音のベースでモニターを覗き込んでいるスタッフの中にも、良井のように二の腕を抱いている者がいた。

「あなたは、私にどんな罰を与えますか？」

背骨を鳥肌が駆け上るほど、美しく恐ろしい笑顔だった。

たっぷりと余韻を取って、

「カット！　ＯＫ！」

ＯＫがかかって、喜屋武七海はきょとんとした顔になった。テストだと思っていたから当然だ。

テストから回していたことを幸に告げられ、やっと笑顔になる。

「ただいまのカットをもちまして、喜屋武七海さんオールアップです！」

チーフのコールがかかり、監督が仏頂面で花束を持ってやってきた。

「よくやった。いろいろあったが、感謝する」

はい、と悪びれず喜屋武七海は花束を受け取った。

「まあ、いろいろありましたけど」

周囲のスタッフがどっと笑う。ここで笑い声が上がる空気に持っていけるのが、喜屋武七海のスターたる所以《ゆえん》だろう。

「まだ実景とかいろいろ残ってると思いますけど、皆さん最後まで怪我なく頑張ってください！お先です！」

コメント撮りも終わり、喜屋武七海が支度部屋に引き揚げる流れになったときである。

「イーくん、イーくん」

喜屋武七海が良井のところへぱたぱた駆けてきた。

「連絡先交換しようよ」

「はい⁉」

喜屋武七海が、良井と、連絡先を交換しよう、と——あまりにもあり得ない提案に、頭の中が真っ白になった。

「あたし、仲良くなったスタッフさんとけっこう交換するんだー」

気楽な口調で促されるまま携帯を出し、連絡先を交換する。

キャストに変な気起こすんじゃねえぞ、と殿浦からはよく言われている。だが、これは何かを期待してもいい流れなのでは——

「それと——ね、」

喜屋武七海がちらりと良井から目を外した。

「よかったら、佐々さんにも……」

膨らみかけていた期待は、シャボン玉のように呆気なく消えた。——なーんだ。

なーんだ、そういうことか。

俺、ただのダシじゃん。

「分かりました！」

良井は弾けたシャボン玉などおくびにも出さないように、満面の笑みで胸を叩いた。

「お任せください！　絶対、返事させますから！」

「うん！」

喜屋武七海は輝くような笑顔を残して、現場を去った。

弾けたシャボン玉は、ほんのりひりひりする。だが、——喜べ、良井良助。

喜屋武七海にダシに使ってもらえる男なんて、今の世の中、たった一人だ。

そこへ、佐々がやってきた。

「おう、喜屋武さん上がったか」

「佐々さん、携帯のメールチェックしてください。今から一通送ります」

「へ？　何を」

良井は喜屋武七海から聞いたばかりの連絡先を本文に貼り付け、佐々にメールを送った。

「何だよ、これ。コミッション関係か？」

「喜屋武さんの連絡先です」

佐々はぽかんと口を開いた。言葉は出てこない。

「佐々さんに渡してくれって、預かりました。——何やってんですか」

ぽかんと口を開いたまま間抜けヅラの佐々の胸を、拳でドンと小突く。

「さっさと返事！　待ってますよ」

佐々はようやく「いや」とか「でも」とかうにゃうにゃ呟いた。

「何かの間違いでも何でもないから！　俺、ダシにされて若干傷ついてんですからね！　上手くやらないと承知しませんよ！」

せっついてメールを書かせる。横から覗いていると、業務連絡のような文面だ。

佐々賢治です、良井から連絡先いただきました、光栄です、こちらの連絡先は……

光栄です、と入れたところが佐々の精一杯だろう。

「またお会いしたいです」

良井が横から指図すると、佐々はぎょっとしたように良井を見た。

「いや、お前、そんな……」

「向こうがモーションかけてくれたのに失礼でしょ、それくらいやんないと」

「いや、でも、ただの社交辞令かもしれないし、勘違いだったら大恥じゃねえか」

「かいたらいいじゃないですか、大恥！」

良井は声を荒げた。

「勘違いで恥かくかもしれないのと、勇気出してあの人摑みに行くのと、どっちが大事ですか。現場、四回一緒だったんでしょ。ずっと喜屋武さんがどういう人か見てたんでしょ」

佐々は無言で良井を凝視していたが、やがて携帯に指をタップした。

また近くお会いできると嬉しいです。

送信。

そのまま携帯をポケットに突っ込んで立ち去る。

すれ違った殿浦が、「どうした、佐々」と声をかけた。

「顔が恐《こえ》えぞ」

「殿さんに言われたくないですよ」

違うんです、殿さん。良井は横から教えてあげたくなった。

その人、多分、人生で一番緊張してるんです。

その後、作業の合間に、佐々が携帯を見ているところを見かけた。——余人にはこれが笑顔と容易に分からないが、確かにでれついた笑顔だった。

任務完了、と良井の顔もほころんだ。

＊

キャストはオールアップし、残っているのは実景やエキストラの場面である。

成美の逮捕を報じるニュースで使われる街頭インタビューの映像を、市内の目抜き通りで撮る予定の午後だった。

まさかまたユズルに演出をつけさせろと言い出さないだろうな、と良井はチーフに対して神経を尖らせた。インタビュアに駆け出しの役者が出ているだけで、撮影が押したとしても致命的な責任問題にはならない。チーフがモラハラを仕掛けてきそうなタイミングではあった。

だが、プロデューサーに一度釘を刺されているだけに、チーフもこの期《ご》に及んで我《が》を出すことはできなかったらしい。

代わりに、――というのは何だが、チーフはここで素の大ポカをやらかした。

「あの、エキストラのリアクション用の台詞は……チーフが考えとくって仰《おつしや》いましたよね」

幸がベースでチーフに尋ねると、チーフの顔色が真っ青になった。

台本には書かれておらず、演出部で適当なリアクション用の台詞を用意することになっていた。チーフは雑賀にいいところを見せようと引き受けたはいいが、忙しさにかまけて忘れたらしい。

と、

雑賀が雲行きを察して柳眉を逆立てる。

「言っといたろが！」

チーフが幸を怒鳴りつけた。

「やっぱりお前が考えとけって言っといたよな⁉　なあ⁉」

完全に責任逃れの強弁だ。

「聞いてません」

幸もこればかりは黙って被れるはずもなく、反駁した。

「言ったよ！」

「聞いてません」

「じゃあお前が聞いてないって証拠を出せ！」

悪魔の証明だ。良井は黙っていられず割って入ろうとした。点数稼ぎかと揶揄されても知ったことか。

だが、──そばにいた殿浦が腕で止めた。

「何で……」

止めるんですか。食ってかかろうとした良井は、思わず声を飲んだ。殿浦は睨みつけるような恐い眼差しでベースのやり取りを見ていた。見てろ、と良井にも囁く。

「おい、結局どうすんだ！」

チーフと幸の間に火花が散っているのが見えるようだった。聞いていないとあくまで突っぱねる泥仕合にすれば、幸に軍配が上がりそうな雲行きではあった。

幸はチーフを睨みながら、低い声を絞《しぼ》り出した。

「二十分ください。今から書きます」

「十分だ！」

削ったのは雑賀である。良井は現場ボックスにダッシュした。クリップボードと紙と筆記具を取って幸のところへ戻る。

筆記具は幸も鉛筆を自前で持っており、紙を探しているところだった。

「幸さん」

幸は礼もそこそこにクリップボードを抱え込んだ。長い撮影でよれよれになった脚本を開き、場面を確認しながらマジックを走らせる。

いやー、ちょっと信じられません。

びっくりしました。

まさか女性が犯人だったなんて……

連続猟奇殺人事件の犯人を知った人々のリアクションを次々と箇条書きしていく。

幸は五分で十種類ほどの台詞を書き殴り、ベースに戻った。

「これでお願いします」

チーフに突き出すと、チーフは疑るような目を幸に向けた。

「早いだけは早かったけど、ちゃんと書けてんだろうな」

ぷつん、と何かが切れる音がした——ような気がしたのは、良井の空耳だったかもしれない。

「じゃあお前がやれ！」

幸が怒鳴ってクリップボードをチーフに投げつけた。

「てめっ……！」

チーフが顔色を変える。

「分かってんだろうな、そんな口ききやがって！　社長に報告してクビにしてやるからな！」

「こっちから辞めてやるよ、お前の下なんか！」

チーフが飲まれて口をぱくぱくさせていると、地面に落ちたクリップボードを雑賀が拾った。

ちらりと目を通す。

「上等だ。あと十分やる。あと十個書け」

幸は信じられないように雑賀を見つめていたが、

「あと十個つってんだろが！」

クリップボードを突き返されて、「はい！」と噛みつくように答えた。

幸が十分かからず書き上げた残り十個も、雑賀のＯＫが出た。

「演出つけろ。下衆《げす》なリアクションの奴も作れ」

「はい！」

幸はクリップボードを引っ提げて、待機しているエキストラのほうへ走った。

噛みごたえが出たじゃねえか。

良井の隣で、殿浦が面白そうにそう呟いた。

撮影が終わり、ベースを畳んでいるときだった。

チーフが幸の襟首を摑んだ。

「どうなるか分かってんだろうな、てめえ。絶対クビにしてやるからな」

幸は襟首を掴むチーフの手を振り払った。

「望むところです」

「そりゃちょうどよかった！」

殿浦が横から幸の肩をぽんと叩いた。

「辞めるんだったらうちに履歴書持ってこねえか」

幸がぽかんとしたように殿浦を見つめる。チーフもうろたえた。そのうろたえたチーフに殿浦は笑った。

「いやいや、うちも助監督が足りなくてね。そっちが放出するならちょうどいい」

だろ？　と殿浦がチーフをじろりと睨んだ。チーフが目を逸らし、そそくさと逃げる。

「じゃ、そういうことでな」

殿浦が幸の肩をもう一度叩いた。

「あんたならフリーでもやれるだろうが、再就職考えてんならうちも候補に入れといてくれ」

幸が戸惑ったように良井のほうを見た。

「あの、あれ……」

目で示したのはがに股で歩き去る殿浦の後ろ姿だ。

「幸さん来たら、たぶん採用ですよ」

だって、と良井はイヒヒと笑った。

「幸さんの苗字、島津でしょ」

幸は怪訝そうに首を傾げた。

「島津だから……何なの？」

「知りたかったら面接来てくださいよ。俺、幸さんが殿浦イマジン来たら嬉しいです」

ねえ、ちょっと！　声をかける幸は無視して、良井は制作車のほうへ走った。

真相を話したら、あんまりくだらなくて来てもらえないかもしれない。――という危惧《きぐ》は半分くらい本気だった。

3

『美人女将、美人の湯にて～刑事真藤真・湯けむり紀行シリーズ』

＊

撮影現場のスタジオに現れた亘理は、珍しく現場ルックではなくスーツ姿だった。

「あ、ワタさん……」

見かけて駆け寄ろうとした良井は、途中でその足を思わず止めた。

オーラが黒い。

物騒な顔つきで廊下のベンチに座った亘理は、両膝の上に両腕で顎杖《あごづえ》を突き、俯いた。

「死ね」

亘理の声は、喉に絡んだ痰《たん》でも吐き出すようだった。

「死ね」

あわわわわ、と良井は震え上がった。どす黒い顔のまま いつ果てることなく死ねと呟き続ける亘理は、相当鬱憤《うっぷん》を溜めて帰ってきたらしい。

「ちょ、どうしたのワタさん」

窺ってきたのは、殿浦イマジンに正式採用されてそろそろ一ヶ月目の島津幸。初仕事は二時間ドラマに亘理と良井の制作セットと抱き合わせで売り込まれた。ポジションはチーフ助監督だ。

「いや、あの、例のクレーム対応から帰ってきたんだけど……」

「ああ、あれ」

昨日の外ロケでの出来事だった。

都内の公園でデイシーンの撮影で、公園周りの道路に見物人が集まってきた。

見物人が立ち止まらないようにスタッフが通行を促していたが、さり気ない風を装ってその場にとどまる者が何人か出た。

できる限り進行を促しつつ、「撮影はご遠慮ください」の声かけも加える。

そのうち、小太りの熟年男性が携帯を出した。カメラのレンズを現場のほうへ向ける。そして、シャッターを切った。

気づいたのは亘理である。

すみません、撮影はご遠慮ください。

特に険《けん》のある声かけではなかった。しかし、熟年男性は烈火のごとく怒り出した。

何だ、偉そうに！　俺に指図する気か！

いえ、ただ撮影はちょっと……

俺はスマホを出しただけだ！

外ロケあるあるである。撮影禁止をかいくぐって写真を撮ろうという意図がある野次馬ほど、制止の声かけに逆上する。

すみません、シャッター音が聞こえましたので……

何だ？　お前に俺のスマホの出し入れを指図する権利があるのか？

いえ……

俺は景色を撮ろうとしてたんだ！

俳優さんが写り込んでしまいますので……もうこれ以上はご遠慮ください。

撮った分は不問に付すという示唆《しさ》である。厳しい芸能事務所なら、データを消去するまで食い下がらなくてはならない。

この公園はお前らのもんか？　公園は公共のもんだろうが！　景色はみんなのもんだろうが！

すみません。もう少しで一区切りしますので、それから……

大体、許可取ってんのか！　どこの局だ！

音声スタッフからＮＧが入るほどの大声に、プロデューサーがすっ飛んできた。

すみません、スタッフがご不快な思いをさせましたようで……

プロデューサーと亘理が揃って平謝りである。撮影は十五分ほども止まった。

ちょっと、喧嘩ならよそでやってよ！　子供が起きちゃうでしょ！

近くのマンションの窓が開き、主婦が怒鳴った。そちらには良井がすっ飛んで平謝りした。

ただ、主婦の側面攻撃に熟年男性もさすがに怯んだらしい。そこへプロデューサーがすかさず重ねた。

とにかく、ここではご近所の皆さんのご迷惑になりますので、こちらへ……

なだめすかしてどうにか現場から遠ざけたものの、プロデューサーと亘理はその後もしばらくねちねちやられたらしい。

挙句、その日の晩にテレビ局に苦情が入った。件の熟年男性からで、公園の景色を撮っていたところ撮影スタッフに不当に妨害されたと謝罪を要求するものだった。

当事者の亘理とプロデューサー、更には局からチーフプロデューサー、殿浦イマジンから殿浦まで揃えてホテルの会議室に謝罪の席を作り、平謝りしてきた——という次第である。

「完全にモンスターだったわね〜、それ」

謝罪を要求するにしても、当事者のほかに上司を二人も同席させないと納得しないというほどこじれる案件は滅多にない。なかなかの粘着質ぶりだ。

「そんな感じ悪い声かけじゃなかったんですよ」

良井は目撃者として亘理を擁護《ようご》した。

と、呪文のような「死ね」のリピートが止まった。

「不細工なおっさんのただの因縁だよ！」

亘理にしては珍しい激昂《げっこう》ぶりである。

「俺が美形だからって妬《ねた》みやがって！」

「自分で言う⁉」

目玉がぽーんと飛び出そうな発言に、良井は手までつけて突っ込んだ。だが、幸は「まあね」と頷いた。

「顔がいい男はおっさんに絡まれやすいからね」

「そういうもんなんですか」

「普通に声かけてもすかしてるように見えて、おっさんの反感買いやすいのよ。かなり低姿勢に行かないと」

「理不尽だ！　隠し撮りしようとした奴に何で俺があれ以上下手に出ないといけないんだ！」

「顔がいいからよ。仕方ないじゃない」

「俺が美形なのは俺のせいか！」

「自分で言うと価値下がるわよ」

下がっていいし、と亘理はぶんむくれである。どうやら顔が原因で絡まれた経験は多いらしい。

「じゃあ、幸さんみたいな……女性が声かけしたほうがいいんですかね」

一瞬言葉が止まったのは、「女性」の前にナチュラルに「美人な」と付け加えそうになって、直前で検閲をかけた。

「女が行ってもそれはそれで生意気だって絡まれることが多いのよ。おじさんって面倒くさくてね。その点、イーくんは適任」

キャリアは幸のほうが上だが、会社では新人というバランスを鑑《かんが》みて、幸は他の社員のようにリョースケではなくイーくんと呼ぶようになっている。発音が今や佐々のハニーとなった喜屋武七海のイーくん呼びと似ていて、ちょっと甘酸っぱい。

が、名前が挙がったタイミングは看過できない。

「ワタさんが美形だから絡まれやすくて俺は適任って、ディスられてるようにしか聞こえないんですけど！」

「いやいや、別にディスってないよ。イーくんはイーくんで別方向に需要があるし」

「何、その微妙に歯に衣着せてる感じ」

「人懐こい感じするから反感買いにくいってこと。ほら、豆柴《まめしば》が足元に来たら蹴飛ばせる人ってあんまりいないでしょ」

「豆柴⁉」

身長が同年代の平均に足りていない、やんわりとしたコンプレックスを的確に射抜かれる。

と、その傍らで亘理が深い溜息をついた。

「ああもう、佐々と顔面すげ替えてほしい……」

「それ、聞きようによっては佐々さんにむちゃくちゃ失礼ですよ」

「だってあれくらい顔恐かったら絶対絡まれないじゃん。殿さんでもいいけどさ」

「うわ、社長ディスった」

「俺的にはリスペクトだし」

「何故でしょう、まったくもってリスペクトに聞こえないんですが」

「心の耳で聴けば分かる」

言いつつ亘理がベンチから立ち上がった。

「毒吐き終了。車で着替えてくるわ」

憤りが美形な顔からさらりと消えて、いつもの省エネな表情に戻っていた。

「……さすがに切り替えが早いよね」

亘理の背中を見送りながら、幸は感心した様子だ。

「ガス抜きであんな真っ黒になるのは知らなかったけど」

「ワタさんと一緒になったことあるんですか」

「何度かね」

違う会社でも座組で一緒になることはままある。良井は今のところどこに行っても初めましてのスタッフが多いが、幸も含めて諸先輩は再会になる相手が多いのだろう。

「幸さんはどうですか、チーフ」

チーフ助監督は初めてのポジションである。

「うーん、現場から遠ざかっちゃった感じ。ちょっともどかしいかな」

「現場って、いつも現場いるじゃないですか」

「その現場じゃなくて、芝居の現場って意味。助監督的な現場って、芝居やってる場だからね」

幸がこの現場でよくいるのは撮影ベースで、監督モニターの近くだ。モニターを観ながら監督をサポートして演出をチェックするポジションだが、良井にとってはベースと芝居場がそれほど離れているとは思われない。場所の都合で道路を挟んだり、建物の階が分かれることはあるが、行こうと思えばすぐ行ける距離だ。

「役者のそばにいられないのは不安だよ。役者の雰囲気とか、ちょっとした呟きとか、気配とか。そういうの感じながら微調整するからね」

キャストの側に立ち会っているのはセカンド、幸の今までのポジションだ。

「シーバーで指示飛ばしてる間にニュアンス変わっちゃうことがあるし」

セカンドの能力が足りないときに起こりがちなことである。幸がセカンドのときはそんなことはなかったのだろう。

今回の現場、『美人女将《おかみ》、美人の湯にて〜刑事真藤真《しんどうまこと》・温けむり紀行シリーズ』のセカンドは、まだ経験が多くないらしい。演出の意図を把握せずに機械的にシーバーの指示を伝えて、現場の演者に「さっきのシーンと辻褄が合わない」などと指摘されることが多々あるという。その度に飛び出していって調整するのが幸だ。

「でも、チーフ初体験としてはいい現場回してもらったかも」

「というのは？」

「もう王道のパターンが出来上がってるシリーズだからね。捻《ひね》ったことする必要ないから」

真藤真シリーズは、温泉好きの主人公・真藤真が何故か毎回捜査で日本各地の温泉地を訪ねることになるという二時間ドラマのシリーズだ。美人女将やその土地のマドンナが必ず事件の関係者と際どい濡れ場を演じるのが名物で、ソフトな熟女お色気ものとして年配男性に圧倒的な人気を誇る。主人公の真藤が硬派で、毎回のヒロインに秋波を送られようとまったくなびかず粛々と捜査に邁進《まいしん》する——という設定が「男として憧《あこが》れる」という体裁でお色気含みのドラマを堂々と観られるアシストをしているらしい。

夜の九時から始まり、目玉の濡れ場は十時半前後。小さなお子様は「もう寝なさい」と寝室へ追いやれる時間帯で、お父さんが気まずくなりにくい周辺環境もよく考えられている。

「あ、それね、苦情が入ったことがあるらしいよ。濡れ場が早い時間だと子供の前で観られないから、もっと遅い時間にしてほしいって」

思わぬ業界裏事情に良井は吹き出した。そんな苦情を入れてくる人もいるのか。しかし、亘理が絡まれたクレーマーよりはよっぽど愉快でよろしい。

「今回、監督はどうですか？」

良井としては気になるのはそこだ。前回の雑賀監督にはいじめ抜かれていた幸である。

「いい人だよ。繊細で優しいし、柔軟だしね」

確かに今回は、ベースで怒声が飛んだりすることも今のところない。監督の横尾暁《よこおあきら》は丸っこく親しみやすいルックス同様、物腰も穏やかで、撮影は概ね順調に進んでいる。

「横尾さんの現場は女子がびくびくしなくて済むんだよね」

「あー、やっぱ雑賀さんみたいな人だと……」

「雑賀さんは男女問わずびくびくでしょ」

女性限定でびくびくしなくてはならない、というと――

「……セクハラ?」

うん、とあっさり頷く幸に軽く衝撃を受ける。みんながみんな志高く働いているわけではないと分かっているが、そういうことをする男が同じ業界にいるということに憤りを感じた。

「……多いんですか」

もし幸がそんな目に遭うようなことがあったら――という心配が尋ねさせた。もしかしてこの質問もセクハラかな、とひやりとしたのは尋ねた後である。

だが、幸は屈託なく答えた。

「今はいろいろうるさいから昔ほど多くないけどね。でも札付きのスタッフとかいるよ。移動車で席が隣になったら触りまくってくる奴とかね」

「この現場は大丈夫ですか、札付き」

「大丈夫、大丈夫。横尾さん、紳士だから。女子にセクハラして干されたスタッフがいるって噂《うわさ》だし、横尾さんの現場でそんな危ない橋渡ってまで触りたい奴いないわよ」

それなら安心だ。そっと胸をなで下ろす。

「横尾さんの代表作って何なんですか?」

「代表作がこれよ。シリーズ起《た》ち上げから関わってて、真藤の設定とかもかなり意見を出してたんだって」

「あ、じゃあベテランですね」

真藤真シリーズが始まったのは、良井が中学生の頃だ。

「名前、全然知らなかったなぁ」

「一般的に有名になるのは、大作映画たくさん撮ってる人やドラマのヒットばんばん出してる人だしね。横尾さんは二時間や企画物が多いから」

何でも引き受けてくれてほどほどの出来にしてくれるということで、業界では重宝されているらしい。

「大作撮りたいとか思ったりすることないんですかね」

どうなんだろうね、と幸は首を傾げた。

「でも、ああいうポジションの人が必要なのも確かよ。立派だと思う」

「幸さんはどんな監督になりたいんですか？」

何の気なしに訊くと、幸は虚を突かれたような顔になった。

「……毎日こなすのにいっぱいいっぱいで、最近あんまり考えたことなかったわー」

意外とそういうものなのかもしれない。

「イーくんこそ、将来どうなりたいの」

今度は良井が虚を突かれた。

「……映像業界で働きたいっていうのが夢だったので……」

そこから先は考えたこともなかった。

「もう、殿浦イマジン入れただけで幸せっていうか」

何それ、と幸が笑った。

「そこスタートでしょ、ゴールじゃないでしょ」

幸は良井が映像業界を志した当初の事情を知らない。だからこそ率直に言えたのかもしれない。

映像の世界で働くことは、ゴールではなくスタートだ。

もう、ゴールしたような気分でいた。

「夢が叶ったんだから、夢の続きを考えなきゃね。お互い」

そのとき、ベースから幸を呼ぶ声がかかった。はぁい、と返事をして幸が走っていく。

その軽やかな後ろ姿を見送りながら、良井は幸の残した言葉を噛みしめた。

夢の続き。――夢に続きがあるということは、一体何と幸せなことだろう。

「どしたの、ほわっとした顔して」

そう声をかけたのは、着替えて戻ってきた亘理である。

「いや、俺って幸せだなと思って」

へえー、と亘理の目つきがむくれた。

「俺がこんな酷い目に遭ったときに、幸せ噛みしめちゃうようなことがあったわけだ。妬ましい妬ましい」

「ね、妬ましいて！」

「あ、間違えた。羨《うらや》ましい羨ましい」

ブラック亘理のモードはしばらく尾を引きそうである。

いつもは省エネを心がけているが、理不尽な罵倒を受け続けるような目に遭うと心穏やかではいられない。

＊

現場のスタッフにも「どしたの、ワタさん。恐い顔」と心配の声をかけられた。

こういうときは黙々と単純作業をするに限る。散らかっていた制作トラックの荷台を片づけていると、携帯メールの着信音が鳴った。

見ると、殿浦からである。

『お疲れさん。今日、上がったら一杯どうだ？　ふく奢ってやる』

『ふく』というのは殿浦イマジンの近所にある小料理屋で、殿浦の行きつけである。名前の縁起の良さと、旬のものを気の利いた一品にして食べさせるところが気に入っているらしく、ここぞというねぎらいのときに殿浦が部下を誘う店だ。部下たちが普段遣いの行きつけにするには値段の点でやや敷居が高い。

思わず口元がほころんだ。今日のクレーム対応は「ここぞ」だったらしい。

『ゴチです。社に戻るのは21時頃になります』

そう返すと、まもなくまた来た。

『先に行ってやってるからいつでも来い』

携帯を尻ポケットにしまうと、良井がやってきた。持ち戻りのゴミを提げている。

「あ、ワタさん。何かいいことありました？」

佐々の拾ってきたよく動くこの新米は、意外と機微が鋭い。

「まあな」

「デートか何かですか？」

「何でだよ」

「何かうきうきしてるから」

殿浦の奢りで『ふく』。酒も肴《さかな》も旨い上に、自分ではなかなか行けない値段の店だ。うきうきするようなイベントではある。しかしデートと比べてどうか。——まあ、

「そんなとこかな」

そう答えると、良井は「いいな〜、いいな〜」と羨みながらゴミを荷台に置き、現場に戻っていった。


その日は少し巻いて終わり、亘理が事務所に戻ったのは二十時半だった。

殿浦の姿はもうない。

代わりに——と言っては何だが、経理室から出てきた今川と出くわした。

「おお、お帰り。早かったね」

二十時半に事務所に戻ると早かったと言われるのがこの仕事である。

「横尾監督の現場なので」

「ああ、横尾さんは早いね。そしていい監督だ」

今川の「いい監督」という評価は、概ね予算感覚を基準に判定される。二時間ドラマの現場はどこも予算がしわく、二時間をメインにやっている横尾の売りは「手早く、手頃に」——つまり経費をざぶざぶ使わない。

まかり間違っても、雑賀才壱監督のように「光線の具合が気に入らない」というような理由で半日を太陽待ちに費やすようなことはしない。

「今川さんは残業ですか」

経理の今川は、あまり夜遅くまで事務所に残っていることはない。

「ああ。君待ちだ。殿浦との約束までまだ少しあるんだろう？」

せっかく早く上がったのだから、できれば早く『ふく』に向かいたかったが——

「そんな顔するな。ちょっと話があるだけだ」

顔色を読まれて「すみません」と苦笑する。

コーヒーを飲む時間も惜しいだろうしな、と今川は手ぶらで打ち合わせブースに座った。亘理もその向かいに座る。

「将来のことなんだが」

言いつつ今川が眼鏡を軽く上げた。真面目な話をするときの癖だ。

亘理も心持ち背筋を伸ばす。

「君、プロデューサーを目指す気はないか」

寝耳に水——とまでは行かない。うっすらと将来のことは考えはじめていた頃だった。

「まずラインPから」

ラインプロデューサー、略してラインPとは、現場の予算を管理する権限を持った現場監督的プロデューサーである。作品の企画・製作を手掛けるプロデューサーを目指すとしたら、ここを経験しておいて損はないというポジションだ。プロデューサーをサポートするアシスタントプロデューサー（ＡＰ）に昇格したときも、予算管理の能力が鍛えられているかどうかで判断の幅が違ってくる。

「うちは若手のプロデューサーがいないのが弱点だ」

殿浦イマジンでプロデューサーを務められるのは殿浦本人とベテランが一人だが、殿浦は社の抱えたプロジェクト全般のサポートに回ることが多く、プロデューサーに専念することはあまりない。

「プロデューサーがいればもっと大きな仕事が取れる。資金繰りもかなり楽になる」

制作会社としては老舗《しにせ》と呼べる殿浦イマジンだが、作品の中核に関わる企画・製作にも事業を広げていきたい――というのは、殿浦イマジンの両輪である殿浦と今川が長年目指すところだ。

「正直、今年は新規採用の予定がなかったから、長期の事業計画に響いてる」

良井と幸のことだ。

「島津さんは即戦力だからまだ稼働しやすいが、良井くんはまだまだ君らと抱き合わせだ」

よく走るし、声も出る。それは制作として得難い資質だが、良井がこの業界に入ってからまだ半年も経たない。一人前にはほど遠い。

社の将来を考えるなら、事業規模の大きな企画・製作部門に関わっていけるほうがいい。そのためにはプロデューサーの増員は必須だ。

「できれば生え抜きで育てたい」

　転職の多いこの業界で、亘理は二十五歳から七年間殿浦イマジンで勤めている。若手としては生え抜きといって差し支えないだろう。

「佐々は……」

「有望だが、まだ三年だからな」

　既にベテランの風格がある佐々だが、正社員換算ならまだ一年経っていない。バイトで異様に使える奴だ、ということで、殿浦や亘理をはじめ、殿浦イマジンの社員たちが総掛かりで口説き落とした。

「もちろん、将来的には佐々くんもプロデューサーになってもらわないと困る。しかし、まずは順番的に君だ。序列的にもそうだし、僕としても君を推《お》したい」

「何故ですか?」

　自然とそう尋ねていた。良くも悪くも冷静沈着、あまり他人に肩入れしない印象がある今川のお墨付きには興味を惹かれた。

「君は金勘定がしっかりしてるからな」

　なるほど、今川らしい判断基準である。

「金の使いどころもわきまえてる。君が要ると言ったら要る金なんだと決裁印を押せる、これは大事なことなんだ」

　確かにいつの頃からか、亘理が追加の経費を計上すると今川が文句を言わなくなった。

「殿浦のほうがその辺はゆるい」

情に篤いが、情に流されやすくもある殿浦は、殿浦イマジンが被らなくてもいい経費まで現場で被ってしまうことがある。

「最近、あいつの経理室での決まり文句は『亘理が要るって言ってんだ！』だよ」

ときどき、殿浦と亘理が一緒の現場で、殿浦の計算書を今川に確認されるときがある。「これは本当に要るのかい？」

要るときは要ると答えるし、要らないときは要らないと答える。亘理が何と答えても、今川は「そうか」と経理室に戻るだけだったが、要らないと答えたときはその後殿浦が絞られていたのだろう。

「じゃあ、ラインPの件はちょっと考えておいてくれ。殿浦も、死ぬまでに映画の一本くらいは撮りたいだろうしな。元は監督志望だったんだ」

撮らせてやりたい、ではなく、撮りたいだろう、と来る辺りに、今川と殿浦の屈折した友情が窺える。

「島津斉彬、ですか」

時代劇好きで、武将の贔屓《ひいき》は断然島津斉彬という殿浦は、本気か冗談かは甚だ不明だが、島津斉彬の一代記は俺が撮るとよく息巻いている。映画で歴史物が動員を見込めなくなり、ドラマの現場では既に時代劇というジャンルが絶滅危惧種の現代、殿浦のそれは見果てぬ夢ということになるのだろうか。

と、今川がふとこぼした。

「死んだ奥さんとの約束だったからな」

予期せぬ情報を食らって、亘理の胸は軋《きし》んだ。

若い頃に亡くなった。殿浦の細君について、多くの社員が知っている情報はそれだけだ。

「俺が聞いてもいい話ですか」

「君は腹に収めとくのが上手そうだ」

婉曲《えんきょく》に許可が出た。

「殿浦の奥さんは記録をやっててね」

記録係というのは、撮影ベースでいつも監督の隣に座っている。カットの時間を正確に計ったり、カット割りの間の繋がりのチェックをしたり、フィルムに齟齬《そご》が発生しないように目を光らせるゴールキーパーのような役割だ。

前のシーンの言い回しがどうだったか、仕草はどうだったか、セットに何があったかなかったか、ばたついた現場では勢い任せで流れてしまうようなことが、編集室でフィルムを繋げているときに問題になることがある。例えば、前のシーンで窓際に鎮座ましましていた大きな時計が、続く次のシーンではいきなり消え失せてしまっていたり。カメラの位置を変えるためにセットの調度を動かし、戻し忘れるようなイージーミスだ。これは分かりやすい例だが、役者がアドリブで台詞の細部を変えたりする際にも繋がりがおかしくなることがある。

そうした辻褄合わせの全般に、最も大きく責任を持つのが記録係だ。しかし、だからといってあまり細かいところまでちまちまチェックしていても撮影のペースが悪くなるし、役者も「辻褄合わせと俺の芝居とどっちが大事なんだ」と機嫌を悪くすることになり、程よいところで見切りをつけるのも記録のセンスが問われる。

最近ではコンピューターを駆使して、記録を自分で逐一チェックする電脳型の監督も登場しているが、未だに需要は衰えない職種だ。

「繊細だけど見切りも大胆で、キャストやスタッフに無駄なストレスをかけない。ベテラン監督からも引っ張りだこのいい記録だった。中でも鬼島《きじま》監督には気に入られていてね」

「鬼島監督って……」

既に鬼籍に入っている。現役時代は鬼の鬼島と恐れられたという。亘理と因縁のある雑賀監督の師匠だ。

俺の作品のために死ねるなら本望だろ。雑賀がしょっちゅう嘯《うそぶ》き、実際に何人ものスタッフを潰し、亘理の友人だった助監督も潰して映像業界から去らせたその決まり文句は、鬼島を真似たものだということは有名だった。

「かわいがられてたってわけじゃない。ただ、彼女は優秀だったからね。一度組んで気に入って、なかなか手放さなかった」

亘理は生前の鬼島を知らない。しかし、雑賀流の師匠ということであれば、想像はつく。

「ま、想像のとおりだ」

言いつつ今川は肩をすくめた。

「無理難題を投げて壊れるまでぶん回す。彼女の最後のロケはアラスカだった。セスナをいくつも乗り継いでようやく到着するような奥地でね」

鬼島の晩年の作品に、オールアラスカロケを売りにしたグリズリーと狩人の死闘を描いた作品がある。

話題にはなったが、北海道の開拓時代の惨事として有名な人食いヒグマの事件とディテールがそっくりだったので、北海道が舞台では駄目だったのかという批判も多かった。

「奥さんは……」

「ロケに入る前から体調を悪くしてて、辞退しようとしてたし、殿浦ももちろん止めたが、会社が許さなかった。鬼島が彼女を寄越さないともう会社に仕事を渡さないと言い出して」

鬼島、と——今川はまるで吐き捨てるような声だった。時間が癒《いや》し切れない怒りが滲《にじ》んでいるような気がした。

好きだったんですか？　——などということは訊かないのが大人の作法である。今川は現在、銀行員の細君との間に一男一女をもうけるマイホームパパだ。細君とは金勘定の主義の点で意気投合し、大層な愛妻家でもあると聞く。

「毎日氷点下の苛酷な撮影だ。突然倒れて、病院への搬送も間に合わなかった」

死因がクモ膜下出血であったことは、検死で分かったという。

「殿さんは……」

「ロケ隊には参加してたんだが、たまたまロケハンに出されててね」

殿浦が現地にいたこともあり、遺体は荼毘《だび》に付された。簡単な葬儀は執《と》り行われたが、撮影が止まることはなかった。

「殿浦は奥さんの骨壺を部屋に置いたまま、クランクアップまでいたよ」

俺の作品のために死ねるなら本望だろ。日頃そう嘯いていた鬼島は、クランクアップの挨拶で「本当に死んじまうバカが出た」と言ったという。

「……殿さん、殴りませんでしたか」

「殴らなかった。代わりに、帰国してすぐ辞表を出した。あのときが初めてだな、奴に頭を下げられたのは」

首を傾げた亘理に答えるように、今川は笑った。

「自分で会社を作りたい。力を貸してくれってね。まあ、人選は的確だったな」

同じ会社で経理にいた今川を引き抜いて独立し、今の殿浦イマジンがあるという。

「殿浦イマジンには社訓があるんだよ」

初耳である。

「社員を死なせない」

ああ、だから——と思い当たった。

雑賀の現場で友人が潰されていくのを見た亘理が、もう雑賀の現場は二度とごめんだと言ったときのことである。

殿浦は何も訊かずに「分かった」と頷き、それから亘理は二度と雑賀の現場に入っていない。

友人は比喩《ひゆ》ではなく首を吊りかけた。発見して止めたのは、亘理である。

逃げろ。友人にはそう言った。

高飛びした奴をわざわざ探すほどあいつも暇じゃない。お前がいなくなったって別にこの現場は潰れない。でも、お前はここにいたら死ぬ。明日か明後日かその次か、また首を吊る。

顔を涙と鼻水とよだれでぐしょぐしょにした友人は、翌日文字どおり逃げた。急ぎ調達された代わりの助監督は、友人より全く使えず、雑賀は友人のありがたみを痛感したらしいが頑として口には出さなかった。

映画監督になるのがその友人の夢だった。

じゃあ、お前の初監督作品は、俺がプロデューサーをやってやるよ。そんな軽口も叩いた。

それまでに出世しといてくれよ、と友人は笑った。

それから二度と会ったことはない。亘理と連絡を取ったら、雑賀に捕まるとまだ恐れているのかもしれない。

そもそも、撮影途中に失踪《しっそう》したスタッフが映像業界にそうそう戻ってこられるはずもなく。

俺がプロデューサーをやってやるよ、の約束は永遠に宙に浮いたままだ。

「おっと、そろそろ時間じゃないか？」

見ると、時計の針はそろそろ九時を指す頃だった。

「引き止めて悪かったね、殿浦にいいもの食わせてもらっておいで。せめてもの厄落としだ」

今川もクレーム騒ぎのことは知っていたらしい。

「領収書、よかったら置いていきなさい」

代わりに伝票仕事をやっておいてくれるという厚意である。

遠慮なく甘えた。


「おう、来たか」

『ふく』のカウンター席で、殿浦はもう二皿ほど並べて手酌で熱燗《あつかん》をやっていた。

「いいところに来ましたね」

カウンターの中の店長が亘理に向かってにこりと笑う。

「カワハギの肝醤油が出るところですよ」

いつも着物に割烹着姿の女将が「さあさあ」と亘理の上着を取りながら席に案内してくれる。

「若造がこんなもん食ったら口が奢る」

憎まれ口を叩きながら、殿浦はカワハギの皿を亘理のほうへ押し出した。ぷくりと弾力がある薄桃の身に、とろりとした肝醤油の豆皿が添えられている。

お飲み物は、と訊いてくれた女将に「まずは」と答えるとやがてビールが出てきた。

「お前、ここは日本酒だろう」

「スカッとしたいんですよ」

「仕方ねえなぁ」

殿浦の仕草で店長がぐい飲みを盛った小籠を出した。好きな器を選ぶ方式だ。亘理が鮮やかなマリンブルーのものを選ぶと、「沖縄の窯《かま》のものです」とうるさくない解説が入った。

なるほど、沖縄の海の色だ。小籠の中で一番明るい色を手に取ったのは、無意識の内に昼間の厄落としを求めたのかもしれない。

殿浦からだいぶぬるくなった熱燗のお裾分けが来た。

まずはビールでスカッとしてからカワハギを一切れ。濃厚な肝醤油を絡めたカワハギは、確かに日本酒がよく引き立った。

「貧乏くじで済まなかったな」

殿浦のねぎらいに、亘理はへへへと笑った。

「顔がいい分もらい事故が多くて。殿さんが羨ましいです」

吐《ぬ》かせ、と小突かれた。

「今日の撤収は大丈夫だったのか」

「え？」

「いや、巻いたっつってた割りになかなか来なかったからよ」

殿浦には巻いたので早く着けると伝えてあった。何かトラブルでもあったのかと心配していたのだろう。

「いえ、巻いたのは巻いたんですけど、今川さんに捕まって」

ああ、と殿浦は合点が行った様子だ。

「ラインＰの話か」

あいつせっかちだからな、と苦笑が足される。殿浦としては折りを見て切り出すつもりだったらしい。

「リョースケとさっちゃんの採用が長期の事業計画に響いてるって」

「余計なことまで……あの守銭奴め」

今度は苦笑ではなく舌打ちが足された。

「リョースケと幸には言うなよ」

「言うわけないでしょ」

そりゃそうか、と殿浦が笑う。信頼されていることは素直に誇らしかったが、少し照れくさくなって「佐々も言いませんよ、きっと」と余計なことを付け足した。

「ま、口の軽い奴もいるからな」

亘理にも何人かの顔が思い浮かんだ。先輩風を吹かせたがる奴ほど口が軽い。

「で、お前はどうなんだ。ラインＰ」

訊かれて、カワハギをもう一切れ。

「……殿さんは、俺がラインＰになったら助かりますか」

「そりゃもう」

間髪入れず。――それもまた誇らしい。

「俺が島津斉彬を撮れる日も近づこうってもんだ」

心に糸が張った。今川から、亡くなった細君の話を聞いたばかりだ。それを撮るのが細君との約束だったという話も。

今までそんな厳しい思い出はおくびにも出したことがない。

自分が聞いてよかったのか、という引け目がよぎる。腹に収めておくのが上手そうだ、と今川は言った。せいぜい期待に応えるしかない。

「じゃあ、殿さんが島津斉彬を撮るときは、俺をプロデューサーにしてください」

大きく出すぎた。巨額の予算を要する時代物でプロデューサーを張れるなど、よほどの実績がないと無理だ。

だが、本心だ。殿浦が生涯を懸けた夢を獲《と》りに行くなら、その右腕は自分でありたい。

「そのためだったら、俺はやれます」

そうか、と殿浦が小さく笑った。ありがとよ、と付け足された。

「リョースケは大丈夫そうか？」

照れ隠しのような業務確認に、亘理は小さく笑った。

「大丈夫ですよ、今のところ」

「そうか。クセのある現場だからな。気をつけてやれ」

「分かってます」

その後は、殿浦の戦国武将話に花が咲いた。殿浦は機嫌よく酔うと武将話のスイッチが入る。もう何度聞いたか分からない島津斉彬の逸話だが、亘理は初めて聞く話のように耳を傾けた。昼間のクレーム騒ぎのねぎらいだったはずだが、もうそんなことはどうでもよくなっていた。

＊

長期続いている二時間シリーズである。それだけに固定ファンの高齢化が進み、最近は視聴率で苦戦することも多いという。現・真藤真役の越谷真一郎《こしがやしんいちろう》は、二時間ドラマの帝王という異名を取っているが、やはり若年層が弱い。

そこをカバーするために、近年では主役の真藤真の相棒となる刑事役に旬のタレントを配し、新しい客層の獲得を狙っている。

現在は売り出し中の若手お笑いタレント、丸田《まるた》マルタが相棒だ。芸名どおり丸々肥えた体型で、従来ならとても女性受けするとは思われないルックスなのだが、ブサカワと呼ばれて若い女性に不思議な人気がある。

「ぬいぐるみ的な人気なんでしょうかね？」

良井が昼食休憩中にそう尋ねると、幸が「ゆるキャラ枠じゃない？」となかなか的確な意見を述べた。

本日からのロケ現場は島根県、玉造《たまつくり》温泉だ。『湯けむり紀行シリーズ』と銘打つだけに、温泉シーンにはこだわりがあり、地元タイアップを駆使して毎回違う温泉地でのロケがある。ドラマには真藤真のご当地巡りの場面が必ず入り、一部では旅番組的な人気も博している。

良井は知らなかったが、玉造温泉は美肌の湯として有名だそうで、女性スタッフが大喜びしていたという。

越谷真一郎は既に現地入りして撮影が始まっているが、丸田マルタは本日深夜に合流して明日が撮影初日となる。

「間違っても本人の前でブサカワとかからかわないでね」

「そんなことしませんけど……」

キャスティングされている以上、本業がお笑いでも現場では俳優扱いである。不備のないように出迎え、送り出すのがスタッフの仕事だ。

「でも、ブサカワで人気あるんじゃないんですか？」

「そうなんだけど、繊細な人だから」

ネタで勝負したいのにルックスばかりをいじられることが不本意で、若干神経質になっているという。

「へえ、意外」

良井がテレビで観たことのある丸田マルタは、それこそゆるキャラ扱いでにこにこ笑っているとぼけたタレントのイメージだ。

「でも、実はけっこう人見知りらしくてね。なかなか打ち解けてくれないらしいわよ」

情報源はメイク班だという。メイクはキャストと触れ合う時間が長く、いろんな現場に出入りしているので、キャストの情報を多く持っている。

「まあ、この現場は大丈夫だと思うけど……越谷さんのキャラがあれだし、すぐ打ち解けさせてくれるんじゃないかしら」

「越谷さん、いい人ですもんね」

朗らかで社交的な越谷は、待ち時間もスタッフによく声をかけてくれる。良井も名前が珍しいためか、すぐ覚えてもらった。

「俺みたいな下っ端のこともよくかまってくれるし」

バリトンのいいお声で、しょっちゅう「イーくん！　イーくん！」と呼ばわってくれる。

すると幸は笑った。

「それはイーくんのキャラよ」

何やら誉められているようなので悪い気はしない。

「俺のキャラって……」

悪い気はしなかったので掘り下げを試みると、「豆柴」とにっこり笑われた。――掘り下げるんじゃなかった。

「リョースケ」

先に弁当を食べ終わったらしい亘理がやってきて声をかけた。

「俺ロケハン行くから、あと頼んだぞ」

はーい、と見送ると、幸がふと尋ねた。

「イーくんって、この仕事始めてどれくらいだっけ」

「えーっと……半年くらいですかね」

へえ、と幸が感心したような顔をした。

「すごいじゃない」

「何が?」

「半年でワタさんが新米一人残してロケハン行けるなんて、なかなかのもんよ」

「そうですか?」

「そうよ。ワタさん、用心深いから、なかなか新米のこと信用しないわよ」

そうなんだ、と思わず顔がにやけた。

「俺、新人教育が最強の布陣だったんですよ。だからです、きっと」

首を傾げた幸に、良井は胸を張った。

「俺、最初の現場が『天翔ける広報室』で、殿さんと佐々さんとワタさんが一緒だったんです」

「そりゃ最強だわ。殿浦イマジンのスタメンじゃない」

焦がれた映像の現場で、初めて接した先達が殿浦イマジンのスタメンだったことは、一生涯の財産に違いなかった。

初日は撮影が早上がりした。

越谷真一郎の計らいである。

せっかくの玉造温泉ロケだから、女性スタッフにゆっくりお湯を楽しんでほしいとのことで、夕食休憩後に予定されていたシーンをメシ押しで撮り切って二十時前に終了となった。メシ押しというのは、食事抜きでとにかく撮り進めてしまうことを指す。

用意されていた弁当は持ち戻りで解散。だが、せっかくだから旅先で自腹で飲みたいという者もあり、それを見越して少なめに注文しておいた弁当はそれでも二十個ほど余った。

「手つかずの弁当処分するのって心が痛みますよねぇ」

良井は余った弁当をゴミ袋に分別しながらぼやいた。かといって、食中毒のことなどを考えると明日に持ち越すわけにもいかない。

「まだまだ読みが甘いな」

亘理も黙々と分別しながら追い討ちをかけた。

「メシ押しになるって分かった途端、みんな浮き足立ってただろ？　弁当ぶら下げて素直に宿に帰る奴なんかそんなにいないよ」

「じゃあワタさんが数決めてくれたらよかったじゃないですか」

亘理は良井の発注数に多すぎるとストップをかけたが、具体的な数は指示してくれなかった。

悩みに悩んで良井の読んだ数が廃棄二十個である。

「これくらい自分で読めるようになってもらわないと困るからね。俺や佐々だって、いつまでもお前のお守りってわけにはいかないんだから」

亘理の口調に、いつもの省エネらしからぬ熱を感じた。佐々ならよくこういうお説教があるが、亘理からというのは初めてのような気がした。

「……珍しいですね」

「何が」

「ワタさん、あんまりお説教とかしないから」

「今日は説教臭いって言いたいわけ」

「いやいや、そうじゃなくて！」

ちょっと言葉を間違えた。

「いつもはあんまり叱ってくれないから」

良井がミスしても黙ってフォローして、次から気をつけてなどと言うくらいだった。むしろ、ミスしないように先回りしたフォローが多く、今日の弁当の発注もいつもなら亘理が数を決めてくれただろう。

「……俺にもいろいろ思うところはあるから。リョースケが一人前になったらみんな助かる」

手を動かしながら、亘理が何気なくの口調で付け加えた。

「俺、たぶん次の現場からラインPだからさ。まあ、制作もちょこちょこ手伝うけど」

裏方は職分の線引きが曖昧なので、ラインPになったからといって制作の仕事を全くしないということはないだろう。

「ワタさん、プロデューサー目指すんですか？」

「まあね」

ふと、幸との会話が脳裡に蘇った。

映像業界で働くのはゴールではなく、スタートだ。――夢が叶ったんだから、夢の続きを考えないと。

いいなぁ、とふとこぼれた。

「ワタさんは、夢の続きがもうあるんですね」

「羨ましいだろ」

「妬ましい、妬ましい」

先日の荒れた様子をおどけて返すと、亘理はこいつと軽く良井を小突いた。

「ほら」

亘理が寄越したのは最後に二つ残った弁当だ。

「俺たちは外飲みナシの刑」

廃棄した分に対して二人分では気休めにもほどがあるが、

「せめてもったいないお化けを二匹減らしたほうが弁当も浮かばれるだろうし」

道理である。

弁当は各自ホテルの部屋で食べることにしたが、亘理が晩酌用に缶ビールを奢ってくれた。

ロケ隊が泊まっているホテルは、浴場シーンも撮ることになっている観光ホテルである。新館と本館に建物が分かれており、設備の調った新館がキャスト、設備の古い本館がスタッフという振り分けになっていた。

目玉の大浴場は本館の一階だ。良井は入浴を身だしなみを保つための業務の一環としか思っていなかったタイプだが、玉造の湯はそんな良井をして肌当たりの良さで唸らせるほど柔らかく、いい湯加減だった。

湯上がりの肌も何やらいつもより滑らかになっており、女性スタッフが色めき立つのも納得だ。幸も二回は入ると息巻いていた。

せっかくだから俺ももう一回入っておこうかな、と思い立ったのは日付が変わる頃である。

スケジュールを見ると翌日からは夜の撮影が多く、最後まで現場を片づける立場である制作がゆっくり温泉を楽しめる日はもうなさそうだった。温泉を楽しむことが大前提のホテルなので、部屋のユニットバスは安手のビジネスホテル並みの最低限だ。申し訳程度にシャワーを使う連日が予想できて、もう少し贅沢《ぜいたく》な気分を味わっておきたくなった。

浸《つ》かるだけなのでタオルだけ提げて部屋を出る。下りのエレベーターを呼んで待つことしばし、チンとレトロな音がしてエレベーターの扉が開いた。

「わぁっ⁉」

頭のてっぺんから声が出た。扉が開くなり、外に向かって何やら丸々としたものがぶっ倒れてきたのである。

「に、人形⁉　風船⁉」

人形でも風船でもなく、全裸の太った男ということは、相手が床にぐにゃりと伸びてから認識した。エレベーターのドアが何度も丸い全裸を挟んでは安全装置で元に戻る。

「ちょ、ちょっと……」

ホテルの人呼ぶ？　救急車？　と迷いながら取り敢えず男を何度も嚙んでいる扉から引きずり出すと、

「丸田マルタ⁉」

また声は頭のてっぺんから。局部丸出しで仰向《あおむ》けに引っくり返っている丸っこい全裸は確かに丸田マルタで、ぷんと酒臭い息が香った。泥酔しているのか、完全に意識を失っているようで、体はぐにゃぐにゃだ。

今夜現地入りすると聞いてはいたが——まさか、こんな初顔合わせになるとは。

落ち着け、と自分に言い聞かす。

イマジンだ。こういうときこそイマジンだ。

ホテルの人。救急車。どっちも却下だ。人気お笑いタレントがロケ地のホテルで全裸徘徊《はいかい》など、スポーツ新聞や週刊誌のいいネタだ。

とにかく人目に触れないところへ。話はそれからだ。

まず、全裸はまずい。全裸は。

良井は自分の浴衣《ゆかた》を脱いで丸田マルタに着せかけた。代わりに自分はパンツ一丁だが、全裸とパンツ一丁ならパンツ一丁のほうが言い訳が利く。——利くはずだ。利いてほしい。利いてくれ。悪ふざけとか酔っ払っていたとか罰ゲームとか。

どうにか浴衣の袖を通させて、丸田マルタの肩を支えて担ぎ上げる。一番近いのは自分の部屋だ。丸田マルタの部屋は分からないし、訊ける状態でもない。とにかく自分の部屋に担ぎ込んでしまえば——

「お、重……」

ただでさえ太っているのに、正体をなくしてグダグダになっているのだから、支えて歩かせるのは容易ではなかった。

途中で潰れてうっかり丸田マルタの下敷きになったりしたら、絶対に自力では立ち上がれない。がむしゃらに部屋までたどり着き、鍵をドアに差し込むのがまた一苦労だ。

「わぁっ！」

ドアを開けた拍子に丸田マルタを床に転がしてしまう。

尻で内開きのドアを開け、丸田マルタを室内に引きずり込んでいると、

「良井くん？　何やってるんだい」

びくっと顔を上げると、丸田マルタの足が突っかかって開いたドアから、横尾監督がこちらを覗き込んでいた。

「いや、あの、これは……！」

良井があわあわしていると、横尾が丸田マルタに気がついた。

「君の部屋だろ、ここ。何でマルタくんが……」

「その……いろいろ事情が……」

あるのだろうが、良井にも分からないので上手く説明できずに口籠《くちご》もる。

「まあいい、とにかく手伝うよ」

横尾の手も借り、丸田マルタをベッドに転がし込む。

「すみません、ありがとうございました。俺、これからちょっと、いろいろ……」

相談するなら亘理か幸か。夜がもう深いので、早く捕まえなくては二人とも明日に備えて寝てしまうかもしれない。

「分かった、分かった。他言無用だね」

横尾はおどけたようにウィンクし、部屋を出て行った。

「いい人だなー……」

見つかったのが横尾で助かった。これが前回の雑賀監督だったりしたら……と身震いしたが、雑賀だったらそもそも困っている制作など無視するだけだろう。

「いけね、電話電話」

スマホを取って亘理に電話する。どうか出てくれますように。亘理が出てくれなかったら頼る相手は幸しかいないが、幸に丸田マルタの全裸案件を相談するのは気が退ける。

「……はい、亘理……」

寝入り端《ばな》だったのか甚だ機嫌が悪そうではあったが、亘理が電話に出てくれて良井はほっと胸をなで下ろした。

「ワタさん、事件です！」

「……手短に」

「丸田マルタが全裸で気絶。今、取り敢えず俺の部屋に……」

亘理は一瞬で眠気が飛んだらしい。「すぐ行く」と真面目な声になって電話を切った。

「いやー、助かった！　ありがとうね、大ごとにしないでくれて！」

大袈裟なほどに感謝感激の様子は、丸田マルタではなく、丸田マルタのマネージャーである。亘理が良井の部屋に駆けつけるとき連れてきた。

亘理の制作車で病院の夜間診療に駆け込んだところ、アルコールと睡眠薬を同時に飲んで酩酊《めいてい》状態になっていたという。胃洗浄をしたので意識が戻るまで病院で安静にするとのことで、良井と亘理は先にホテルに帰ることになった。

マネージャーは駐車場まで二人を送りながら、「ありがとう」「申し訳ない」と何度も何度も繰り返した。

「気が弱い男でね。大抜擢《だいばってき》のプレッシャーで眠れなくなっちゃったらしいんだよね」

それまでもちょっとしたゲスト役くらいならドラマに出たことがあるらしいが、越谷真一郎の相棒役というのは経験のない大役だったらしい。

「なかなか寝付けなかったみたいで、眠らないと明日に差し支えるって焦っちゃったらしくてさ。やめろって言ってるんだけど、焦るとそういう薬の飲み方しちゃうんだよねぇ。今回は飲んだ量がちょっと多かったみたいで……」

気が弱い割りには恐い薬の飲み方をするなぁ、と良井としてはそちらのほうが驚きである。

「朝の撮影は大丈夫そうだから、他の人に言わないでね。特に越谷さんとか監督とか……」

マネージャーとしては一番気になるのはそこだろう。

横尾に見つかったことは言ったほうがいいのかどうか。迷ったが、横尾のほうから他言無用と言ってくれたので、わざわざ耳に入れることもないかと良井は口に出すのをやめた。

「良井くんだっけ？　君がよくしてくれたことはマルタにもよく言っておくから」

明日からよろしくね、と見送られながら亘理が車を出した。

「いやー、大変でしたね」

「お手柄だったよ、お前。よく騒ぎにならないうちにマルタさん匿《かくま》ったな」

「運です、運。運だけですよ。でも、俺の前に誰かに見つかってたら……」

「そしたらもう騒ぎになってる」

それもそうだ。

ホテルに戻ると、時間は深夜の二時を過ぎていた。

結局、お湯は一度しか楽しめなかったな、と思いながら、良井はさっさと布団にもぐり込んだ。


翌朝、現場に現れた丸田マルタは、もう酩酊状態は残っていないようだった。

「良井くん……だっけ」

撮影の合間に良井のところにやってきて「昨日は迷惑かけちゃったみたいで」としきりと恐縮した。

「これ、お礼って言ったら何だけど」

と、差し出したのは、ホテルで買える温泉饅頭《まんじゅう》である。

「売店の人がこれが一番お薦めだって言うから……取り急ぎ」

取り急ぎとはいえ、良井も同じホテルで買える饅頭をお礼にというのはずっこける選択だが、とにかく早くお礼をしてしまわないと気が済まないのだろう。

「ありがとうございます！　俺、饅頭好きなんで嬉しいです！」

リップサービスでそう答えると、丸田マルタはほっとしたらしい。そして、一連の騒動が良井に気を許すきっかけにもなったようだ。

　繊細でなかなか現場で打ち解けないとのことだったが、良井がいるとスタッフやキャストとも雑談をするようになってきた。空き時間にちょっと持ちネタを披露するようなことも。

「すごいじゃない、イーくん」

　幸がそう誉めてくれた。

「メイクさんたちもびっくりしてたよ。初めての現場でマルタさんがあんなに打ち解けるなんて珍しいって。さすがの豆柴力ね」

「いや、豆柴、関係ないと思うんですけど……」

　かといって、丸田マルタと何があったかは口外できない。幸が言いふらしたりするわけはないが、男の全裸の話など女性へのエチケットとして話すのが憚《はばか》られる。

　横尾にはその後のいきさつを話しておいたほうがいいのかな、と話を切り出そうとしたことがあるが、横尾は「大丈夫だよ、分かってるから」と目配せしただけで終わった。

＊

○浴場（深夜）
　湯けむりの向こう、浴槽の中で絡み合う男女。

　女は女将・小百合《さゆり》。男は従業員・角谷《かどや》。

小百合「やめて……やめてください」
角　谷「女将さん、小娘のようなことを言うのはよしましょうや」
　角谷、小百合の胸を揉みしだく。
角　谷「つれないことを言って、俺の口が軽くなったらどうするんです。『藤屋《ふじや》』の坊ちゃんが傷害沙汰を起こしたなんてことが公になったら……」
小百合「そんな。それだけは勘弁してください」
角　谷「だったら黙って言うことを聞くんだな」
小百合「ああっ……」
　角谷の愛撫《あいぶ》、激しく……

「いやー、ベタですね」

良井は割り本をめくりながら思わず笑った。

視聴者クレームで十時半になったという恒例の濡れ場である。

「ベタだからいいのよ、ベタだから。日活ロマンポルノ的な美しきワンパターンってやつ」

分かったようにそう説明した幸は、「なーんて、わたしは観たことないんだけど」とぺろっと舌を出した。男性スタッフからの聞きかじりだったらしい。

ヒロインが悪役にゆすられ、金の代わりに体を要求される。ゆすられるネタは息子の傷害事件か轢き逃げ、夫の横領や脱税が適当にルーチン化している。

変化球的に悪女設定のヒロインが色仕掛けで真藤真に迫る話もあるが、今回は王道の展開だ。

撮影場所は近所の旅館の家族風呂である。撮影隊の宿泊しているホテルにも家族風呂のついた部屋はいくつかあるが、越谷真一郎をはじめとするキャストの宿泊用になっている。キャストの居室で撮影はできないので、撮影機材を入れやすい家族風呂を別途探した次第である。

「じゃあ、カット割りと演出決めちゃうよー。ヒロインの代役は……誰にしようかなぁ」

横尾監督がスタッフをぐるりと眺めた。

カット割りや演出を考える段階でキャストを使うわけにはいかないので、基本的には助監督をキャストに見立てて立ち位置やカメラ位置を決めていくことになる。

もしかして幸さんがヒロインの代役やるのかな、と良井はどぎまぎした。今回、女性の助監督は幸だけだ。同僚が濡れ場の代役というのは、なかなか気まずいシチュエーションである。

仕事作って抜けようかなぁ、と良井は部屋の出入り口を眺めた。出たところに今日のお茶場を作ってある。荷物持ちで撮影部を手伝っていたが、本来的には制作が演出現場に付き合う必要はない。細かい仕事はいくらでもあるので、抜けようと思えば抜けられる。

そっと部屋を出ようとしたとき、

「良井くん、代役お願いできる？」

あらぬご指名に「えぇっ⁉」と変な声が出た。

「あ、あの、幸さんじゃないんですか？」

なに期待してんだー、と周りの男性スタッフがからかうように笑った。

「いや、期待してたわけじゃ……！　だって助監督で女性だし、普通……」

「島津さんだとちょっと背が高いからね。良井くん、一六八センチだろ？　ちょうど佐々岡《ささおか》さんと同じなんだ」

悪役の毒牙にかかるヒロイン役は佐々岡ひろみ、真藤真シリーズのメイン客層であるお父さん世代が若い頃に人気のあった元グラビアアイドルだ。

幸は一七〇センチあるという。たかが二センチじゃないか、と内心でいじける。

「それに女性が相手だと僕も緊張しちゃうからね。男同士のほうが気楽なんだ」

悪役の代役は横尾自ら務めるという。

「えー、でも俺、制作ですから」

何とか逃げようとするが、「つれないこと言うなよ」と横尾が笑った。

「この前、助けてあげたじゃないか」

丸田マルタの一件だ。

「何の話ですか？」

近くのスタッフが興味を示した。まずい流れだ。横尾にははっきりとマネージャーの口止めを伝えたわけではない。この場のノリで横尾が口を滑らせたら、せっかく打ち解けた丸田マルタが気に病んでしまうかもしれない。

「分かりました、分かりました！　やりますよ、やりゃあいいんでしょ⁉」

やけくそのように声を張り上げると、周りが一斉に良井を囃した。ひとまず話題が流れたことにほっとする。

「はい、じゃあさっさと脱いで」

言いつつ横尾も無造作に服を脱ぎ捨てる。下は海パンを穿いてきているらしい。

真似してこちらも無造作に――とはなかなかなれない。

「パンツまで脱いだら、これね」

幸がタオルを渡しに来た。ギリギリ見えるか見えないかのお色気で売っている濡れ場なので、湯船の中にタオルを入れて際どいところは隠すことになっている。

「一応、胸とか下とか隠す態《てい》でね。まあ、男の胸ならぽろりがあっても大丈夫だけど」

おどけたような口調は、良井をリラックスさせようとしてくれているのだろう。

「あのぅ……」

「何？　海パンほしい？」

「幸さん、立ち会わないと駄目な場面です？　ここ……」

幸に代役の様子を見られるのはさすがにきまりが悪い。

「チーフ助監督が番組の目玉シーンに立ち会わないわけにはいかないでしょ！」

幸はぺしんと軽く良井のおでこをはたいた。

「あんまり恥ずかしがられるとこっちまで照れちゃうじゃない、堂々とやっといで！」

観念してズボンを脱ぎながら、ふと『天翔ける広報室』の現場を思い出した。

あのときも喜屋武七海の前でパンツ一丁の姿を開陳することになった。

どうやら自分は気になる女性の前でパンツ一丁になる星の巡りらしい。嫌な星回りだなぁ、と思わず溜息が漏れた。

湯船の中で、カット割りと演出は入念に行われた。

脚本に濡れ場の細部は書かれておらず、横尾のセンスで一分ほどの尺に仕立てるのが通例だという。濡れ場は二回、三時間スペシャルだと三回だ。

「カット7。角谷が小百合の首筋に舌を這《は》わせる……」

良井の首筋に顔を埋めた横尾が、説明しながら良井の首筋を舐《な》め下ろす。

ヒィッと思わず悲鳴が出た。

「こ、これ、実際やらなきゃ駄目なんですかねぇ⁉」

「バカ言ってんじゃないよ」

横尾が顔を上げて目を怒らせた。

「代役ができないことを女優さんにやらせるわけにはいかないだろ」

「ストップでーす」

幸が中断の声をかけた。

「舐めるのはNGだそうです、唇が触れるまでにしてほしいそうです」

NGをかけたのは立ち会っている佐々岡ひろみのマネージャーだ。

「あー、はいはい。じゃあこれは？」

横尾が首筋の起点に戻り、唇をもぐもぐ動かしながら首筋を下りた。カメラの角度によっては舐めているように見える態《てい》だ。

「ギリオッケーです」

「はい、じゃあカット7はこれで」

横尾の指示をスタッフが割り本にメモする。

「いいですねえ、エロいですねえ」

喜んでいるのは局のプロデューサーだ。

「十時半以降のギリギリのエロが『真藤真』の真髄ですからね。監督、冴《さ》えてますねぇ」

冴えられると代役としてはなかなかぞっとしないが、横尾は良井に向かって茶目っ気たっぷりにウィンクしてみせた。

「そういうことだから、事務所NGのラインは攻めて探らないとね」

下半身は湯船の中なので、メインのアクションは首筋から胸元にかけてが肝になる。

「胸もキワキワまで攻めたいよね」

横尾の発言に、佐々岡ひろみのマネージャーが苦笑する。

「お手柔らかにお願いしますよ、監督〜」

お手柔らかにお願いしたいのは良井《いい》も同じ――どころか、佐々岡ひろみよりも切実だ。NGのラインを代役で探るとなると、代役は生け贄《にえ》同然である。

「次。左の乳房を揉みしだきながら、右の乳首を舌で転がす……」

「舌はNGです」

「はいはい。転がす態《てい》でね」

言いつつ横尾が実際のアクションに移った。

湯あたり防止の休憩を挟みながら、一分の尺が埋まるまで、良井にとっては時間の流れが人生で一番遅かった。

「はい、以上！」

カット割りと演出が全部決まり、良井はほうほうの体で湯船から上がった。誰かからタオルが渡されたが、誰かを確かめる余裕もなく引ったくり、体を拭きながら退散する。

「そんな嫌わなくてもいいだろ。傷ついちゃうなぁ」

おどける横尾に周囲がどっと沸いたが、良井は笑うどころではない。

服を探すのは後回しで物陰に逃げ込むと、

「お疲れさま」

幸が良井の服を持ってきてくれた。

「ああ〜、すみません、助かります！」

パンツはびしょ濡れなので、まず上からとにかく被る。

「パンツ、もらってこようか？」

「いいです、取り敢えず直にズボン穿いちゃいます」

照れ隠しで舌が勝手にぺらぺら回った。

「いやー、これ、女性スタッフにはさせられないですよね。完全にセクハラですよね」

「でも、女優さんも同じことやるんだから。指名されたらやるけどね」

「女優さんは濡れ場オッケーで来てて、事務所やマネージャーが守ってくれるじゃないですか。後ろ盾のない女性スタッフにやったらアウトですよ」

「あー、そっか……そっかなぁ……」

幸はうーんと考え込んでしまった。

「濡れ場のある現場、あんまり経験したことないからなぁ……でも、助監督としては引き受けるのが自然な流れのような……」

女性の助監督はまだまだ少ないので、自分にこういう代役が回ってきた場合のモデルケースが思い浮かばないらしい。

「まあ、今日は幸さんじゃなくてよかったですよ。こんな激しい濡れ場で経験しなくたって……だから監督、俺に回したんじゃないですか？　紳士だから」

セクハラに厳しい監督だということは幸からも既に聞いている。

タートルネックのセーターを被りながら目を上げると、幸が真顔になっていた。良井をじっと見つめている。

「……あのさ。それ、もう一回脱いでもらっても……」

えっ、と思わず声がかすれた。——それって、どういう……

「……あの、ここで？　ここで、ですか？」

何か色っぽいお誘いだろうかとどぎまぎしながらそう尋ねると、幸ははっと我に返った。

「ごめんごめん。変なこと言った」

変なこと⁉　変なことっていうのはやっぱりそういう意味……⁉　勝手にのぼせてパニックになっていると、

「わたしここにいたらパンツ脱げないよね」

「パ、パンツを脱ぐ……⁉」

声をうわずらせた良井に、幸が怪訝な顔をした。

「取り敢えず直にズボン穿くって言ったじゃない」

「え!? ああ！　そうでした！　直に穿くにはね！　一回パンツを脱がないとね！」

ズボン、オシッコ漏らしたみたいになっちゃいますしね！　――と口走るのはすんでのところで踏みとどまった。

＊

濡れ場の二回目は、殺人事件の核心に絡む回想だ。

角谷にゆすられ、関係を強要された小百合が、思い余って情事の最中に角谷を刺すという真相が明かされる。

凶器はたまたま寝室にあった果物ナイフ。安直なディテールだが、『真藤真』の視聴者は凶器にリアルなディテールを求めていないらしい。

濡れ場が命だ、とプロデューサーは脚本会議で言い切ったという。

「二回目の代役もよろしく頼むよ」

横尾に気軽に肩を叩かれ、良井は曖昧に笑って頷いた。居酒屋のバイトのように「喜んで！」とは到底言えない。それが売りなのだろうが、横尾の作る濡れ場がねちっこいということは最初の代役で思い知った。

スケジュールを見ると、二回目の濡れ場はクランクアップの前日だった。

「イーくん、大丈夫か？　最近、顔色がよくないぞ」

気遣ってくれたのは越谷真一郎である。

「君はよく動くからな。働きすぎてバテてるんじゃないか？」

そう言って、「旨いものを食わないと」と夕食に一度誘ってくれた。選りすぐりの鮨屋《すしや》は抜群の味だったが、旨いものを食っても濡れ場の重圧は拭えなかった。

「よかったらこれ」

と、またしても温泉饅頭を差し入れてくれたのは、丸田マルタである。

「良井くん、これ好きだったよね」

全裸事件のお礼でもらったときは、気を遣わせないように饅頭が好物だと言ったのだが、丸田マルタの中では「この温泉饅頭が好き」ということになったらしい。

「ありがとうございます、これが大好きです！」

空元気で受け取ると、丸田マルタは嬉しそうに笑った。

「また持ってくるね。ここのホテルで買えるんだ」

知ってます。——とは言いにくい。

ともあれ、全裸事件を上手く取り繕えてよかった、と心の底から思った。

ゆるキャラ風の容貌と裏腹に、非常に繊細な性格であることは、ロケの間に痛いほど分かった。

そんな丸田マルタが全裸事件で取り沙汰されたら、心を病んでしまうかもしれない。

そうでなくても、昔のやんちゃがバラエティ番組などで面白おかしくスタッフから暴露されるような業界だ。一件を知っているのは良井と亘理だけなので、スタッフから漏れる心配はない。

横尾監督にもちゃんと口止めしておいたほうがいいかな、とふと思った。だが、マネージャーは監督には内緒でと言っていた。

自分では判断しかねたので、亘理と二人になったときに訊いてみた。

「え、横尾さんも知ってたの？」

「いや、知ってたっていうか、目撃されたっていうか……マルタさんを俺の部屋に運んでるときに見つかって。マルタさん運ぶの手伝ってくれたんです」

「あー、それ初耳」

「すみません、分かった分かったたって収めてくれたんで何となく言いそびれて……キャストさんのプライバシーに関わることだし、報告したほうがよかったですか？」

あー、そうね、と亘理は曖昧に頷いた。

「まあ、今回は報告してくれたほうがよかったかな」

「すみません。で、横尾さんにも口止めしといたほうがいいですかね」

「それはもういいんじゃない。わざわざ蒸し返すみたいであれだしさ」

何となく引っかかっていた迷いが解消されて、久しぶりに少し気が楽になった。


何でも引き受け、ほどほどの出来に——ということで定評のある横尾の撮影は、順調に進んだ。

いよいよ明日が天王山——良井の天王山はクランクアップ前日の濡れ場だ。代役をどう無難に乗り切るか、ということに尽きる。

その日は最後をメシ押しで少し巻いて早上がりした。「せっかくだから最後にもう一回温泉を楽しんでよ」という横尾の計らいである。

女性スタッフははしゃぎながら引き揚げたが、制作が撤収を終えるとそこそこ夜更けになっており、気持ちが浮かないこともあって良井は大浴場に向かう気分にはなれなかった。

持ち戻りのロケ弁をもそもそかき込んでいると、携帯が鳴った。着信は横尾である。

「うわ……」

向こうも演出が仕事なのだからあまり敬遠するのも申し訳ないような気がするが、やはり明日のことを思うと腰が退ける。

「はい、もしもし！」

せめて元気に電話に出ると、「ああ、良井くん？」と横尾の声が弾んだ。

「よかった、捕まって」

「何かありました？」

「申し訳ないんだけどさ、僕の台本そっちにまぎれてないかな。明日のカット割り確認しようとしたら見当たらなくて」

「あ、一大事ですね、それ」

「一大事なんだよ」

監督の台本にはカット割りが書き込まれており、助監督が翌日の割り本をコピーで作ることになっている。割り本が配布されるのは撮影当日なので、今晩監督が手控えを確認するには原本の台本しかない。

「島津さんに返してもらったのは覚えてるんだけど……メシ押しでバタバタしてただろ？　ついうっかりその辺にポンと置いちゃって。たぶんお茶場の近くだったと思うんだけど」

「分かりました、探してみます」

幸が知ったら気にするかもしれない、と一も二もなく引き受けた。

駐車場に駐めてある制作車まで戻り、荷台を捜索していると、制作ボックスの文房具を入れてある抽斗から見つかった。

「あー、もう。誰だ、こういう雑なことする奴。名前書いてあるじゃん」

裏表紙には横尾の名前が書いてある。普通は届けるものだが、横尾を捜すのが面倒くさかったのかもしれない。

横尾の部屋に届けがてら、つい気になって明日の濡れ場のページをめくった。もうカット割りはできているはずである。

「うわっ！　えっらい割ってあるなぁ……」

見開き一ページにも満たない場面だが、その余白にはまるでピアノの鍵盤のようにカット割りのメモが細かく記されている。カット割りが多ければ多いほど撮影には時間がかかる。もちろん代役のテストもだ。

横尾の部屋に届けに行くと、横尾はもうホテルの浴衣に着替えていた。

「ごめんごめん。ついでだからちょっと上がってくれる？　明日のことで相談があってさ」

「はあ……」

横尾の部屋は二間の和室だった。奥に布団が敷いてあり、手前は居間のように使う様式である。ビジネスホテル風シングルの良井の部屋とは雲泥の差だ。

「やっぱ監督はいい部屋なんですねぇ」

「プロデューサーが気を遣ってくれてね」

部屋割りを決めたのは亘理だが、プロデューサーの口添えがあったのだろう。

「あの、相談っていうのは……」

「いや、明日の代役テストのことなんだけどね」

多分そのことだろうとは思っていた。

「時間かかりそうだから、今日大筋を決めちゃいたくてさ。そしたら明日はさらっと終われて、撮影にスムーズに入れるだろ？」

明日はさらっと終われる、という提案に心が動いた。前回のように衆人環視の中でねちっこくやられるのは気が重い。

部屋に上がり、使うのは布団を敷いた奥の間である。

「浴衣に着替えて布団に入って。角谷が上になっているアングルから始めるからね」

気が進まないながらもそもそと浴衣に着替え、布団に入って横になる。既に浴衣に着替えていた横尾は、良井が横になるのを待ってから布団に入ってきた。

「えっ」

思わず声が出たのは、布団に入るときに横尾が電気のスイッチを消したからである。

「これじゃ見えなくないですか」

「煌々《こうこう》と明かりが点いてたら情緒がないだろ？　ライティングを絞って薄明かりでやるんだよ。それとも、僕の演出に何か文句でもあるのかい？」

それを言われると一言もない。すみません、といっそ目をつぶって耐える。

「角谷、小百合の浴衣をはだける……」

浴衣の襟元に横尾の手がするりと入った。滑らかすぎる手の動きに、思わず肩が撥ねる。

「びっくりしたのかい？　かわいいな」

角谷の台詞か。こんな台詞だったかと気を紛らわしがてら思い返す。

本番では乳房になるはずの胸板を、横尾の手は脇のほうまで滑った。滑りながら指先が芥子粒《けしつぶ》ほどの乳首を捏ねた。

思いがけない刺激に息を詰める。詰めないと反射で妙な声が上がってしまいそうだった。

横尾が胸元に顔を埋める。本番では佐々岡ひろみの豊満な谷間のはずだが、良井では正にただの板だ。

だが、肌にかかる横尾の息は熱かった。

「緊張しなくていいよ」

さっき捏ねられた乳首に唇がつけられた。強い圧がかかった。——ということは吸われている。

乳首の周りを舌が丹念にねぶる。

ぞわりと背筋を震えが駆け抜けた。——おかしい。これは。

「あ、あの！　すみません、やっぱり明日……！」

衆人環視の中でねちっこくやられるよりは——という自分の浅はかな判断を呪う。衆人環視の中でもあれほどねちっこかったものが、密室に入ったらどうなるか。

横尾は聞こえているのかいないのか、あるいは無視しているのか、ますます舌の動きが激しくなった。

「やめてください！　俺……」

そういうのじゃありませんから。飛び出しかけた言葉を呑む。――果たしてここで決めつけていいのか。演出か本気か。

横尾をセクシャルマイノリティだと決めつけて、拒絶する言葉を放っていいのか。冗談冗談と逃げられたら。むしろ失礼だと激昂されたら。殿浦イマジンの今後に差し支えるのではないか。

そもそも拒絶する作法を知らない。率直に言えば、施されている愛撫は良井にとっては気持ちが悪い。だが、それを率直に口に出して撥ねつけていいのか。

「大丈夫だよ、すぐ気持ちよくしてあげる」

違う。粗野な角谷はこんな台詞を言うキャラクターではない。

台本をなくしたところから仕組んでいた。察した瞬間、声が出た。

「嫌です！」

何とか横尾を押しのけようと抗《あらが》う。

「俺は嫌です、やめてください！」

「みんな最初はそう言うんだよ」

体重差で撥ねのけることができない。横尾の手がパンツの脇に入り、ぐいっと下ろす。

「男でも女でも変わんないよ。ほら、この脱がす動きをアップで撮ったら燃えるだろ」

下ろしたパンツを太腿の際に引っかけたまま、手が局部に這う。

「やめろよっ！　嫌だって言ってんだろ――」

涙声になっていなかったかどうか自信はない。

「黙れ！　マルタくんと僕なら似たようなもんだろ！」

怒鳴られて頭が真っ白になった。

マルタ？　――何で今ここでマルタさん？

「マルタくんがOKってことはデブOKなんだろ？　僕じゃ駄目とか気取るなよ！」

「え……え、なに言って」

と、パッと明かりが点いた。

「はい、そこまで！」

横尾がぎょっとして背後を振り返る。良井には逆光になった。

床を上から覗き込んでいるのは、殿浦と亘理だった。

「すみませんね。ノックはしたんですが、お返事がなかったもんで」

言いつつ殿浦が指先で振ったのは、どうやらホテルのマスターキーである。

亘理が良井にだけ見える角度から、上げろ上げろとパンツを穿く仕草をした。横尾は予期せぬ闖入者《ちんにゅうしゃ》に上体を起こしており、今なら動ける。良井は慌ててずり下ろされたパンツを上げた。

「と、殿さん、どうして……」

うろたえる横尾に、殿浦はにやりと笑った。

「クランクアップ間近ですからね。明日からヘルプに入る予定だったんですが、せっかくなんで温泉を楽しもうと前乗りしました」

「こ、これは……」

横尾の視線が忙しく良井と殿浦の間をチラチラする。

「言いなさんな。恋愛も性癖も個人の自由ですよ、何も言い訳することたぁありません」

ただし、と殿浦の目がすぅっと針のように鋭くなった。

「ノンケだろうがそっちだろうが、嫌がる相手に無理強いするのはいけませんやね」

横尾がのろのろと起き上がり、力なく布団の上に座り込む。視線は布団に落ちたままだ。

気配を感じて、良井がふと入り口のほうを向くと、幸が小さく手招きしていた。

そろそろとその場を抜け出し、入り口へ。

行こう、と幸は密やかな声で囁いた。

「でも、あの……」

修羅場と呼んでいいのかどうか、奥の間を気にすると、「いいから」と幸が手を引いた。

「後は殿さんとワタさんに任せとけばいいよ。それに……」

横尾さんも見られたくないと思う。そう言われ、それは素直に納得できたので、手を引かれて歩き出した。

向かったのは取り敢えず良井の部屋だ。

「もしかしたらと思ってワタさんに報告して、二人でイーくんの様子に気をつけてたの。わたしの思い過ごしだったらよかったんだけど」

「……何で、気がついたんですか？」

「一回目の濡れ場の代役でね」

絨毯張りの廊下を歩きながら、幸は独り言のようにぽつぽつ話した。

「首筋、キスマークついてたの」

セーターをもう一度脱ぐの脱がないのとやり取りをしたときのことである。

「あー、あれ……そういう意味で……」

あらぬことを妄想してどぎまぎするばかりだった自分がバカみたいに思えてくる。

「演出決めるだけでそこまでするかなって。だって、跡つくまで吸うって……けっこうあれかなって」

「いやー……俺、あのとき、みんなに見られてるから恥ずかしくて緊張して、何されてるかよく覚えてなくて」

幸はそれから横尾の動向をずっと気にかけていたらしい。

「紳士的な人だと思ってたんだけど、男にはけっこうベタベタ触るなぁ、と思って。女性に遠慮してるだけかなって迷ったんだけど……イーくんをよく目で追ってたんだよね。それでワタさんに相談したら……」

ああ、あの人そっち系だから。亘理はあっさりそう言ったという。知っている者は知っており、取り立てて騒ぎもしない、という程度のことだったらしい。

「代役に気に入った男性スタッフ立てるのもいつものことなんだって。でも……」

まあ、仕事を大義名分に公開イメクラを楽しんでるくらいの感じだから。それで数字も取ってるし、周りもそれくらいはお目こぼしの範囲かなって認識。――というのが亘理の説明だった。

「でもまあ、キスマークっていうのはちょっと行き過ぎな感じだし、イーくんのこと、よっぽど好みなのかもしれないねって。二人でちょっと気をつけてようってことになって」

殿浦も念のため明日の演出現場には立ち会ってくれることになっての前乗りだったという。

「あのー、幸さん。さっき、……」

何気なく話そうとしながら、言葉が微妙につっかえる。

のしかかった重み。吸われた肌の圧力。自分の体を蹂躙する他者の力が蘇って、胴が震えた。

寒さか、恐怖か。

「……監督の部屋、どうして気づいたんですか」

殿浦たちが踏み込んでくれなかったら、自分はどうされていたのか。

「ワタさんがね、もし本気でイーくんに血迷ってたら今夜が危ないって。何か仕組んでくるなら今夜だろうって。だから、わたしさっきイーくんに電話したの。そしたら出なかったから」

「……監督が、台本なくしたから探してくれって電話してきて……それで俺……」

携帯は部屋に置いて出たかもしれない。

「部屋の内線も出なかったから、ワタさんに電話して……ワタさんが監督に電話したけど出ないって。それで……」

すわ一大事か、と三人で横尾の部屋に駆けつけたという。ノックをしたが横尾は出ず、中には人の気配がする。だが、大声で呼ばわって騒ぎにするわけにもいかず、殿浦がフロントに走ってマスターキーをぶんどってきたという次第らしい。

「助かりました。危機一髪でした」

「でも、何かちょっと残念」

「な……⁉　俺が貞操を失っていたほうがよかったとでも⁉」

良井が目を剝くと、幸は慌てて「違う違う」と首を振った。

「紳士だからセクハラに厳しい人だと思ってたんだよね。単にこっちに興味がないだけだったんだなーって思うと残念。男にはずっとセクハラしてたわけじゃん」

幸は横尾のことを尊敬すべき監督だと言っていた。繊細さや柔軟さを誉める発言もあったし、人間的にも尊敬があったのだろう。

「何かすみません、俺のせいで……」

「何でイーくんが謝るのよ。被害者じゃん」

「いや、でも何か……」

いやいや、いやいや、と押し問答をしているうちに良井の部屋の前に着いた。

「ずっと手ぇつないだまま来ちゃったね」

幸がひひっと笑い、冗談めかした仕草で手を離した。

「明日ね、殿さんが休んでいいって。みんなの手前があるから、大っぴらに遊びに行くわけにも行かないだろうけど、近場の観光でもしてきたら？」

「いや、でも……殿さんがわざわざ来てくれてるのに俺が休むってわけには」

「監督もイーくんいたら気まずいと思う」

真顔で言われて、はっと気づいた。

「今さら代役替えたら、周りに勘ぐられるかもしれないし。イーくん休みだったら別の人にする言い訳が立つでしょ」

変に勘ぐられるのは良井もごめんだ。分かりましたと素直に頷く。

「出雲大社、けっこう近いらしいよ。行ったら縁結びのお守りでも買ってきてよ」

「はい、行けたら」

別れ際だけでも、とむりやり笑顔を作って別れた。

良井が部屋を去ってからも、横尾は力なく布団に座り込んでいた。

こんなことにはしてやりたくなかったな、と亘理はその様子を眺めた。念のために気をつけてはいたが、念のためで済めばよかった。

もっとも、幸から聞いたキスマークの話で大概イエローカードの予感はあった。こうなることも仕方なかったのかもしれない。

「明日は良井は別件で抜けますが、クランクアップまで引き続きよろしくお願いします」

殿浦の口調は敢えてのように事務的だった。

と、横尾が口の中でもごもごと呟いた。

「……マルタくんが……」

「はい？」

殿浦が訊き返すと、横尾の声が聞き取れるレベルまで膨れた。

「……マルタくんがOKなら僕だってって思ったんだ。同じデブだし、僕だって……」

「マルタさんは飲み過ぎで酩酊状態だったんです。良井は騒ぎにならないように匿っただけですよ」

亘理が横から口を添えると、何だよ、くそ、と横尾は小さく吐き捨てた。

「恋愛も性癖も個人の自由ですがね」

殿浦がさっき言ったことをまた繰り返した。

「同じデブだからいいだろうってのは、いささか乱暴じゃありませんかね。あまりご自分を卑下なさるもんじゃありません」

うっと横尾が声を詰まらせた。そのまま嗚咽《おえつ》になる。

殿浦が無言で亘理に顎をしゃくった。横尾を残して部屋を出る。

「駄目ですよ、殿さん」

「ん？」

「あんなこと言ったら、今度は殿さんに惚《ほ》れちゃいますよ」

ははっと殿浦は快活に笑った。

「それはねえだろ、こっちゃこのご面相だ。お好みはリョースケの童顔みたいだしな」

「でも真藤真が理想ですからね」

真藤真の設定には横尾の理想が詰め込まれている——ということは、知る人ぞ知る話である。

「真藤真と比べられるのは荷が勝ちすぎらぁ」

「男でも女でもルックス飛び越えちゃうことはありますよ」

それもそうか、と殿浦は今度は小さく笑った。

「死んだ嫁さんも飛び越えて俺に惚れたんだった」

「しょってますねぇ」

……昔、と呟きが漏れていた。

「俺のこともあんなふうに助けてくれましたねぇ」

亘理が殿浦イマジンに入る前のことである。最初に就職した制作会社で、ずっと男性の先輩にセクハラを受けていた。殿浦と同じ現場になったとき、たまたま今日の良井のように拒んでいたところを見つかった。

他人の色恋沙汰に口挟む気はねえけどよ。

そのときは相手が年下だったので、殿浦の口調はぞんざいだった。

ノンケだろうがそっちだろうが、無理強いするのはアウトだろ。

「あのとき、俺、めっちゃ救われました」

そのときのことがきっかけで最初の会社を辞め、殿浦イマジンに入った。

「カッコつけとくもんだな、おかげでこんな優秀な社員が手に入った」

「はい、優秀です」

「しょってんなぁ、おい」

殿浦がひひひと笑い、エレベーターホールでお互い別れた。

*

濡れ場の撮影の日、良井は結局ずっと部屋に籠もっていた。

幸が言ったように出雲大社は玉造温泉からそれほど遠くなかったが、どうにも一人観光の気分が盛り上がらなかった。

せっかくの温泉にも足が延びなかった。大浴場は掃除の時間を除いて一日開いているが、もし横尾とうっかり出くわしたらと思うと、とてもじゃないがお湯を楽しむ気持ちにはなれない。

夜、殿浦が夕飯に誘うメールをくれたが、それも断った。メシは食えよ、と返信が来た。

クランクアップの日々スケジュールはメールで亘理から来た。

幸は——九時過ぎに、部屋に直に来た。

「ごはん食べてるかなーってちょっと心配してみた」

手土産は何てことないコンビニのおにぎりとサンドイッチ、ゼリー飲料とお茶である。

「ちょっとでも食べなね」

食欲が湧かず、朝から何も食べていなかった。ゼリー飲料が入っている辺り、読みが鋭い。

「ありがとうございます、わざわざ」

受け取ろうと手を出すと、「どうしたの!?」と幸が声を上げた。

「え、何が……」

「手！」

言われて自分の手を見ると、がさがさに荒れて粉を吹いていた。

「あ、これは……」

自分では気にも留めていなかった。気にかかっていたのは別のことだ。

「手、洗ってただけです」

「だけって！　一晩でこんなになる!?」

「石鹸《せっけん》、合わなかったのかも」

「それにしたって何回洗ったのよ!?」

何回、という問いかけには答えられずに無言になった。何十回か。三桁に乗ったか。

「何か……汚いような気がして」

幸の表情が恐いくらいの真顔になった。

「昨日のこと、思い出すと……何か、自分が汚いような気がして……」

部屋で見るともなしにテレビを眺めながら、ＣＭに入る度、コーナーが変わる度にバスルームに立って手を洗った。備え付けの石鹼は途中でちびてなくなり、フロントに電話して新しいのを持ってきてもらった。

「俺、大丈夫ですか？　汚くないですか？」

手を洗っても、体を洗っても、横尾に愛撫された感触は消えない。

「俺……」

パン！　と大きな破裂音がした。

良井の鼻先を挟みそうな目の前で、幸が両手を叩いた。

「わたし、汚い？」

突然の問いに、頭が真っ白になった。

「汚い？」

幸はいつもどおりだ。いつもどおりに、

「汚い？　きれい？」

問い詰めるような勢いに、押されて答えた。

「きれいです」

「じゃあ、イーくんもきれいだよ」

理解はゆるゆる追い着いてきた。

幸もセクハラを受けた経験は様々あると言っていた。

「イーくんのことも、わたしのことも、誰も汚したりなんかできない。汚れるのは無理強いした人の性根だよ」

その断言に、初めて荒れた手がひりひり痛くなった。

涙が下瞼《したまぶた》を乗り越える前に、ぎゅっと抱き締められた。

「イーくんはきれいだよ」

そして、どんと部屋の中に突き飛ばされた。

「ちゃんと食べなね！」

尻餅をつくのとドアが閉まるのが同時だった。

＊

○『藤屋』中庭（昼間）
庭に佇《たたず》む小百合。
玉砂利を踏んで真藤が現れる。
真　藤「……犯人はあなたですね。角谷を殺し、その後、旦那さんも……」
小百合「……これで『藤屋』もおしまいですね……」

小百合、寂しげに微笑む。

小百合「もう、息子を守っているのか、看板を守っているのか、分からなくなっていました。私は母としても、女将としても、失格ですね。どちらも守りきれなかった……」

小百合、涙がこみあげ、顔を覆う。

小百合「あげく、夫までこの手で……でも、許せなかったんです。角谷を殺してしまった後、取り乱した私に夫は言いました。何ということをしてくれたんだって……お前が黙って角谷に抱かれていれば『藤屋』は安泰だったものを、と……」

真　藤「あなたが犠牲にならなくては守れなかった看板など、最初から守る価値はなかったんですよ」

真藤、沈痛な表情で俯く。

真　藤「あなたがご自分でそのことに気づかなかったことが悔やまれるばかりです」

小百合、真藤を振り返って涙ながらに微笑む。

小百合「もし、あなたが夫だったら、こんなことにはならなかったのかしら」

真　藤「……」

小百合「ふふ。ただの夢物語ね」

真藤、小百合に向かって手を伸ばす。

真　藤「署まで、エスコート致します」

小百合「ええ」

小百合、真藤の手を取る。

静謐《せいひつ》な庭の中、二人が歩み去り……遠くパトカーのサイレンの音。

〈おわり〉

「はい、カットー！」

横尾のコールに張りがないような気がしたのは、良井が穿《うが》ってしまうからかもしれない。

「越谷真一郎さん、佐々岡ひろみさん、クランクアップでーす！」

幸のコールに現場が沸く。プロデューサーが恒例の花束を横尾に渡し、贈呈は横尾からである。

まず越谷真一郎、そして佐々岡ひろみ。

風景などの撮影は残っているが、メインキャストの撮影は終了である。

「イーくん、世話になったな！」

帰りがけ、越谷真一郎がわざわざかまいに来てくれた。

「またどっかの現場でな！」

力強く肩を組まれる。——嫌悪感はまったく感じなかった。そして、そのことにほっとした。

横尾のことで、男に触れられることに神経質になっているのではないかと心配していたが、自分から誰かに試す勇気も出なかった。

「君はよく走るし、声も出るから将来有望だ！　つまんないことでくじけるなよ！」

その親しみやすさに、無意識にだろうか甘えが出た。

「最後に、ひとつ訊いてもいいですか？」

「何だい？」

「真藤真のことなんですけど……」

「おう、真藤真のことなら何でも訊いてくれ。越谷真一郎の真は真藤真の真だ」

番宣でもよく言っているフレーズである。まさか生で聞けるとは思わなかった。

「あの、変な質問かもしれないけど……真藤真って、女性に揺らぎませんよね」

「ああ！　真藤真は男の中の男だ！」

「女性に揺らがないのって、真藤がゲイとかホモだからだったりしたらって考えたことありますか？」

真藤真の設定には横尾がかなり意見を出したと聞いている。そして、横尾の嗜好《しこう》を知った今となっては、真藤真は横尾の願望が反映されているようにしか思えなくなった。

女になど目もくれない男の中の男。それは、真藤真が女ではなく男を好きだからではないのか。

女に目もくれない、恋愛対象が男である「いい男」を横尾が描きたかっただけではないのか。

だとすれば、言い寄る相手が男だったとしても、真藤真は男の中の男で、紳士なのか。

男の中の男とは何なのか。

迷路に嵌《は》まったように訳が分からなくなっていた。

越谷真一郎は、鳩《はと》が豆鉄砲を食らったような顔をした。ははぁ、とたくましい顎をなでる。

「……そういう視点では考えたことがなかったなぁ」

もしかして失礼な質問だったかな、とひやりとするが、越谷真一郎は「君、面白いこと考えるな」と真顔で感心してくれた。

「……まあ、代々真藤真を演じてきた役者がいるし、あくまで俺個人の意見だけど」

そう前置きして、越谷真一郎は答えた。

「ノーマルだとしてもマイノリティだとしても、真藤真は好きな人への思いを誠実に貫くんじゃないかな。だから旅先でどんな美女に言い寄られても揺るがない。それは美男子に言い寄られても同じじゃないかな。俺はそう思って演じているよ」

迷路からするりと抜け出したような――あるいは、手の中の知恵の輪がするりと外れたような。

「これで答えになるかい？」

「はい！　ありがとうございます！」

越谷真一郎が演じる真藤真を、斜めに見ないで済む。そのことが何より嬉しかった。

＊

『真藤真』シリーズを終え、久しぶりの殿浦イマジンである。

亘理は経理室のドアをノックした。

「精算お願いしまーす」

「お、お帰り」

今川はいつもの調子で出迎えた。

「『真藤真』かい」

「ええ」

「無事に終わったかい」

いつもながらのやり取りだが、今回の「無事に」は若干のニュアンスが籠められている。

「ええ、無事に。殿さんにも出動してもらいましたしね」

「ならよかった」

言いつつ今川が計算書と領収書を受け取る。

「考えてくれたかい、例の……」

ええ、と頷く。

「殿さんが島津斉彬を撮るときは、俺がプロデューサーをやります」

そうか、と今川の怜悧な目元が和やかに緩んだ。

「死ぬまでには奴の夢を叶えてやれそうだな」

満足げにパソコンに向き直る。

その横顔に、ふと問いかけてみたのは、どういう気まぐれだったのか自分でも分からない。

「……どうして、俺に殿さんの奥さんの話をしたんですか？」

キーボードを叩く今川の手が止まった。椅子がくるりとこちらを向く。

「殿浦には殿浦の、部下に対してこうありたいという自分がある。――こうありたかったという自分がある」

こうありたかった――それは亡くなった細君に対してだ。自分が上司であればあんなことにはさせなかった。

殿浦イマジンであれば死なせなかった。

「だからあいつは死ぬほど気取る。放っておけば死ぬまで気取る」

理想の上司を。理想の社長を。

「現場にね、あいつが死ぬほど気取っていることを知っている奴がいてほしいんだよ。でないと……」

死ぬまで気取る。

「僕が支えてやれるのは金勘定のことだけだからね」

もしかすると、――今川の弱気を初めて見たのかもしれない。そう思った。

「いい会社になったよ。まあ、僕のおかげでもあるが」

自分の手柄を主張することも忘れないのが今川らしいところだ。

「間違ってもあいつの奥さんが死ぬようなことがない会社だ。僕が生きてる間はくだらないことで潰れるところを見たくない」

くだらないことの最高峰は、例えば社長の過労死か。

「現場にブレーキをかける奴がいないと、殿浦は死ぬ」

長年の付き合いだからこその実感が籠もっていた。

承りました。と声に出したかどうかは思い返すと曖昧になった。

頼んだ。というのもイメージが聞かせただけかもしれない。

好きだったんですか？　――などということは訊かないのが大人の作法である。

4

『みちくさ日記』

＊

『真藤真』を終えて、良井と幸には三日ほど中休みが割り当てられた。

いろいろと衝撃的な出来事に晒された現場だったので疲れが出たのか、良井はバラシの直後に熱を出し、その三日間をアパートで寝て過ごした。

変に考え込んだりする余裕がなかったのは、却《かえ》ってよかったのかもしれない。

買い置きのカップラーメンやお菓子を食い尽くしてしまい、コンビニで何か買ってこなくてはと思いながらうとうとしたせいか、幸が差し入れに来てくれた夢を見た。

ちょっと心配してみた。

と、夢の中で幸が差し出したコンビニ袋には、『ドでか旨辛《うまから》ーめん』カップ麺とチョコチップメロンパンが入っており、これは幸のセンスというより良井の食欲が無意識のうちに反映されたメニューだったらしい。

『ドでか旨辛ーめん』が食いてぇ～！　と目が覚めて、そのままコンビニに買いに出た。チョコチップメロンパンは捕捉《ほそく》するのにコンビニを三軒ハシゴしたので、すっかり元気になっている。

『ドでか旨辛ーめん』とチョコチップメロンパンで休日を締めくくった翌日、事務所に出勤すると、エレベーターで幸と一緒になった。

「おはようございます！　昨日はありがとうございました！」

おはようと言いかけた幸が怪訝な顔になり、差し入れは夢の中でのことだったと思い出した。

「あ、いや、すみません。勘違い。こっちの話」

そう、と幸はまだ怪訝そうだ。

それにしても病人の差し入れに『ドでか旨辛ーめん』はないよな、と幸のしたことではないのだがおかしくなって口の端が緩む。

そんなアホな夢を見たのも幸のおかげかもしれないな、とふと思う。うとうと見ていた夢に、横尾監督は出てこなかった。

イーくんはきれいだよ。

そう断言して、真正面から抱き締めた。――あれから、手を病的に洗う衝動は収まった。

「何、にやにやして」

「いえ。次、どこの現場でしょうね」

「殿さん、映画だって言ってたけど」

良井と幸がまた抱き合わせで同じ現場だということだけは『真藤真』の合間に聞かされている。

「佐々さんが先に入ってロケハンしてるって言ってましたよね」

事務所に入ると、殿浦がホワイトボードにマーカーを走らせているところだった。

「おう、来たな。台本、机の上だ」

スケジュールボードは良井の欄に来月までぶっちぎる勢いの力強い矢印が引かれている。矢印の根元に書かれた作品タイトルは、

「えええ――――――――――――――――!」

幸の歓声――ならぬ絶叫が事務所を引き裂いた。

声にぶん殴られたように良井が仰け反ると、殿浦も同じように仰け反っていた。

バタン！　とけたたましくドアを開け、経理室から今川も飛び出してきた。

「何だ⁉　不渡りか⁉」

「ちげーよ、バカ！　縁起でもねえ！」

打って響いた殿浦に、「ならいい」とさっさと引っ込む。

殿浦は今川を引っ込ませた返す刀で幸の頭を引っぱたいた。

「なン……っつう声出してんだ！　音響兵器か！」

よほど耳をつんざいたのか、引っぱたかれた幸の頭はいい音で鳴った。良井並みの扱いである。

「『道草日記』って、沖田《おきた》ナオ⁉」

良井と幸のスケジュールボードに書かれた作品名は『道草日記』だった。

「おう。小説だ」

「じゃあ字が違います」

幸が殿浦からマーカーを取り上げ、自分の欄の作品名を『みちくさ日記』と書き直した。

「分かンだろ、別に」

「なに言ってるんですか⁉　タイトルは作品の顔ですよ、失礼でしょう⁉」

唾が飛ぶ勢いで嚙みつかれた殿浦は、目をしばたたいて真顔になった。

そしてぺこりと頭を下げる。

「すまん。そのとおりだ」

「あ、あ、いえ、あの……」

社長に真っ向謝られて、幸が却って慌てる。

「いや、いい。原作へのリスペクトは原則だ。俺がぬるかった」

言いつつ殿浦は、残った良井と佐々の欄のタイトルを力強い字で書き直した。

「面白いんですか？」

沖田ナオ。良井でも名前は聞いたことがある。若い女性を中心にファンの多い小説家だ。読書傾向が漫画に極端に偏っている良井はあいにくと読んだことがない。

何の気なしの問いかけに、幸は目をキラキラさせて良井を振り向いた。あ、これは長くなる、と思ったとおり、怒濤の長広舌《ちょうこうぜつ》が返ってきた。

ぎゅうぎゅうに詰め込まれた思い入れを適宜間引きながら情報を再構築するに、

「ええと、要するに高校の先生と女生徒の恋愛物……？」

「ちゃんと聞いてた⁉ 植物を巡って生物の冴えない先生と女の子が親しくなるんだってば！『雑草という草はない。草にはすべて名前がある』って言葉がきっかけでね……」

「牧野《まきの》富太郎《とみたろう》だな」

口を挟んだ殿浦に、幸が「えっ」と言葉を止めた。

「昭和天皇のお言葉だって本には……」

「元々は牧野富太郎だったと思うぞ。それを昭和天皇が引用されて臣下を諫めたって話だったんじゃねえか？　ま、陛下に影響を与えた学者の研究姿勢もすごけりゃ、市井《しせい》の学者に学べる陛下もすごいってだけの話だ」

殿浦の歴史雑学は広い年代に及ぶらしい。

「まあ、小説はそこまでうんちく語る必要もなかったしな」

幸が目をぱちくりさせる。

「殿さん、読んだんですか？」

「そりゃ、仕事を受けた話だからな。原作を読んでエッセンスを理解しとかねえと、脚本を支えられねえだろ。俺は社内のどの現場にもヘルプで入る可能性があるしな」

ほれ、と殿浦が指した自分のデスクの上には、既刊が四十巻以上ある大ヒット少年漫画が山と積まれている。『みちくさ日記』と並行で他の班が受ける仕事らしい。

「ああー、俺、あっちのほうがよかったなぁ」

良井も好きな漫画だったのでうっかり口が滑ったが、幸にじろりと睨まれる。

「『みちくさ』に何か不満でもあるわけ」

「いや、そういうわけじゃ……でも女性向けの恋愛物でしょ？　ちょっと俺の守備範囲外かなって……」

「大丈夫だ」

横から太鼓判を押したのは殿浦だ。また幸が目をぱちくり。

「五十も半ばのおっさんが読んで面白いんだ、まあ読んどけ。仕事だからってだけじゃなしに、面白《おもしれ》ぇもん読んでアンテナ広げるのは自分のためでもあるからな」

「……面白かったんですか？」

恐る恐るそう尋ねたのは幸だ。

「おお。冴えねえ男が主人公の胸キュンと雑草だけでぐいぐい読ませるんだから大したもんだ」

と、殿浦がいたずらっぽくニヤリと笑った。

「雑草じゃなくてみちくさだったか」

「殿さん分かってるぅ——！」

幸がキャーッと殿浦の腕を叩いた。ただのファンモードだ。

「佐々も張り切ってロケハン回ってるぞ、原作ファンだからな」

「ええっ⁉」

驚愕の声を上げたのは良井である。——組長のみならず若頭まで虜《とりこ》にしているとは。

「喜屋武さんの影響かなぁ」

喜屋武七海なら沖田ナオを読んでいるイメージもぴったりはまる。

「いや、あいつ元々ファンのはずだ。単行本で全部持ってるってってたぞ。喜屋武さんの趣味はむしろあっちだそうだ」

と、殿浦がデスクに積まれた少年漫画を指す。

「やだ、わたし、佐々さんと親友になれる自信がある……！」

感極まった様子の幸に、殿浦がハッハと笑った。

「じゃあ『みちくさ』が面白かった俺ともトモダチになれるな。おっさんは意外とロマンチストが多いんだ」

意気投合している二人を眺めながら、リアクション失敗したかなとはぐれた気持ちになる。

面白そうですね、読んでみます！　と前のめりになっていたら、輪の中に入れただろうか。

物欲しそうに二人の様子を眺めていると、殿浦とふと目が合った。ニヤリが来る。

「ロマンチストの仲間入り、したいか？」

「はい！」

そこは、全力で乗っかった。


その日、脚本にざっと目を通してから、帰りに原作本を買った。

立ち寄った書店では既に『映画化決定！』の帯が巻かれた文庫本が平積みになっていた。

平積みの海から一冊摑んでレジに向かおうとしたとき、少し高い位置で陳列されている一群があることに気づいた。

漫画の単行本のように透明フィルムでシュリンクされ、「サイン本」というラベルが貼られている。

「あ、あの！」

通りかかった女性の書店員を呼び止める。幸と同じくらいの歳《とし》だろうか。

「サイン本ってあれ……」

ああ、と書店員の顔がほころびる。誇らしげに咲く小さな花のような。

「作者さんの直筆サイン本ですよ。昨日来て作ってくださったんです。ちょうど新刊が出たので書店回りをしてらして、映画化する文庫もついでにって」

「あ、じゃあ、それも！」

きっと幸が喜ぶ。

「二冊も買うなんて大ファンなんですね」

言いつつサイン本を手渡してくれた書店員に「いえ、あの……」と頭を掻く。何だか嘘をつくのが悪い気がした。

「職場の……同僚が大ファンで」

言葉に詰まったのは、幸の位置づけを迷ったからである。入社こそ良井が先だが、キャリアは圧倒的に幸が先輩だ。

「女性ですか」

「ええ」

「だと思った」

「やっぱり女性ファン多いですか?」

「ええ、でも男性の読者さんも多いですよ。これは恋愛色が強いので、ちょっと恥ずかしそうに買って行かれますが」

佐々もファンだと殿浦が言っていた。あの強面でやはり恥ずかしそうに買ったのだろうか、とちょっとおかしい。

「でも、お客さまは、気になる女性にプレゼントかなと思って」

いやぁ〜、と大いに照れる。

「彼女や女友達に勧められてハマったって男性、けっこういらっしゃいますよ。それが縁で結婚したとか付き合うようになったとか」

「マジですか!」

思わず食いつくと、書店員は「マジです」と頷いた。

「わたし、今付き合ってる人、沖田先生の本がきっかけです」

「うぉ〜、すっげぇ御利益《ごりやく》！」

「映画化で話題になってますし、盛り上がると思いますよ」

小さいガッツポーズは、応援であるらしい。

「売れてますか」

「映画化の帯がつくと目立ちますからね。売り場としても推しやすいし、ありがたいです」

自分の関わる仕事で、本屋さんが喜んでいる。そのことが素直に嬉しかった。

「いい映画になってほしいです」

その言葉が仕上げだ。思いがけず受けた寿《ことほ》ぎにテンションが上がり、「実は」と切り出す。

「俺、これの映画化、下っ端ですけどスタッフに入るんです」

ええっ、と書店員は密やかな歓声を上げた。

「じゃあ、その同僚の女性も？」

「はい」

「よかった」

よかったって、何が。首を傾げると、書店員は笑った。

「大ファンの方がスタッフに入ってるんなら、きっといい作品になりますよね」

書店員としてではなく、一ファンとしての喜びだろう。

「やっぱり、あまり幸せじゃない映像化もありますから……」

ああ、やっぱりそういう不安もあるよなぁ――と原作物の厳しさがじわりと迫る。良井も自分の好きな漫画の映像化がピンと来なかったことはある。

実際、最初からキャストありきでキャラクターの頭数や設定が適当に「嵌まる」作品を探したような映像化もあるということは、映像業界の人間として知っている。良井がまだそういう雑な映像化の現場を経験したことがないだけだ。

「原作に愛がなかったら分かるんですよね、やっぱり。それでも話題性で本が売れたらまだいいんですけど、あんまり映像化がつまらないと本も売れないことがあって。作家さんにとってどうなのかなぁと思っちゃうことがあって……」

スミマセン、と思わず謝りたくなる。

「そういうときは映像化つまんないけど原作は面白いから買って！　と思うんですけど、ポップにそんなこと書けませんしね」

「いやぁ～、書いてもいいいんじゃないですかね」

雑な作品作りをする現場を庇う気持ちにはなれない。

「すみません、お客さま引き止めてこんな話」

いえいえ、と顔の前で手を振る。そして、ふと思い出した。

「原作へのリスペクトは原則だ」

「え？」

「うちの社長の言葉です」

書店員の顔がパッと輝いた。――ああ、これが。

これが、原作を預かるということなんだな。そう思った。

サインありなし二冊の本を、書店員は手ずからレジに通してくれた。

仕事で読むものには経費が落ちるが、領収書は一冊分だけ切ってもらった。――気になる女性へのプレゼントを経費で落としたら、男が廃《すた》るというものである。


『みちくさ日記』は、日頃小説をあまり読まない良井が一気に読めた。

殿浦いわく、「冴えねえ男が主人公の胸キュンと雑草だけでぐいぐい読ませる」。確かに。

主人公は、地方都市の高校に勤めている植物オタクの生物教師で、生徒からは「冴えない」と渾名がついている。苗字が三枝《さえぐさ》だが、三枝なんて洒落《しゃれ》た響きは似合わない、という理由からだ。

校内に生えている野草を宿直室で料理して食べるのが趣味で、女生徒からは「あいつ草食うんだよ」と気持ち悪がられている。

「雑草だよ、雑草。信じらんない！」そう腐す女生徒に、「雑草という草はない。草にはすべて名前がある」と言い返し、誰の言葉だという問いに「昭和天皇だ」と答えたことから「冴えない陛下」「雑草陛下」などという称号が加わった。略して「陛下」と呼ばれることもある。

そんな三枝が東京から転校してきた女生徒と交流し、親しくなっていく――という物語だ。

○高校の裏庭（昼）
三枝、生い茂ったみちくさ（ノビル）を抜いている。

通りかかった女生徒、失笑。

女生徒1「またかよ、冴えないー」

女生徒2「しゃーねえよ、雑草陛下だからさー」
三枝、無視。
女生徒たち、通り過ぎる。
三　枝「……うっせ。お前らにメーワクかけてねーんだからほっとけ」
別の女生徒（みちる）が通りかかる。
みちる「お疲れさまです」
三　枝「……はァ？」
みちる「あ、草むしり、お疲れさまです」
三　枝「別に……食いもん採ってるだけだし」
みちる「え⁉　雑草、食べるんですか⁉」
三枝、じろりとみちるを睨み、抜いたノビルの束でみちるを指す。
三　枝「雑草という草はない。草にはすべて名前がある。……昭和天皇もそう仰ったって何回言えば分かるんだ、お前らは」
みちる「ごめんなさい。聞いたことなかったので……じゃあ、それは何て名前なんですか？」
みちる、自分に向けられたノビルを指差す。
三　枝「ノビル。酢味噌《すみそ》で酒のツマだ。ここは土が柔らかいから採りやすいんだよ」
みちる「普通は採りにくいんですか？」
三　枝「土が硬いところだと、引っこ抜くと玉が切れる」
みちる「たま？」

三　枝「玉だよ、玉！　根っこの先に玉ついてんだろ」
みちる「青いとこじゃなくて根っこ食べるんですか？」
三　枝「青いとこも食えなくはないけど。ノビルの一番旨いとこは玉だろ」
みちる「そうなんですか。食べてみたいなぁ」
三　枝「つーか……」
　　三枝、怪訝そうに首を傾げる。
三　枝「お前、俺のこと知らないの」
みちる「わたし、転校してきたばかりなので……用務員さんですか？」
三　枝「……教師だよ。生物」
みちる「そうなんですね。ごめんなさい」
　　みちる、深々と頭を下げる。
三　枝「……転校って、どっから」
みちる「東京です。父が実家の洋食屋を継ぐことになって……」
三　枝「都会っ子か。そりゃ知らんわな。許す」
みちる「……ノビル知らないと許してもらえないんですか？　この辺って」
三　枝「いや。俺流」
　　みちる、吹き出す。三枝も釣られて。
三　枝「……食うか？」
みちる「え、このまま？」

三　枝「生は辛みが強くてお子様にはお勧めできない。宿直室なら調理場がある」
みちる「食べてみたい……かも」
三　枝「おう」
　二人、校舎に向かって歩き出す。
みちる「先生って、雑草のことは何て呼んでるんですか？」
三　枝「だから、雑草という草はないと……」
みちる「あ、はい。でも、こう……総称的な？」
三　枝「総称？」
　みちる、周辺の草むらを指差す。
みちる「ああいうの、いちいち名前で呼べないじゃないですか。雑草って言う代わりに、何か呼び方って……植物とか？」
三　枝「みちくさ」
　みちる、目をぱちくり。
三　枝「俺はみちくさって呼んでる」
みちる「……素敵ですね」
　三枝、みちるの笑顔に見とれる。
みちる「わたしの名前も入ってるし」
三　枝「ミチノとかミチバタとか？」
みちる「いえ、苗字じゃなくて名前。わたし、七瀬《ななせ》みちるっていうんです」

三枝、また見とれる。
みちる「先生は？」
三　枝「……三枝。三枝繁《しげる》」
みちる「あ、イメージぴったり」
三枝、疑わしげに眉をひそめる。
みちる「だって、枝がしげるって。先生っぽい。植物、好きなんでしょ？」
三枝の眼差し、みちるに向けて眩しそうに……

脚本のファーストシーンを読み直し、良井は唸った。

「……いい脚本だな、これ」

いくつかのシーンを一場面に絞っているのではしょっている部分もあるが、言葉の取捨選択で脚本家が原作を読み込んでいることが分かる。

何より――

「ト書きで『みちくさ』って来るかー……」

ト書きなら表に出るものではないし、手癖で雑草と書いてしまいそうなものである。

「脚本家、めっちゃファンだな」

原作リスペクトは大原則。殿浦の言葉が思い出され、いい現場になりそうな予感に胸が奮《ふる》った。

大丈夫ですよ、おねえさん。――と思い出したのは、レジを打ってくれた書店員である。この脚本を今すぐにでも読ませてあげたい気分になった。

翌日、サイン本を幸にプレゼントすると、また絶叫が事務所をつんざいた。

殿浦が「慎め、音響兵器！」と怒鳴ったが、今川は昨日で学習したのかもう城から飛び出してこなかった。

「ありがとね、イーくん！　この現場、どんなにきつくてもこのサイン本で頑張れる～！」

感極まってのハグが来て、口から心臓が飛び出しそうになった。

殿浦がこちらを見た。――目が笑っている。

ロマンチストの仲間入りしといてよかったろ、などと茶化さないところが真のロマンチストの矜持《きょうじ》か。

矜持に無言で感謝した。

＊

良井と幸が合流したのは、第一回目の美術打ち合わせ――通称「美打ち」からである。

美打ちとは、ロケ場所、照明、美術、メイクに衣装、持ち道具など、撮影に必要な諸々の事柄に関わる全スタッフが協議・確認する全体打ち合わせである。内容は美術に限ったことではないのに何故「美打ち」と呼ばれるのかは、謎だ。

もちろん、多数の部署のサポート役として制作も参加が欠かせない。

幹事会社である松林映画《しょうりんえいが》の大会議室で行われた美打ちは、参加者が五十名以上にも及ぶ大規模なものだった。

良井は初めてとなる楡新一郎《にれしんいちろう》監督は、なかなかちゃらんぽらんなルックスで、いかにも業界人という印象である。

だぼっとしたシルエットの服は、良井にはだらしないとしか思われなかったが、衣装スタッフの女性に言わせると全身で数百万はくだらないブランドらしい。

「えっとねー」

しゃべり方も緩い。元はバラエティ番組のプロデューサーだったという。

「お金がないのねー」

率直すぎる発言に全員ずっこける。松林のプロデューサーが「語弊が。語弊が」とうろたえている。

「あー、ごめんごめん。お金はあるのね、一応。でも、植物採集の外ロケ多いでしょ。天気とか光線の加減とか編集でごまかさないといけない可能性がすっごくあるのね、梅雨《つゆ》時期かかるし」

撮影日に天候に恵まれないことは多々ある。だが、キャストのスケジュールを切り直せないという場合、どしゃ降りでさえなければ撮影を決行し、CGや色調補正《グレーディング》などで映像を調整する作業が必要になる。

最新技術の恩恵で、かなりの雨や曇天を青天に調整することも可能だが――

「みんな知ってると思うけど、まーあ時間とお金がかかります」

かなりな勢いでかかる。――ということは、駆け出しの良井でも知っているほどだ。

「でも、植物採集のシーンって、絶対に妥協できないと思うのね。みちくさってこの作品の陰の主役だから」

その発言で、このちゃらんぽらんな風貌の監督が原作を読み込んでいることが知れた。

雑草と一括《ひとくく》りに呼ばれる野草が作品の肝だと分かっている。

「お天気編集にお金がどれだけかかるか分かんないので、節約できるところをできるだけ節約しといてもらいたいんです。タイアップとかね、色々」

美術や持ち道具、衣装など、タイアップという名目で物品の無償提供を先方に頼むことはままある。つまり、それを最大限にやってくれというお達しだ。

「私物の提供も大歓迎」

何やら学生の自主製作映画のようなことになってきた。

節約精神を最初に共有し、美打ちは熱心に進んだ。

各部署から主な懸案が出尽くしたところで、楡監督が席を立つ。

「じゃあ、オレたちはロケハン行こっか」

同行するのは制作からは佐々と良井、後は照明スタッフと美術スタッフに、プロデューサーだ。

制作車の運転は、行きが佐々で帰りが良井の分担である。

「洋食屋、もう決まったんですか」

車を出してから訊くと、佐々が難しい顔をした。

「そろそろ決めてもらわなきゃ困るんだけどな」

楡は、ちゃらんぽらんな外見の割りにはロケーションのこだわりが強く、洋食屋探しはことに難航している——と聞いている。

「大事な場面だからこだわりも仕方ないけど、プロデューサーはそろそろしびれを切らしてる」

照明と美術を同行させるのは、監督を少し急《せ》かしたいらしい。

「特に光にこだわるからな、楡さんは」

照明の感触がよかったら決断が出やすいのではないか、という読みだろう。

「洋食屋は昼間の光が大事だっつってな」

みちるの父が継いだ洋食屋は客足が思わしくなかったが、ランチメニューにみちるが提案したノビルとベーコンのパスタを出して評判になる。ノビルとベーコンのパスタは、ノビルの酢味噌和《あ》えが口に合わなかったみちるに三枝がリベンジで作ったものだ。

その後、一日限定十食で季節の野草や山菜のメニューをランチに取り入れることで、洋食屋は息を吹き返すことになる。

○レストラン七瀬（昼）
賑わっているレトロな店内。

三枝、恐る恐る入り口から覗く。

店を手伝っていたみちる、気づいて小走りに寄ってくる。

みちる「先生！　いらっしゃい」
三　枝「……混んでんな。俺、別に……」
みちる「なに言ってるんですか。メニュー教えてくれたお礼なんですから。窓際の一番いい席、リザーブしてあるんですよ」
みちる、窓際の席に三枝を案内する。

三　枝「カウンターでいいわ、一人だし」
みちる「遠慮しないで。わたしもお昼一緒に食べちゃいますから」
　　三枝、強引にテーブルに座らされる。
　　やがて、エプロンを外したみちるがノビルのパスタを持ってやってくる。
みちる「お待たせしました」
三　枝「……おう」
　　三枝、パスタをフォークに巻きつけ、口へ。
三　枝「……うめぇ。やっぱプロが作ると違うな」
みちる「先生が作ってくれたのがおいしかったのがきっかけだよ」
三　枝「あんなん、宿直室のカセットコンロでただのあり合わせで……」
みちる「お父さんが、ノビルなんか子供の頃から知ってるのに、こんなにおいしかったなんてってびっくりしてた。食材に愛情があるから思いつくメニューだって」
三　枝「……ンな上等なもんじゃ……お前が酢味噌和え苦手だっつうから」
みちる「わたしにおいしく食べさせようって考えてくれたんでしょ？　やっぱり愛情だ」
三　枝「ばっ……！　俺はノビルの名誉のためにだなぁ！」
みちる「分かってます、分かってます。みちくさ愛、みちくさ愛」
三　枝「大人をからかうんじゃねーよ、まったく」
みちる「先生のみちくさ遊びはすごいね。わたしのお父さんの店を助けてくれたんだから」
　　賑わっている店内。活気づいて明るい。

みちる「先生は、冴えないクンなんかじゃないよ」
三　枝「お前がガッコで提唱してくれ、冴えてるクンって」
みちる「いやですぅー」
三　枝「ケチんなや」
みちる「いやですぅー。冴えてるとこ知ってるの、わたしだけでいいもん」

　三枝、思わず真顔になる。

　みちる、窓の外に目を逸らす。

みちる「陛下はほんとだしね、みちくさ陛下」

　窓際から入る日差しに、みちるの頬が映える。


「ノビルのパスタのランチタイムは大事だ。窓際のみちるも大事だ。俺は楡さんを支持する」

「佐々さんもほんとに原作ファンなんですね」

「『も』ってなんだ、他にも誰かいるのか」

「幸さん。『みちくさ』決まってゴジラみたいな雄叫《おたけ》び上げてましたよ」

「さっちゃんか！　親友になれるな」

　幸と同じことを言っている。

「俺がサイン本あげたときも雄叫び……」

「何だと!?」

　佐々の首がぐりんとこっちを向いた。

「運転！　危ない危ない危ない！」

首がまたぐりんと前を向く。

「おま、サイン本なんかどこで……！」

「新宿の本屋でたまたま」

「何で俺には買ってこねーんだよ！」

「何で俺が佐々さんに自腹でプレゼントしなきゃいけないんですか！」

はぁん、と佐々が横目で良井をチラ見して笑った。「自腹でプレゼントね」

「……なんか悪いんですか」

「いンや。今フリーのはずだ、頑張れよ」

耳寄り情報である。素直に感謝だ。

「佐々さんは、『みちくさ』が一番好きなんですか？」

「おうよ」

「かなり恋愛色強い作品なのに、何で……」

顔に似合わない、という感想は慎む。

「冴えない男が美少女と上手く行くっつーのがいいんだよ。で、話の展開も無理がないのがいいんだよ。俺みたいなご面相でもロマンが持てるじゃねーか」

自覚はあるんだ、という感想も慎む。

「でも、佐々さんはレジェンド級のロマンス手に入れてるじゃないですか」

「うっせ、うっせ、うっせ」

佐々は喜屋武七海との話は照れてほとんど聞かせてくれない。熱愛報道などが出ていないので上手くやっているのだろうが、「あの二人が一緒にいるからって彼氏彼女だと思うか？　ゴツいボディーガードついてんなとしか思わねえだろ」――というのは、殿浦の弁である。

「とにかく、洋食屋は大事なんだ。だから徹底的に探す。お前、向こうに着くまで『ごちログ』見てろ。八王子方面な」

洋食屋の候補が挙がっているのは、八王子方面である。

「店の外観写真が載ってるだろ、よさそうなとこあったら押さえとけ」

「洋食、フレンチ、イタリアンくらいですかね」

「喫茶とアジアンも入れとけ、意外とロケーション転用できる」

八王子に着く前、日野に差しかかった辺りで榛が「小腹が減った」と騒ぎ出し、軽食タイムとなった。

道沿いで車が駐めやすい店を探すと、軒先に軽食の看板を出した戸建ての喫茶店があった。店の敷地に舗装されていない空き地が続き、車は適当にお駐めくださいということらしい。

「どっかめぼしいとこ見つかったか」

車を降りながら佐々が訊いたが、芳しい成果はない。

ロケハン隊は八名いたので、テーブル二つに分かれて座る。良井と佐々の向かいにはスタッフの助手が座り、榛はプロデューサーやチーフ陣と同じテーブルだ。

「オレ、オムライス！　オムライスね！」

榛がお薦めメニューを率先して頼み、他の面々もそれぞれ何かしら頼む。食べる休憩のときに何か入れておかないと、トラブルでメシ押しになったときが辛い。

ナポリタンを頼んだ良井は、料理待ちの間もせっせと『ごちログ』のチェックに励んだ。楡の希望は戸建てのレトロなレストランだが、やはり飲食店はビルの間借りが多い。

お腹が減ったと騒いでいる楡に配慮したのか、オムライスが一番先に出てきた。他のメンバーを待つ気配もなくがっつく。子供のような人だな、と良井は少しおかしくなった。

良井がナポリタンを食べはじめる頃には、楡は既に食べ終わって「みんな、まだ〜？」などと急かし、一斉にツッコミを食らっていた。

手持ち無沙汰に水をちびちび飲んでいた楡が「あれ!?」と声を上げた。何だ？　と全員が目を上げる。

楡はちゃらんぽらんな顔が真顔になって、店内を見回している。

「ここ良くない？」

ミートソースをつるつるやっていた佐々がフォークを置いた。木製の床も調度も飴色《あめ》になり、丁寧に使い込まれた風合いが出ている。窓が多く、室内の採光もいい。

「光の回り方とかさぁ」

「いいですね」

光にこだわる監督に、照明チーフのGOが出た。

佐々ちゃん、ちょっと頼んでみてよ。——と監督が言う前に、佐々は席を立っていた。

「で、首尾良く行ったのか」

殿浦に先を促され、良井と佐々は力なく首を横に振った。

喫茶店のマスターは五十絡みの男性だったが、ロケ場所の話を申し出ると途端に頑なになった。駄目だ駄目だ。そういうのは一切関わらないって決めたんだ。

訊くと、昔はやはりロケーションの良さで撮影協力を申し込まれたことがあるという。しかし、撮影隊のマナーの悪さにうんざりし、ある時期からきっぱり断るようになったとのことだった。

「何でも、ご近所さんの土地に勝手に車を駐めたり、ゴミを放置して帰ったり……」

佐々の説明に殿浦が「かーっ！」と唸った。

「いるんだよなぁ、そういうマナーの悪いの！　どこの制作だ！」

ゴミの処理や車の誘導、現場で起こるトラブルのおよそありとあらゆるものが制作責任である。

「けっこう有名なドラマの受け入れだったそうです」

「局のご威光振りかざしてテレビで使ってやるんだからってやらかしたんだろ。そういう奴らが一回いるだけで業界全体が出禁になったりすんだよ、質悪《たちわり》ィ」

「あー、たまにある出禁物件ってやらかし物件なんですね……」

良井が経験した現場でも、撮影したビルの一番近所のコンビニは撮影隊の買い物・トイレ借り禁止と貼り紙が貼られていた。入居者がいないビルを丸ごと撮影スタジオとして貸している物件だったが、最初の頃に使った撮影隊がそのコンビニでトイレを汚したり態度が悪かったりと狼藉《ろうぜき》を働いたので、コンビニオーナーからビル側にマスコミ関係者無期限出禁の沙汰が出たという。

おかげでその後に入る撮影隊は、ビルの間近にコンビニがあるにも拘《かかわ》らず、徒歩十五分の遠いコンビニまで行かねばならなくなった。

「ロケ場所ってなぁ、ロケーションが良くて使い勝手がいいほど業界全体の財産なんだよ。自分だけ使えりゃ後は知ったこっちゃねえなんて了見のクソ制作がどんどん財産減らしてくんだ」

殿浦は自分が立ち会ったわけでもないのにご立腹である。もしかして、殿浦が同行していたらマスターと話が合って許可が取れたんじゃないのかという勢いだ。

「洋食屋は別のとこで見つかったのか」

殿浦の問いに、また良井と佐々は力なく首を横に振った。

楡がその喫茶店を気に入ってしまったため候補物件に気が乗らず、決まらずじまいだった。

「一番いいの見つけて他のとこ回るとどうしてもなぁ……」

「どうにかならないでしょうか」

佐々の問いに、殿浦が「そういうときは、あれだ」と真顔になった。

「お百度踏むしかねえな」

お百度、という古めかしい物言いに、佐々も良井もきょとんとなった。

「監督がそこが一番気に入ったってんなら仕方ねえだろ。情熱でマスターを突破できるかどうか、当たって砕けるのが制作の心意気ってもんだ」

佐々が唇を強く引き結ぶ。

「俺、明日また行ってみます」

「話ができると思うなよ。塩撒かれるくらいの覚悟で行け」

「え、でも話せなかったらそもそも交渉できないじゃないですか」

良井の異論には「ばーか」と返ってきた。

「喋れなくても思いを伝える方法はあるだろが。イマジンの初歩の初歩だ」

「手紙書きます」

佐々の宣言に、殿浦は満足げに頷いた。

「手土産も添えて……」

「それはやめとけ」

手土産持参というのは良井には丁重に思われたが、殿浦的にはナシらしい。

「節度とかマナーを大事にしてるおっさんだろ。逆効果だ。物で懐柔かって怒らせて終いだ」

殿浦が心臓の上を拳でドンドンと叩いた。

「ここで勝負するしかねえ」

「分かりました。——原作ファンの名にかけて、突破してみせます！」

いい話なのになぁ、何で固めの盃交わすみたいな光景になっちゃうんだろうなぁ——と、良井は端《はた》から首を傾げた。

＊

ロケハンの候補探しは良井に任せることができたので、佐々はそれから件の喫茶店『すみれ』に通った。

初日は顔を見ただけで追い出されそうになったが、食事に来たと言ってモーニングメニューのホットサンドセットを注文し、会計のときに手紙を渡した。

かつて撮影隊が粗相を働いたことを同業者として詫び、また原作のイメージに喫茶店が非常に合っていることを訴え、どうかお怒りを収めてと訴える文面である。

毎日ではうるさがられると殿浦にアドバイスされ、数日おきに混雑の時間帯を避けて訪問する。会計で手紙を渡し、「よろしくお願いします」と頭を下げて店を出る。

そこから超特急で制作現場に直行だ。

ツナ、タマゴ、ハムチーズのホットサンドセットを制覇し、ホットドッグセットに行ってからシンプルなトーストセットに着地し、モーニングメニューは一巡したので、次はランチタイムの終わりかけを狙って訪問した。

その日、日替わりのお薦めメニューはナポリタンだった。良井が食べていて旨そうだなと横目で眺めていたので、迷わず注文する。やはり旨かった。

帰りに、いつもは厨房《ちゅうぼう》に引っ込んで接客を奥さんに任せているマスターがレジを打った。

「何で今日はランチタイムなんだい？」

不意に訊かれて、正直に答えた。

「モーニングセットを制覇しちゃったんで」

「ランチで寄るには遠いだろ、うちは。あんたの会社、北参道だっけ？」

「あ、割りと時間に自由が利きますもんで。行き先も毎日いろいろ変わりますし……今日は所沢なんで、これから向かいます」

「メニュー一巡したってモーニングセットぐるぐる適当に頼んでりゃいいだろ。こんな大名出勤で会社で睨まれたりしないのか」

どうやら、佐々の職場での立場を気にしてくれているらしい。大丈夫です、と胸を叩いた。

「諦めきれないなら粘れって社長にハッパかけられてます。ここ、ほんとロケーションが原作にぴったりで素晴らしいんで……監督も一目惚れで。それに」

ん？　とマスターが目を上げた。

「モーニングセットが全部旨かったんで。せっかくだからランチも制覇しとこうかと」

そうかい、と釣りを渡すマスターに手紙を渡し、「よろしくお願いします」で店を出る。

店を出て駐車場に向かう途中、携帯にメールが入った。見ると、恋人からだった。

『まだお百度？　ガンバ！』

かわいい絵文字が入っている。

『ガンバるで〜！』と末尾に同じ絵文字を入れて返し、ふと目を上げると、露地の駐車場一面に濃い紫色のスミレが咲いていた。一輪、二輪というレベルではなく、ありがたみもへったくれもない群生である。きれいというより、いっそ面白い。

前回は気づかなかった。ここ数日で一気に咲いたのだろう。

ああ。だからか。と店の名前の『すみれ』を思い起こした。

みちくさ遊びってなぁ、こういう楽しさなんだなぁ——と初めて原作が語っていたことが体感できた。

しゃがみ込み、足元のスミレに携帯のカメラを向け、一枚撮る。

『ウィズラブ！』とおどけて送る。『サンキューマイハニー！』とやはりおどけて返事が来た。

次の手紙は、このスミレのことを書こうと決めた。

毎年、勝手に咲き誇るスミレの花から名前を取った店は、『みちくさ日記』に益々《ますます》ふさわしいと思った。

スミレの話を書いた手紙を渡して、次に訪れたとき。

壁が崩れた。

やはりマスターがレジを打ち、手紙を渡すと「読むからそこで待ってな」と待合い用の椅子を示された。大人しく座って待つ。

マスターの目が最後の便箋《びんせん》の最後の行まで動いた。その目が上がる。

「高校生の娘がな」

はい、と頷く。

「俺は知らなかったが、原作者の大ファンなんだってよ。あんたの手紙を読んでな」

お父さん、この人ほんとに沖田先生の大ファンだよ。ほんとにうちがいいんだよ。あたしこの人に貸してあげたい。

うちが『みちくさ日記』の舞台になったら嬉しい。――そう言ったという。

「反抗期になってからは、お父さんウザイなんてツンケンされてばっかりだったんだけどな」

返事に困って、「男はお袋がウザくなったりしますけどね」と言ってみる。

「日取りはまた相談してくれ。できれば定休日でな」

「ありがとうございます！」

撥ねるように椅子から立ち上がり、腰から直角の礼をする。

定休日は、と説明しようとするマスターに「水曜と第二・第四の木曜ですね」と先回りする。

すっかり常連だな、とマスターが笑った。


殿浦に電話で報告すると、「でかした！」と耳が痛くなるほどの大声が返ってきた。

「スケジューラーに最優先事項でぶっ込め！」

スケジューラーは、キャストや場所の都合を突き合わせ、撮影スケジュールを切るスタッフである。

概ねは売れているキャストのスケジュールが優先されるが、断固協力拒否されていた店の許可がやっと下りたのである。最優先事項で叩き込まねばならない。

どこかのクソ制作が潰してしまった『すみれ』というロケーションの財産を、映像業界に復活させることができるかどうか。

それも『殿浦イマジン』にかかっている。

許可をもらってほっとするどころか、身の引き締まる思いがした。

＊

主演の三枝はカッシーこと樫本玲一《かしもとれいいち》。ＪＪ企画に所属している人気アイドルグループの一員で、俳優業への転向を目指してドラマなどに売り出し中だという。

ヒロインのみちるは、子役から叩き上げの道原由羽《みちはらゆう》。サワプロ所属で、こちらも朝ドラの脇役で人気が出たことをきっかけに売り出し中だ。

二人とも映画は『みちくさ日記』が初主演で、話題性も高い。期待のかかったキャスティングだったが、発表と同時に原作ファンからかなりの反発が出た。

特に樫本玲一に対して。

『冴えない』なのに何で美形をキャスティングするかな。ごり押し樫本、サイアク。原作のこと何にも分かってないよね。樫本ありきでしょ、原作レイプ。サイテー、絶対見ない！

釣られて、道原由羽へのバッシングも出た。

みちるのイメージじゃない。かわいいはかわいいかもしれないけど、美少女って感じじゃない。こっちも原作無視。東京から来た美少女なのに、イナカっぽい。朝ドラだって素朴で人気が出たのに、何で美少女の役にしちゃうの。

二人が役に扮《ふん》した告知が出ると、更に反発がヒートアップした。

『冴えない』なのに何で茶髪よ⁉　もさい生物教師が髪なんか染めてるわけないじゃん！　原作無視のサイテーサイアク映画！　キラキラ映画にしやがって、絶対許さない！

樫本玲一の髪がいつもどおりの栗色だったことに対する拒否反応である。ＳＮＳには樫本玲一に対する罵倒が溢れた。

不細工に見えないという罵倒である。

宣伝プロデューサーの落ち込みぶりも酷かったが、それより打ちのめされていたのは——現場のスタッフである。

幸を始め、原作ファンが特に女性スタッフに多く集まっていた。

「モモちゃん、服とかすごい頑張ってダサいの集めてたのに……」

幸が休憩の合間にスマホでSNSをチェックしながら溜息をついた。モモちゃん、というのは幸と仲のいい衣装チーフである。幸と同じく原作の大ファンだ。

「そんなダサいんですか」

良井が尋ねると、幸はスマホをスクロールしながら全く何の気なしの様子で答えた。

「イーくんなんかが着たら放送事故レベル」

「ふぉっ⁉」

とんだところから流れ弾《だま》が来て大打撃である。——が、幸やモモの落ち込みぶりも知っているので、文句は飲み込む。

「樫本くん、着こなしちゃうんだよねぇ……」

映画公式サイトにアップされた写真は、クランクインのときのもので、樫本玲一のスタイルの良さは完全に殺した衣装になっていた。しかし、「冴えないいじゃない！」という意見は根強い。

「眼鏡も、わざと似合わないダサいのすごく探したって言ってた。一回、事務所からNG出たんだよ」

プロデューサーが日和《ひよ》りそうになったところを、モモが「三枝が冴えないであることがいかに重要か」と熱弁を振るって、押し通したという。

「衣装合わせのとき、もっと樫本くん援護したらよかった……」

衣装合わせのことは良井もよく覚えている。モモが厳選したダサい服を樫本玲一が着こなしてしまい、楡が「もう一声！」「もういっちょ！」とダサいコーディネートを模索させるという、世にも珍しい衣装合わせになった。

立ち会っていた殿浦も「俺もいいかげんこの業界長いけど、衣装のグレードアップじゃなくて衣装のデチューンってな初めて見たな」と珍しがっていた。

その衣装合わせの場で、樫本玲一が言ったのである。

僕、黒く染めたほうがいいですか？

正に、今炎上している髪色のことだった。原作を読んだからこその申し出であることは明らかだった。

難色を示したのはマネージャーである。

撮影と並行して全国ツアーがあるので……都度都度では髪も傷みますし……

でも、と樫本玲一は食い下がった。

ヘアマスカラとか……そういうの無理ですか？

メイクの意見は「毎回全体を処理するのは時間がかかる」というものだった。その分入り時間を一時間は早めなくてはならず、役者本人の負担もメイクチームの負担も増える。メイクルームや控え室を用意する制作チームは、更に早く現場に入らなくてはならない。

ただでさえ早朝五時六時の集合が当たり前という世界だ。長丁場の撮影ではその積み重なっていく負担も命取りになる。

最終決断を下したのは榆だった。

まあ、いいんじゃない？　髪くらい染めてたって。へろへろに疲れた芝居より、フレッシュな芝居してくれたほうが作品にとってはいいと思うしさ。

「現実的な判断でしたよ、楡監督。やっぱ入り時間がきつくなりすぎましたよ。死人が出ます」

現場で重大な事故が発生するのは、アクシデントよりも疲労による集中力の低下が圧倒的だ。撮影終盤になると睡眠時間が二時間、三時間ということも珍しくない。特に制作は制作車を自分で運転して現場に行かなくてはならないので、寝不足による交通事故が恐い。

良井には楡の判断は妥当だと思われた。――というか、それ以外に選択肢はなかった。現場で死者や重傷者が出るような事故があったら、映画の公開自体が危うくなる。

だが、その現実的な判断が、今キャストやスタッフを追い詰めている。

「おい、もう見るな」

幸からひょいとスマホを取り上げたのは、通りかかった佐々である。タップしたのは、ＳＮＳの画面を消したのだろう。

「セカンドだろ。演出の気分は役者に伝染する。一番傷ついてるのは役者だ、支えろ」

「はい……」

スマホを返してもらいながら、幸の表情はそれこそ冴えない。

「『すみれ』の娘さんがな」

佐々が苦労して口説き落としてきた喫茶店だ。マスターの娘が原作ファンだったことがＯＫの決め手になったという。

「カッシーに会えて嬉しかったってよ。一生懸命冴えないを演じてくれてて嬉しかったって」

さすが佐々さん、いいこと言う――と良井が思った瞬間、
幸の目から涙が噴き出した。声を殺して号泣する。

佐々も励ましたつもりがまさかの号泣で泡を食った。

「おま、おま、泣いてどうする。俺はいい話をしただろう⁉」

「だからですぅ……！」

その気持ちは分からなくもない。

「よそへ行け！　よそで泣き尽くしてから帰ってこい！　撮影再開まであと十分だ！」

佐々がやみくもに指差した方向に、「はいっ！」と幸はダッシュした。

再開で戻ってきたとき、目はまだ濡れていたが、表情は晴れやかだった。


「そうかぁ……」

殿浦は難しい顔で腕を組んだ。

良井が制作車を会社に返しに行くと、殿浦がたまたま事務所にいたので、幸が号泣したことをぼやきがてら、相談がてら話したのである。

「原作物には絶対あるんだよな。拒否反応ってのは必ず出る。それはもう、乗り越えていくしかない」

「でも何か、報われないなぁって……スタッフにだって原作ファンはいるのに」

「甘えンな」

じろりと睨まれ、肩が竦む。殿浦が本気で叱ると自然に竦むので、すぐ分かる。

「報われるべきは役者だよ。役者が一番前で名前張ってんだ。コケたときも役者が一番叩かれる、報われるときは百パー役者だ」

「でも……」

幸の号泣を思い出すと、すぐには頷けない。

「役者を支えてるのはスタッフじゃないですか……」

「報われたくてこの仕事やってんなら今すぐ辞めろ、向いてねえ」

予想以上に厳しい言葉が返ってきて、ますます縮む。殿浦は吐き捨てるように言った。

「カッシーが一番辛《つれ》ぇに決まってんだろ。試写も出てねぇのにあんだけボロクソ叩かれてよ」

せめて観てから叩けってんだ、と口の中で呟いているのが聞こえた。

「俺らが盾になるんだよ」

無骨な拳が心臓の上をドンと叩く。佐々が『すみれ』にアタックするときも、同じ仕草で活を入れていた。

「役者が一番前で石受けて現場を守ってるんだ。せめて心意気だけは盾でいろ」

腑に落ちた。

どうしても届いてしまう、見えてしまう、見てしまう罵詈《ばり》雑言《ぞうごん》に傷ついていた。だが、それらの石はほとんどすべてが樫本玲一に投げられたものだ。

樫本玲一が現場に対して盾になっている。

守られている自分たちが、樫本玲一を守らなくてどうする。――それを心意気という。

心意気には見返りを求めてはならない。

「……すみません」

それ以外、何も言えなかった。

殿浦の目元がふっと緩んだ。

「役者差し置いて泣くなんざ、幸もまだまだ甘ちゃんだな！　説教だ！」

「え、幸さんは勘弁してあげてくださいよ。俺、告げ口したみたい……」

「いや、勘弁ならん。お前ら、次の早上がりのときに電話しろ。『ふく』で膝詰めだ」

言い捨てた殿浦が背を向け、デスクに戻る。

殿浦のここ一番の行きつけで、膝詰め説教。――それは何よりのねぎらいだった。

＊

その日はＸ－Ｄａｙと呼んでも差し支えのない一日だった。

三枝とみちるが河川敷でフキノトウとフキを摘むシーンを、原作者の沖田ナオが見に来ることになった。

フキノトウとフキのシーンは、作中トップクラスの一大プロジェクトである。他の植物はほぼ季節に合わせて撮ることができたが、フキノトウだけは露地物を調達できないことが企画段階で分かっていた。

植物の調達と監修には植物学者とそのスタッフを招聘《しょうへい》しており、植物のプロたちが取った手段はフキノトウの冷凍保存である。低温で活動を停止させて保存、撮影日に合わせて解凍し、現地で植え替えをする。

解凍したら再凍結はできない。一発勝負である。

候補日をいくつか作り、週間天気予報とにらめっこして日を決めたのだが、週の途中で急激に予報が変わりはじめた。

「おいおい、気象庁〜〜〜〜〜〜！」

佐々は暇さえあればスマホで天気予報をチェックし、悪態をつくようになった。時間をかけた解凍はもう始まっているので、後戻りはできない。解凍した植物はかなり弱るので、撮影可能な時間は短いと植物学者から告げられている。撮影後はそのまま料理に使われることになっており、持ち戻って定植し、回復を待つことはできない。

「これ、雨だったらどうなるんですか⁉」

良井が佐々にせっつくと、「俺に訊くな！」と怒鳴られた。こんな特殊な状況はまたとない。誰もが初めての経験だ。

後に聞いたところによると、殿浦がプロデューサー陣の相談に加わっており、次点の候補地を急遽《きゅうきょ》用意していたという。だが、そんな努力も空しく——

前日の予報は、関東全域が雨ときどき曇り。こうなると次点候補地にも意味はない。

「雨の隙間に賭《か》ける！」

その決定を良井たちは深夜のオフィスで殿浦から聞いた。

「原作者に仁義は切ったか⁉」

流動的な現場では原作者の充分なアテンドができない。見学の日延べを頼んであったが、連絡を担当していた佐々が「それが……」と表情を曇らせた。

「特殊な現場だからこそ見たいと仰ってまして。アテンドは必要ないので立ち会わせてほしい、と……」

「作家根性ってやつか」

殿浦は苦笑し、「本当にほったらかしだって念押しとけ」と指示した。

翌朝は現地に七時着。小雨が降りしきる河川敷で、良井たちが雨避《あめよ》けのテントを設営していると、タクシーが一台やってきた。

タクシーが停《と》まるような場所ではない。降りたのはまず男性、次に女性。

「沖田先生だ！」

幸が悲鳴のような歓声を上げた。釣られて他のスタッフも見る。男性のほうは編集者だろう。

「おいおい、ヤッケに長靴かよ。ガチだな」

殿浦が呆れたように呟いた。

「まあ、アテンドは気にする必要ないってことですよ」

そう言って佐々がプロデューサーと一緒に二人の降りてくる土手へと出迎えに行ったが、途中で何やら男性とやり取りがあり、二人とも引き返してきた。

「そっちに行くからいいって」

「安心してほったらかしだな、こりゃ。――つーか、男のほうより足腰強いんじゃねえか」

「沖田先生、山育ちなんです」

自慢げに答えた幸に、殿浦が「何でお前が誇るんだよ」と突っ込んだ。

「付き添いは都会っ子だな。手加減してやれ、濡れたあの角度、真っ直ぐ降りてんじゃねえか」

ともあれお言葉に甘えてほったらかしにさせてもらい、作業に専念する。

設営したテントは撮影ベースと照明・音響ベースと役者の待機ベース、そして機材やスタッフの雨避《あめよ》けに特大を二つ繋げた。

それでもスタッフ全員は入りきらない。プロデューサーやキャスト回りのスタッフ以外は全身雨具だ。プロデューサーも上着だけは防水のものを着込んでいる。

植物監修チームが着いた。河川敷まで乗り入れたトラックから、次々とコンテナが降ろされる。

画角は先に決めてある。

「あのねー、こことー……こことー……この辺りに植えてください。あと、ちょっと離れてここにも」

監督が付けておいた目印に従って、実際に歩きながら学者に指示する。

手の空いている者が一斉に移植に取りかかるが、土いじりに慣れていない者も多く、手間取る。解凍で弱っている貴重な植物であることを思うと、田舎育ちの良井でさえ、作業の手がおっかなびっくりになる。

やがて、現場にキャストの二人が到着した。衣装や髪を濡らすわけにはいかないので、大きなビーチパラソルでマネージャーに雨を養生された樫本玲一が植え替えの現場にやってくる。

「ここ、赤フキじゃなくて青フキに替えましょう」

一心不乱にスコップを使っていた良井と幸に、樫本玲一の声が降った。

「監督に訊いたら、僕たちここのフキを摘むそうです。だから青で」

赤、青、という指示がとっさに飲み込めずうろたえていると、横から声がかかった。

「赤フキは口当たりが悪いから。三枝が摘むなら味のいい青フキを摘みますね」

振り向いて、幸が固まった。説明したのは沖田ナオだった。幸が壊れたおもちゃのように首をぶんぶん縦に振る。そういえばそんな描写が小説にあったな、と良井も思い出した。良井たちが植えていたものは、茎が茶色っぽい。

沖田ナオがぐるりと辺りを見回し、近くにまとめて置いてあった苗のポットに歩み寄る。いくつか選んで持ち戻ったフキは、茎が淡いグリーンだった。これが赤、青の違いかと初めて知る。

「土はもっと深めに掘ってあげてください。無理に根を曲げたら弱るのが早まるから」

沖田ナオはそのまま植え替えの現場を見て回った。危なげない植物監修チームは素通りして、立ち止まるのは不慣れなスタッフのところばかりである。

「やっぱりすごいね、沖田先生は」

樫本玲一が感心したように呟いたが――いやいやいや。

あなた確か都会っ子ですよね？　フキの違いが分かるほど読み込んできてるあなたもすごいと思いますけど？

気安く突っ込めるなら突っ込みたいところだ。

「天気は生憎《あいにく》だけど、土が湿ってるから植え替えのダメージが少ないって学者の先生が言ってたよ。頑張って」

そう言い残して、樫本玲一は待機ベースに戻って行った。

チーフ助監督がずっとスマホで雨雲レーダーを眺め、浮かない顔だ。

雨粒の軌跡が弱い雨なら、照明とグレーディングで雨を飛ばせるが、雨粒が強いと無理だ。やむことまでは望まない、雨足が弱まってくれという祈りが渦巻いている。

「……おい」

殿浦が小声でぼそっと呟いた。

「誰か監督のあの靴脱がせてどっかに捨ててこい」

周囲の部下一同は全員噴いた。できるか！　と突っ込みたいが突っ込めない。

監督が履いてきている一足百万近いという赤いブーツは、監督があれを履いてきたら必ず天気が崩れるとスタッフの中で噂になりつつある靴だった。だが、その噂はまだ本人には告げられておらず、監督はここ一番というときにお気に入りの赤いブーツを履いてくる。

正にここ一番。——そしてこの雨。ジンクス確定だ。

「おい、良井」

「できませんよ！　そういう恐いことは一番偉い人がやってください！」

その返しで、殿浦は何か思いついたらしい。男性プロデューサーのところに行って何やら話し、にやにや笑いで戻ってきた。

「なに？」

プロデューサーが長靴を携えて撮影ベースに向かったのはその後である。

弱まらない雨足に、楡も苛立ち気味だ。

「あのー、ですね。靴をちょっと。こちらに替えませんか？」

「何でよ。やだよ」

「いやー、なんていうか、お値段知ってるんですよ、私。足元もどんどん悪くなっていきますしね。泥の中、その靴で歩かれるの、私がドキドキしちゃって駄目なんですよ」

「いいよ、駄目になったら捨てるし」

「いやー、そのお値段、捨てるとか言わないでくださいよ。経済格差で心臓停まっちゃう」

テントから漏れ聞こえるやり取りに、スタッフたちは笑いを噛み殺した。殿浦は「弱《よえ》ぇな！二度と現場にその靴履いてくんなって言えや！」とおかんむりだ。

ともあれ、プロデューサーの懇願に監督は折れた。履き替えたブーツを抱えてプロデューサーが飛び出してくる。

「私が責任を持って濡れない場所で保管しておきますので！　ね！」

周りは笑いをこらえるのに必死である。樫本玲一と道原由羽は、待機ベースが離れているので「ついにあの靴取り上げた！」と遠慮なく笑い転げていた。

そのおかげかどうか。

「雨雲レーダーによると二十分後に雲の切れ間が来ます！　十五分ほど小やみになるかと！」

にわかに現場が殺気立った。

やがて――雨の軌跡が弱まる。

「照明！　グレーディング行ける!?」

「行けます！」

「よし、GO！　テストから回してけ！」

録画を回すのは本来は本番のみだが、空が保《も》つかどうか分からないので初《しょ》っ端《ぱな》から録画だ。

キャストが位置に着き、家屋の壁ほどもありそうな特大のレフ板を芝居場の上に差し掛ける。カメラの見切れる奥にも同サイズのレフ板を立て、映り込む雨の軌跡を水平からの光で最大限に飛ばす作戦だ。

「スタート！」

監督の指令で、芝居が始まった。凄まじい集中力で、二人とも一切間違わない。

「今のキープ！　もっかいちょうだい！　メイクさん、みちるの髪直して！」

台詞の途中でみちるの髪が額にはらりと落ちたのだ。NGではないが、できることなら――ということらしい。

だが、二回目までは空が保たずに雨の軌跡が目立ちはじめた。

照明チーフが無言で首を横に振る。

「はーいごめんなさい、ロング無理になりました。顔と手元のアップに変更して切り抜けます。植物拭いてー」

監督の指示でメイクがキャストのメイク直しに入ると同時に、美術や制作のスタッフが土壌のケアに入った。濡れそぼった植物や下草は、ウェスでふんわり押さえて水滴を取る。水たまりも同様にウェスで吸い取ってかい出す。

一番の懸案だったロングショットをどうにか押さえ、

「まあ何とかなるでしょ」

必要な素材が揃ったOKサインが監督から出た。

料理のシーンは宿直室である。しょっちゅう登場するので、これはスタジオを借りてセットを建ててある。

スタジオに移動し、楡が赤いブーツを取り戻したところで、表は篠突《しのつ》くような雨に変わった。音響チーフが「大丈夫かな」と眉をひそめるほどの雨音が屋内にまで響く。幸い、開口部を全部閉めると録音可能な程度に遮音された。

「やっぱあれだよ、あの靴」

殿浦がプロデューサーと苦笑する。

「外ロケのときは履いてくんなって言わないと。お願いしますよ、プロデューサー」

「いやー、それは言えませんって。何とか脱がせますよ」

「まあ、ナイスな説得でしたね」

経済格差で心臓停まっちゃう、はなかなかの名言だった。

今日は原作者からの差し入れでお茶場が豪華である。良井がフィナンシェをもぐもぐしながら宿直室の外側にお茶場を調えていると、

「すごいですね。ちゃんと巣になってますね」

話しかけてきたのは沖田ナオである。

「あ、はい！　みんなで頑張りました、巣！」

原作では、三枝が宿直室に入り浸って私物を持ち込み、自室のようにしてしまっていることを「巣」と表現している。

「ちゃんと三枝っぽいアイテムがいっぱいで。驚きました」

植物関係の資料はもとより、好きな漫画や本、プラモデルや自作パソコン、みちくさ遊び以外はインドアな三枝らしいものが雑多に積まれている。

もっと驚かせたくなった。

「一円もかかってないんですよ、この宿直室」

えっ、と沖田ナオが声を上げた。

「スタッフが手分けしてタイアップとか提供協力とか取りまくったんです。電話で交渉したり、実際にお願いに行ったり。カーテン、タトリさんですね。寝袋、モントルさんです」

「提供してくれるものなんですか」

「展示用で古くなったやつとか、モデルチェンジしたやつとか、けっこうもらえます。やっぱり樫本さんと道原さんの主演映画ですって言うと通りがよくて」

そういうものなんですね、と沖田ナオは興味深そうに頷いた。

「でも、0円で小道具が全部揃うなんて、よその現場じゃなかなかありませんよ」

「じゃ、何で今回は……」

「愛ですよ、愛」

良井はここぞとばかりに熱弁した。

「スタッフに先生のファンがいっぱいいるんです。美術や小道具に全然関係ない部署までみんなで手分けして、電話で当たりまくって。あの恐い顔の人とか」

電話で何やら忙しく話している佐々を指差す。

「あの衣装さんとか、あと……」

幸を探すと、台本を片手に監督と打ち合わせ中だった。

「あの助監督の女性もめちゃくちゃファンで。僕も読みました、面白かったです。うちの社長も面白かったって。僕らは制作会社なんですけど、社長は愛のある企画しか受けないんです」

この現場がどれほど作品を愛しているか。どうにか伝えたくてお喋りになった。まだないか、まだなかったかと愛のエピソードを記憶から掘り返す。

「道原さんは、今すごく忙しくて。でも『みちくさ日記』の撮影中は絶対ニキビを作らないって言ってて、ほんとにお肌ずっとキープしてます」

「ああいう人は元からきれいなのかと思ってました」

「いやいや、努力です。努力です。前日が午前三時まで押して、翌日が七時始まりだったりしても、絶対お風呂に一時間入ってお手入れするって言ってました」

待って待って、と沖田ナオが指折り数える。

「三時終わりで、家に帰る時間があって、お風呂に入って、翌日七時ってことは小一時間は前に起きるだろうし……」

「平均睡眠時間、三時間だそうです。ナポレオンです」

あと、これを言わなくては！　と思い出した。

「樫本さんも、本当は髪を黒く染めたいって言ってたんです。でも全国ツアーと並行であんまりしょっちゅう染めたり抜いたりしたら髪も傷むし、マスカラだとメイクの時間かかってスタッフの負担もすごく大きくなるし……」

苦渋の決断だったとせめて原作者には分かってほしかった。

「樫本さんは、地方の出身なんですか？」

「いえ。東京生まれの東京育ちです」

「じゃあ、すごく勉強してくれたんですね」

首を傾げると、沖田ナオが笑った。

「生粋《きっすい》の都会っ子が、赤フキと青フキを見分けられるなんて、大したものです」

「そうですね。俺、大分育ちだけど知りませんでした」

「興味がないと意外とね」

そんなお喋りをしていると、突然、沖田ナオがヒッと喉の奥で悲鳴を上げた。

良井が視線の先を振り向くのと、派手に人が引っくり返る音が同時だった。壁にもたれていたスタッフの一人がふらっと前にのめり、そのままぶっ倒れたのだ。

「おい、大丈夫か！」「息あるか！」そんな声が飛び交う。近くにいたのか殿浦が脈を取り、息を確かめ、――「寝オチだ！」

何だよ、あーあ、とスタッフが元の作業へ散っていく。

「リョースケ！　運ぶぞ！」

殿浦に呼びつけられ、良井はハイッと駆けつけた。スタジオの隅まで二人で抱えて運び、手近の段ボールを敷いてその上に転がす。しばらく寝たら勝手に起きてくるだろう。

お茶場に戻ると、まだ沖田ナオがいた。血の気が引いている。

「大丈夫です、よくあることです。フキノトウ撮り終わって気が抜けたんでしょうね」

照明チームのスタッフだった。雨をかわすのに神経がすり切れたことだろう。

「あなたも倒れたことがあるの?」

「いや、俺はまだ……制作って細々作業してるから、却って眠気が来ないんですよ。むしろ運転中のほうが恐いですね、高速とか」

疲れが酷いときは、高速に乗る前に滋養強壮剤をクッとやっておく。

「ありがとう」

不意にそう言われて、きょとんとする。

「見に来てよかった。こんなにたくさんの人が、こんなに身を粉にしてくれてるなんて、想像もしてませんでした。ありがとう」

いえ、そんな。——などと答えるのが無難だろう。だが、言葉が口を衝いて出た。

「それ、あの人に言ってあげてくれませんか」

幸を指差す。

「ほんとに先生の大ファンなんです。『みちくさ日記』に参加することが決まったとき、雄叫び上げたくらい。うるさすぎて社長にしばかれました」

沖田ナオは小さく笑い、「分かりました」と請け合って立ち去った。

料理の完成品は、フードコーディネーターが先に作ってあった。同じフードコーディネーターの指導を受けながら、調理シーンの撮影が進む。

沖田ナオは夕方頃に帰った。と、幸が良井を捜して突進してきた。

「イーくん!」

飛びかかるような勢いで迫られ、両手を摑まれブンブン振られる。

「沖田先生が、帰りに声かけてくれてね！　握手してくれたの！　ありがとう！」

目を白黒させていると、幸が続けてまくし立てた。

「モモちゃんも近くにいたから握手してもらえて！　先生、お茶場のちっちゃい男の子にわたしのこと聞いたって言ってた！　イーくんだよね！」

先生、形容詞を抜いてくれてたら完璧でした！　と内心で男泣きだ。

その後、撮影は順調に進み、朝の雨待ちの分を取り返した。バラシは予定どおりの二十一時半。

雨はすっかり上がり、月が皓々《こうこう》と照っている。

この天気を昼間に出せよー！　と何人ものスタッフが月に吠《ほ》えた。


その翌日のことである。

現場に激震が走った。

沖田ナオがＳＮＳで映画化について意見を投稿したのである。

『観る権利、観ない権利』と題した文章だった。

撮影現場を見学に行ったことから始まり、樫本玲一が赤フキと青フキの見分けがつくほど植物の勉強をしていること、道原由羽が睡眠時間ナポレオン状態で撮影に臨んでいること、スタッフが寝オチした現場に居合わせたことなどがレポートされ、現場にたくさん原作ファンがいることにも触れられていた。

どうか、役者さんもスタッフさんも生身の人間だということを、思い出してください。

映像化を好まない人が無理に観る必要はありません。でも、楽しみにしてくれている人や応援してくれている人がいることも忘れないでください。

原作ファンであることを盾にして、映像化に関わる人や楽しみにしてくれている人を傷つけるような言葉を見ると、私はとても悲しくなります。

三枝の髪が黒くないことを批判している方がいるようですが、私は三枝の髪の色を小説の中で指定していません。地毛が栗色だったと解釈することはできないでしょうか？

観る人も観ない人もいます。

観る人の権利も観ない人の権利も等しく尊重されるべきです。

観たくない人には観ない権利があります。どうぞその権利を行使してください。

楽しみに待っている人、映像化に関わっている人の気持ちを傷つける免罪符として原作を振りかざすことはどうかしないでください。

映像化をきっかけに私の本を読んでくださる方もたくさんいます。

原作から知るのも、映像化から知るのも、ご縁です。

人それぞれのご縁を、どうか尊重してください。


旗だな、と殿浦が言った。

「現場を奮い立たせる旗を振ったんだ。得はしねえだろうに」

実際、原作ファンを軽視しているという反発も即座に出ている。

「も……もしかしたら俺が、」

良井はうろたえた。言わずにいられなかった。

「俺が、余計なこと言ったから……それで、沖田先生、こんなこと」

「なに言ったんだ」

「立ち話する機会があって、現場がすごく頑張ってるって……」

「頑張ってないって言うほうがおかしいだろ。庇ってくれとか頼んだんならぶん殴るけどな」

とんでもない、と首をぶんぶん横に振る。

「じゃあ、旗を振るってこの人が自分で決めたんだろうよ」

それまで黙っていた佐々が、ぽつりと呟いた。

「俺、沖田先生のファンでよかったです」

そして、入った電話に出ながらその場を去った。

立ち尽くす良井の肩に、殿浦が手を置いた。

「心意気には心意気で返すんだ。いい作品を作ることがこの人への盾になる。へっぽこな作品に旗ァ振ったなんてことに絶対させせんな」

「でも、いい作品作るって、どうしたら……俺、撮影チームじゃないし」

アホか、と肩に載っていた手が頭をはたいた。

「下支えだよ。キャストやスタッフが全力出せるように下支えすンのが制作だ」

「下支え……」

「言ってみりゃ、ビルの基礎だ。真っ先にコンクリ打たれて、絶対日の目は当たらねえ。でも、基礎が雑だったらビルは倒壊するんだ」

その基礎を原作者が見に来て、心を寄せてくれた。——それに応えなかったら嘘だ。

「うだうだ考えてる暇があったら走れ。若《わ》ぇ《け》ヤツなんざ走るしか能がねぇんだ、寝オチするまで走れ」

ただし運転中の寝オチは禁ずる！　と殿浦は笑った。

良井は笑えず、ただただ頷いた。

＊

樫本玲一のクランクアップは、宿直室で深夜になった。

例によって監督から花束が渡される。

クランクアップのコメントはＤＶＤ特典として収録されるため、宣伝カメラマンの手で録画が回されている。

樫本玲一は花束を受け取った瞬間は笑顔だったが、すぐに苦悶《くもん》するように表情が曇った。

「あの……ほんとに、今まで支えてくださって……すみませんでした。僕のせいで、風当たりもすごくて……」

場がしんと静まり返る。

「原作の沖田先生にまでご迷惑をかけて……」

まるで懺悔《ざんげ》のような挨拶だった。

樫本玲一というブランドを取っ払ったら、良井より年下の青年である。初主演となるこの映画で受けた風当たり――否《いな》。石つぶては、この青年の心をずっと蝕《むしば》んでいたのだろう。

自分を哀れむためではなく、スタッフや共演者、原作者、自分を支えてくれるすべての関係者に対する罪悪感として。

誰も何も言えない中、

「――はい、カット！　もっかいちょうだい！」

声を張り上げたのは、榆である。もっかいちょうだい、はリテイクを出すときの決まり文句で、独特なちゃらんぽらんイントネーションをみんなが真似していた。

「テイク2《ツー》行こうよ。違うもん、何か」

カットはかけたものの後は投げっぱなしの榆に、樫本玲一は戸惑っている。

「樫本さん」

助け船は殿浦から出た。

「俺たちが聞きたいのは、すみませんじゃァないんです。俺たちは、あなたを支えたことが誇りなんです」

誇りに返すべき言葉は。

「ありがとうございます……！」

樫本は深く深く頭を下げた。そして頭を上げ、濡れた瞳で真っ直ぐ、強くカメラを見つめる。

「皆さんに支えられたことが、僕の誇りです！」

地鳴りのように拍手が湧き上がった。

「皆さんに支えられて初主演映画の船出ができたことを、一生誇りに思います！」

スタッフの熱狂に見送られて、樫本は現場を去った。

「イーくん」

並んで立っていた幸が、呟いた。はい、と少しだけ背の高い横顔を見上げる。

「わたし、いつか、沖田先生の原作でメガホン取りたい」

強い眼差しが、撤収に動きはじめた現場を見つめる。

「キャストがあんなふうに打ちのめされなくて済む、沖田先生がわざわざ旗を振らなくて済む、幸せな現場を沖田先生の作品で作りたい」

ああ。――幸は、夢の続きを見つけたのだ。

「そのときは、イーくんが支えて」

思いがけない頼みに、目玉が飛び出そうになる。

「サイン本も、先生との握手も、イーくんがくれた。だから、イーくんにいてほしい」

こくこく頷く。――が、幸はこっちを全く見ていないので伝わらないと気づき、「はい！」と大きな声で返事をする。

さっちゃーん、と監督が呼び、幸はそちらに走った。

「約束だよ」

そう言い置いて。

映像業界に入るのが夢だった。『殿浦イマジン』に入ったことで夢が叶ったと思っていた。

スタートであってゴールじゃない、と前に幸に言われた。

まだ走るしか能がない。亘理はラインPを目指して動き出したと聞いた。佐々もそのうち同じプロデューサーの進路になるだろうと聞いた。

走るしか能のない良井は、まだ将来のことを考えるほどの素地もない。

だが、幸の夢についていきたい。

一人前の制作になろう。プロの制作になろう。日の目を見ることなく、ビルを支える基礎に。殿浦や佐々に指示を仰がなくても動けるような、——次の若手を育てられるような。

「おい、そこの男前！」

通りかかった佐々に呼ばれた。

「セットばらすぞ！」

「はい！」

——ひとまず今は、呼ばれて走るを全力で。

「何ひたってたんだよ」

「何でもないです！」

佐々は笑わないだろうが、話すのは少し恥ずかしかった。

5

『TOKYOの一番長い日』

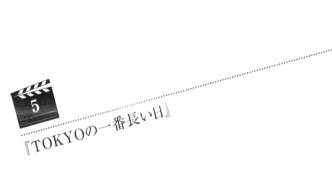

＊

「久々に総力戦だぞ！」

そう言って殿浦が持ってきたのが、大型映画の企画だ。

『ＴＯＫＹＯの一番長い日』――東都テレビ開局五十周年記念企画である。

十名ほどが集まった打ち合わせブースで、殿浦が机の上に積んだ企画書を真っ先に手に取ったのは今川である。

パラパラめくって開口一番、「金がかかりそうだな」と冷や水をぶっかけた。

殿浦が「何を」と息巻く。

「本格アクションだ、金がかかって当たり前だろ。その代わり実入りもでかいし実績にもなる」

東京サミットで厳戒態勢下の都内が、国際テロ組織の無差別テロに襲われる。東京を蹂躙《じゅうりん》していくテロ組織に警視庁特殊部隊ＳＡＴが立ち向かうという、ハードなアクション大作だ。

海外でも翻訳本が多数のヒットを飛ばしているベストセラー作家、速水隆太郎《はやみりゅうたろう》の原作で、作家自身が脚本開発にも携わっていることからファンの期待値も高い。

デビュー作に当たる『ＴＯＫＹＯの一番長い日』は翻訳版も数十ヶ国でベストセラーとなっており、海外での展開も見込める大型企画だ。首尾良くヒットしたら続編に当たる『ＴＯＫＹＯの日は没するか』も制作着手する予定になっている。

「続編が決まったらその制作もうちで決まってる」

「皮算用だろ、浮かれるな」

今川からはやはり水。だが、殿浦もくじけない。

「映像業界なんざみんな皮算用だろ。無事に撮り終えたって誰かがろくでもない事件を起こしたらお蔵入りだ。けど、こいつの皮算用は当たればでかい」

殿浦が悪い顔で天井を仰いだ。

「上手くすりゃあ、殿浦イマジンの悲願、島津斉彬の映画化だって夢じゃねえ」

「会社じゃなくてお前の悲願だろ、混ぜるな」

今川はやはりにべもない。しかし、目元がやや柔和になった。――ただし、社外の人間からは微動だにせぬ鉄面皮としか思われぬ程度の微細な変化である。

「まあ、稼いでくれる分には文句はない。せいぜい気張ってくれ」

今川的にはどうやら最大級の激励である。

「でも、そんな大きな企画、よく取れましたねえ！」

良井は昂揚《こうよう》を抑えきれず口を開いた。これだけの大型企画に自分が関われるとなると気持ちが奮って仕方がない。大手の制作会社も名乗りを上げていただろうし、そんな中で中堅である殿浦イマジンが制作に食い込めたのは大金星だ。

殿浦も自慢げに頷いた。

「うちは『天翔け』もやってるからな」

同じく東都テレビ制作だった『天翔ける広報室』が実績となり、『TOKYOの一番長い日』で制作会社に指名されたという。

『天翔ける広報室』はアクションではなかったが、アクションや特撮は専門スタッフがつくので、制作に求められるのは官公庁との渉外実績とノウハウである。自衛隊とみっちりやり取りをした経験があり、内部の人材にツテがあるのは大きい。

制作は殿浦と佐々、良井の他、ベテランが四、五名ほど当たることになった。

亘理もラインＰとして入り、幸はフォース助監督だ。

「幸さんの扱い低くないですか？」

チーフも経験したことがある幸が一番下っ端のフォースというのは、良井にはかなり低い扱いに思えた。助監督が四人いる規模の現場はあまりないが、フォースは演出部専属の使いっ走りに等しい。

「でかい企画だからよそも主力をガンガン入れてくる。フォースにねじ込めただけ御の字だ」

そう答えた殿浦が、幸に軽く手刀を切った。

「今回は亘理と抱き合わせだ、こらえてくれ」

言われてみれば、亘理はラインＰとしての実績はまだ少ない。それがこんな大規模企画に抜擢されるのは異例のことだ。

セカンドで既に定評のある幸をフォースで出すという出血大サービスの代わりに、ラインＰで亘理を採用させるというバーターであるらしい。もっとも、亘理が制作の頃からラインＰ補佐のような形で存在感を示してきたことも大きい。

「俺の踏み台になるなんてさっちゃんも出世したもんだ」

亘理はまるでそれが名誉のような言い種《ぐさ》である。幸のほうも「ワタさんも早くわたしの踏み台になれるくらい出世してよ」と負けていない。

「クレーンの回数は絞れよ」

今川がそれだけ亘理に投げて、経理室に引っ込んだ。アクション物は迫力を出すために高額なカメラクレーンの出動が多くなる。真っ先に締めてかかるポイントだ。

「まあ、最後には俺が控えてるから気楽にやれ」

殿浦がそう言うと、一回閉まった城門がバタンと開いた。

「殿浦に金の相談を持ちかけたら何でもザルだ、君が責任持って管理しろ！」

殿浦が食ってかかる暇もなくまたバタンだ。信用のなさに笑いが上がる。

「俺は前世であいつに追い剝ぎでもしたか？」

ぼやきながら殿浦が頭を掻く。

「まあ、今川さんは費用対効果の高い企画が好きですからね」

佐々がそう執り成すが、殿浦は鼻の頭にしわを寄せた。

「あいつの顔色窺ってたら全部ＣＭ仕事になっちまわぁ」

ＣＭ撮影は実入りがいいので増えると今川が喜ぶが、殿浦はやはりドラマや映画のほうを本分としているので、あまり好まない。

「でもアクション大作って当たれば儲《もう》かりそうですけどね」

当たればな、と佐々が良井に答える。

「ただ、制作は歩合じゃないからな。完パケしたら当たろうがコケようがこっちには関係ない」

「規模が大きい分だけ想定外で吹っ飛ぶお金も大きいしね」

ラインP的な亘理のぼやきに、殿浦が「そうだな」と頷いた。

「結局、クレーンは絞ってけってことだ」

今川と同じ結論に着地し、全員が笑った。

*

監督はアクション物やサスペンスで定評があるベテラン、立木史郎《たちきしろう》。

クランクインは夏が本格的になる頃、序盤の地味なシーンから始まった。

○都内のオフィス街（昼）
　大勢の人が行き交う雑踏。

　周囲に紛れるような身なりの人物が歩いてくる。

　提げた紙袋を何気なく物陰に置いて立ち去る。

　都内の商店街（昼）
　買い物客で賑わう商店街。
　周囲に紛れるような身なりの人物が歩いてくる。
　提げた紙袋を何気なく物陰に置いて立ち去る。

都内のデパート（昼）

買い物客で賑わうフロア。

周囲に紛れるような身なりの人物が歩いてくる。

提げた紙袋を何気なく物陰に置いて立ち去る。

都内の駅（昼）

利用客で溢れる構内。

周囲に紛れるような身なりの人物が歩いてくる。

提げた紙袋を何気なく物陰に置いて立ち去る。

都内の電車（昼）

乗客で溢れる車内。

周囲に紛れるような身なりの人物が歩いてくる。

提げた紙袋を何気なく足元に置き、電車を降りる。

電車が走り出して間もなく、紙袋が爆発。

悲鳴。血しぶき。パニック。

駅、デパート、商店街、オフィス街、すべての場所で紙袋が爆発し、地獄絵図が巻き起こる。

都内同時多発テロの描かれる冒頭である。

その日は商店街の撮影だった。アーケードの一角に画角を決め、それから画面内の絵作りだ。商標の問題がない生鮮食品が並ぶ八百屋《やおや》を中心に据え、それから看板やポスターの類を美術班が作り物のダミーを貼る形で隠していく。

と、ベースにいた幸が現場に駆けてきた。

「奥の薬局、アウトです！」

カットを切り替えたとき奥に見切れるドラッグストアだ。明らかにデザインで商標物と分かる商品が山積みになっている。とてもダミーで隠せる分量ではない。

「ど、どうするんですか？」

よその班のことながらあわあわした良井に対し、殿浦は「まあ落ち着け」と悠然たるものだ。

「商店街だから楽なもんだ」

見ていると、美術スタッフの一人がどこからかよしずを抱えて走ってきた。看板に立てかける形で見切れる軒先ごと隠してしまう。

「ああ！」

この手があったか、と良井は思わず手を打った。

「オフィス街じゃ使えねえが、商店街や住宅街なら万能だ。よしずのない国はどうしてんのか、気の毒になるくらいだよ」

「あー、アメリカとかヨーロッパとかなさそうですもんねえ。アジアならありそうかな？」

「アジアなら町並みに馴染《なじ》むな。売り出すか、ワールドワイドに。撮影用品として」

「世界に羽ばたきますね、よしず。ポテンシャル高いですね」

「『世界のよしず』だな」

と、通りかかった佐々がスマホでササッと検索をかけて口を挟んだ。

「すだれならあるみたいですよ、アジア圏」

バッカ、と殿浦が嘆かわしそうに首を横に振った。

「すだれは提げるフックとか事前の養生が要るだろう。よしずは持ってきて立てかけるだけって手軽さがいいんだよ。『殿浦イマジン』が売り出すならよしず一択だ」

何やら『殿浦イマジン』に雑貨部門でもできそうだ。

そんなバカ話を横目に、幸も含めて助監督らが走り回り、待機させてあったエキストラを画角の中に配置していく。

「監督、これでどうでしょうか」

チーフ助監督の問いかけに、お茶場でコーヒーを飲んでいた立木が戻ってきた。

ひょいとモニターを覗いて、

「子供欲しいなぁ」

思いつきのようにそう呟く。

「小学生なら何人かいますが。目立つ位置に出しますか」

答えたチーフ助監督に、立木は「もっと小さい子。何なら幼稚園くらい」と注文を出した。

「あの親子と対比させたいんだよね」

立木が指差したのは、たまたま親子連れで応募していたエキストラである。若い主婦が幼稚園くらいの子供を連れてきており、八百屋の軒先で買い物をする配置にしていた。爆発する紙袋は、その八百屋の物陰に置かれることになっている。

「あの親子のそばをね、わーっとはしゃぎながら駆け抜けていく子供たちがいたらいいと思うんだよね。駆け抜けていった子供たちは爆発を免れる。親子は巻き込まれる。偶然が分ける生死の境目と無慈悲さね、そういうのを子供たちで対比させると際立つんじゃないかなって」

予定外である。しかし、単なる思いつきではなく、演出として意味がある。だが、今からではエキストラの手配ができない。

子供は欲しい。だが、いない。

「スタッフの子供さんとか呼べませんかね？　知り合いの子とか」

良井が殿浦に尋ねると、殿浦は「いい線だ」と頷いた。続く「――良井だけにってか」というダジャレは黙殺する。

「いい線だが、もういっちょ機動性がほしいな」

「機動性？」

「ちょっとあの辺りスカウトしてこいや」

殿浦が顎でしゃくった方向に――撮影隊の様子を物珍しそうに眺めている子供たちがいた。

マンションの軒先に四、五人たむろしており、どうやらそこの子供らしい。年齢的には小学校の低学年くらいか。良井には子供の年齢の正確な見立てはつかないが、就学前の子供も一人二人混じっていそうだ。

「あ、じゃあ責任者として佐々さんも一緒に……」

きょろきょろ佐々を捜すと、「アホか」と後頭部を軽くはたかれた。

「何でわざわざお前を指名してると思ってるんだ、佐々なんか俺が行くのと変わんねぇじゃねえか。お前の無警戒な童顔を活《い》かせっつってんだよ」

と、殿浦の声が通ったのか、子供たちがこちらを振り向いた。そして、すっと目を逸らす。

ほれ見ろ、と殿浦が苦り「上手くやってこい」と言い残して立ち去る。子供たちの視界の中にいたら警戒されると読んでのことだろう。

良井が子供たちのほうを見ると、子供たちはまた目を逸らした。殿浦——恐そうなおじさんと話していた、ということが響いているのだろう。

ここはきれいなおねえさんの力も借りるべきではないか、と思いついた。子供が警戒を緩める順番としては、恐そうなおじさんと童顔男だったら童顔男だが、男性と女性だったら女性に軍配が上がるだろう。

「幸さん、幸さん」

ベース周りに控えていた幸に声をかける。ベースでは子供エキストラの有無について相談中のようで、その結果待ちのようだ。

「あそこの子供たち、どうですか？」

幸の飲み込みは早かった。

「あの子たちスカウトしてみます」

ベースに言い残してこちらへ小走りに駆け寄る。おっ、とベース周りが注目するのを、良井は

「注目しないでくださーい」と手振りで視線を散らした。大人たちに注目されると、子供たちは腰が退《ひ》けるだろう。

「ねーねー、君たち」

良井は駆け寄りながら子供たちに声をかけた。

「ちょっと映画出てみない？」

子供たちはちょっとはにかみながら「テレビ？」と訊いてきた。

「えっと、テレビじゃなくてね……」

良井が説明しようとすると、幸が横から口を添えた。

「テレビでもそのうちやるよ。日曜映画劇場とかで」

確かに将来的には地上波放送もあるだろうし、間違ってはいない。テレビと映画の違いを説明するよりは手っ取り早いだろう。

「おうちの人に出ていいかどうか訊いてきてくれるかな」

子供の出演は保護者の許可が必要である。幸が促すと、子供たちは一斉にマンションのポーチの中に消えた。

やがて、誰かの母親らしい女性が出てくる。

「何か、ドラマだかテレビだかに子供たちが出るって聞いたんですけど」

「映画なんです。東都テレビの五十周年記念で『ＴＯＫＹＯの一番長い日』という……」

答えた幸の横で、良井もせいぜい無害な豆柴風ににこにこ笑っておく。

と、母親が笑顔になった。

「あ、何か朝の番組で観た。平坂潤が主役の……」

『天翔け』でも厳しい上官役を務めた平坂潤は、作中のSATチームのリーダーである。若手の中でアクションもこなす実力派俳優として人気が高く、また『天翔け』で見せた自衛官の制服姿があまりにも板についていたことも起用の理由である。

「平坂くんのサインもらえたりするんですか？」

それはちょっと、と幸が困った顔をする。

今日の撮影はエキストラのみだし、もし来ていても、大勢のエキストラが来ている中で一部にサインを許可したら不公平だと揉めるのは明らかだ。

「あ、でも非売品の特製クリアファイルを差し上げられます！」

良井は横から助け船を出した。ギャラなしのエキストラへのお礼や宣伝キャンペーン用に局が作成したノベルティだ。

「こういうやつなんですけど」

良井は自分のスマホの中に入れてあった決定デザインを見せた。平坂潤を中心にSAT隊員が集まっている写真のもので、映画のロゴとキャッチコピーが入っている。

「えー、やだ、ほしーい！」

子供たちはどうでもよさそうだが、母親にはヒットしたようだ。

「うちの子はオッケーだけど、この子とこの子はお友達の子で預かってるんですよね」

というのが正に監督が欲しがっていた就学前児童だ。

「その子も平坂くん好きだし大丈夫だと思うけど……」

とはいえ、見切り発車で撮影して後からやっぱり駄目だとなったら撮り直しで大打撃だ。良井は揉み手で切り出した。

「連絡取って訊いてもらうって無理ですかね」

いいですよー、と言いつつ母親が自分のスマホをカチャカチャ打った。ややあって「オッケーですって。クリアファイル二枚ほしいって」

「もちろんもちろん。お子さんたちにもそれぞれ一枚ずつ」

「もしよかったら、お母さんもご協力いただけませんか？」

もう一つ欲を出したのが幸だ。母親は「ダメダメ、こんな普段着で！　絶対ムリ！」とすごい勢いで引いたが、幸の狙いは他にあった。

「いいえ、映らなくていいんです。お子さんたちを向こうで呼んでいただけたらなって」

幸は八百屋のほうを指差した。

「あそこを子供たちがはしゃぎながら駆け抜けていくってシーンなんですけど、駆け出す合図を奥でお母さんが出してくださったらなって。私とか知らない大人が呼ぶより自然に走ってくれるんじゃないかと……」

「お母さんにもクリアファイルを二枚でどうでしょう」

すかさずサポートした良井に、母親は「絶対映らないんだったら」と了承した。

スカウト成功の報に、ベースがどっと沸いた。

「よし、さっさとやっちゃおう！」

立木の号令で、スカウトしてきた子供たちの位置を決める。

「走るコース決めますか？」

セカンド助監督の質問に、立木は「決めずに行こう」と即断した。

「お母さんが呼んでくれるんだろ？　下手に段取りで固くさせるより好きに走ってもらったほうがナチュラルになるよ。見切れる範囲だけざっくり教えてあげて」

母親は子供たちが走って行く画角の外に待機し、その母親に付き添った幸がトランシーバーで監督の指示を受けてタイミングを出すことになった。

一度練習して、エキストラをまた元の位置に戻して本番だ。人数が多いのでそれだけでかなりの時間を食う。

カメラが回り、エキストラが動きはじめる。カメラは全体を撮る一台と、八百屋の親子を抜きで狙う一台だ。

「はい、ゴー！」

監督の指示で幸が母親に合図を出した。――と。

「おいでー！」

母親が声に出して呼んだ。声は出さずに、という指示を事前に出していたが、うっかり忘れたらしい。

カットか、と周囲が緊張したが、監督は無言だ。そのままカメラが回り、呼ばれた子供たちがわぁっと声を上げながら画面の中を駆け抜ける。

「はい、カット！」

エキストラをまた戻しながら、ベースではモニターチェックだ。

「オッケー！」

母親の呼ぶ声が逆に自然だ、という判断だったらしい。また、子供が走ったコースも絶妙で、監督の演出意図が映えたようだ。

「柔軟な人だなぁ」

良井が思わず呟くと、「ベテランだからな」と殿浦が答えた。

「スカウトご苦労だったな、お手柄だ」

「お母さんは幸さんがアドリブでスカウトしました」

さすがだな、と殿浦から手放しの誉めが出た。

「あれをフォースで出してるんだから出血大サービスだぜ、まったく」

「ワタさんに頑張ってもらわなきゃですね、せっかくのバーター」

「おお。ヘマしたらぶん殴る」

口ではそんなことを言いつつ、殿浦がまったく亘理のヘマを懸念していないことは明らかで、信頼の度合いが知れた。

「……俺もいつか殿さんにぶん殴られないようになれますかね？」

「は？　何言ってんだお前。亘理がヘマしたらぶん殴るって話だろうが」

耳くそでも詰まってんのか、と耳をぐいぐい引っ張られた。

＊

○警視庁警備部危機管理室（昼）
　室内、室員でごった返して慌ただしい。
室員Ａ「丸の内にて爆発事故！　負傷者多数！」
室員Ｂ「同じく中目黒の商店街！」
室員Ｃ「池袋の百貨店もです！」
室員Ｄ「新宿駅構内！」
室員Ｅ「運行中の山手線車両内、十数名が即死！」
室　長「詳細は！」
室員Ａ「置き捨てにされた紙袋が爆発した模様！」
室員Ｂ「同じくです！　爆発物の中にボールベアリングが仕込まれており、対人殺傷力を強化する狙いだと思われます！」
室長補佐「室長、これは……」
室　長「明らかに連携した犯行だ」
室長補佐「……無差別テロ……」
室　長「東京サミットに影響を出すわけにはいかん。要人警護を強化しろ」
　室内、一際ざわつく。
室員Ａ「犯行声明です！　メールにて！」
室　長「出せ！」
　室内の大モニターにメールが表示される。

『日本国内閣総理大臣に告ぐ。五件の爆破は警告である。全東京都民は、我々の人質である。人質を無事に解放したくば、アメリカ合衆国で投獄中のイアン・カンザキを釈放し、サミットを中止せよ』

室員Ｂ「イアン・カンザキ、国際指名手配のテロリストです！　二年前ワシントンのテロ未遂事件で逮捕されています！」

室員Ｃ「同様の声明文が主要なテレビ局、新聞社にも届いた模様！」

※　※　※

テレビ番組の速報テロップ、特番切り替えなど続々。

※　※　※

室長補佐「なぜアメリカの囚人の釈放を日本に……」

室　長「おそらく総理に代理交渉をさせる気だろう。同盟国として大統領も無下にはできん」

室長補佐「しかし、テロリストとは交渉しないのが危機管理の国際標準です」

室　長「踏み絵だな」

室長補佐「は？」

室　長「無差別テロで一都市丸ごと人質に取られても、その原則を貫けるか。それを問われている。サミット警備とテロリスト対策、とても手が足りん。そのうえ、要求にサミットの中止が織り込まれている。サミット中止は国際社会の敗北を意味する」

室内を重苦しい沈黙が満たす。

室員Ａ「また犯行声明です！　先ほどの続きです！」

モニターにメールの文面が表示される。

『勝つのは秩序か、テロか。これは現代国際社会における壮大な実験だ。せいぜい健闘を祈る。

――イアン・カンザキ』

室　長「何だと……!?」

室長補佐「投獄中の本人がどうやって……!」


「踏み絵だな」

室長役の石村研吾《いしむらけんご》の台詞に、工事現場のドリルの音が重なった。

ああ〜っと誰からともなしに失望の声が上がる。

危機管理室のセットを作った雑居ビルの斜向《はすむ》かいが折悪しくマンションの新築工事中で、工事の音で再三NGが出ている。

映像はCGなど不都合な映り込みを修正する技術が発達しているが、音声は未だに修正の方法が存在しない。録音されてしまった雑音を消すということは、映像技術がこれだけ発達した現代においても未だ不可能なのである。

それだけに、雑音で撮影が止まる場合の無力感は甚大だ。五分から十五分置きに工事現場の音で撮影が中断している。

『天翔ける広報室』でもよくあったなぁ――と良井は初めての現場を思い起こした。自衛隊基地ではヘリや航空機の離発着が多く、ローター音やジェット音が響く度にスタッフたちが絶望の顔で天を仰いでいた。

急に整備が始まったりしたときなど、一時間以上も中断するのだから、スケジュールが押して プロデューサーがピリピリしていたものだ。かといって、自衛隊には本来の業務があるのだから、撮影隊の都合に合わせてもらうわけにもいかない。

自衛隊の業務はすべて国防のためのもので、それに撮影を優先させてもらうなどとんでもないことだ。

「……ん?」

ふと声が漏れた。

自衛隊の業務を撮影に譲ってもらうことはできないが、――新築マンションは交渉の余地ありじゃないの?

窓から工事現場を眺めると、比較的コンパクトな敷地のマンションだ。今は基礎工事をやっているらしい。

えーと、えーと、適材適所。良井は忙しく辺りを見回し、亘理の姿を見つけた。

「ワタさん、ワタさん!」

「どーした、忠犬」

わんこ呼ばわりはこの際聞き流す。

「しばらくお茶場とか制作業務お願いできますか? 俺と佐々さんしばらく抜けます」

「え、いつまでよ」

「危機管理室のシーンが終わるまでです!」

返事は訊かずに佐々を捜す。佐々は制作車のそばにいた。

「佐々さん、ヘルプお願いします」

「何だ、俺これからいくつか電話……」

「急ぎです？」

「まあ、後でもいいっちゃいいけど、撮影止まってっから今のうちに……」

「じゃあこっち先にお願いします」

言いつつ佐々を引きずる。行き先は新築マンションの工事現場だ。

「すみませーん！」

良井が声をかけたのは、若い者に指示を出していた現場監督らしき熟年のおっちゃんだ。年の頃は殿浦と似たようなものか。強面なところも似たりよったり。

「ん？　何だい、坊主」

坊主呼ばわりされるほど子供じゃないんだけどなぁ、と思いつつ、ぺこりと頭を下げる。

「あの、俺たち、そこのビルで映画を撮影してる者なんですけど」

映画というワードに何だ何だと工事の人が集まってくる。

「映画って何」

「『ＴＯＫＹＯの一番長い日』っていう作品で平坂潤さん主演の……」

「平坂潤！　知ってる知ってる、あのキレッキレのアクションのヤツな！　何、来てんの？」

「いえ、今日のシーンには来ないんですけど、今すごく大事なシーンを撮ってて……」

「あー、音？」

現場監督が苦笑しながら先回りした。

「止めろって言われても無理だぞ、こっちも工期があるからな」

「もちろんもちろん！　でも、本番って五分か長くても十分なんですよ。本番だけちょっと機械を止めてもらったりできませんか？　その分、俺たちお手伝いしますんで」

ども、と佐々がぺこりと頭を下げる。

「肉体労働には慣れてます」

「音止めをときどきさせてもらう代わりに、撮影終わるまで俺たちがお手伝いするっていうのは、どうでしょう？」

現場監督は、悪くないなという顔をした。

「三時間くらいなんですけど、ちょっとご協力いただくわけには……」

「まあ、いいけどさ。音止め？　の連絡はどうすんの？　モタモタすると嫌なんだけど」

「あ、無線でリアルタイムでできます」

言いつつ良井は耳に差したイヤホンを指差した。斜向かいでそれほど距離はないので、無線は充分届く範囲だ。

「ドリル使えます」

申告は佐々だ。殿浦イマジンに入る前の職歴は多岐にわたる。

「お、そりゃ助かるな。じゃあ坊主にはコンクリでも練ってもらうか」

承諾をもらって、ベースに戻るのが手間だったので亘理に電話した。かくかくしかじか、

「本番での音止めOKになりましたので、無線で音止め指示願います」

亘理は「やるじゃん忠犬」と誉めてくれた。

その日、良井と佐々は予定の場面を撮り切るまで工事現場を手伝い、現場監督に重宝された。特に工事経験のある佐々は「うちに来ないか」と勧誘を受けるほどだった。殿浦イマジンに入社した経緯も似たようなものだったのだろう。

引き揚げ時には、例によって粗品のクリアファイルである。要らんなあ、と現場監督は笑ったが、部下たちが「娘に」「嫁さんに」ともらいはじめて思い直したらしく、娘用にと二枚取った。

「ありがとうございました！　また撮影のときにはよろしくお願いします！」

危機管理室のシーンは今後も何度かあるはずだ。

「工事関係者と繋がり作るのはファインプレーだったな」

誉めてもらえたのかと思ったら、

「やっぱお前を殿浦イマジンに勧誘した俺の目に狂いはなかった」

佐々はちゃっかり自分の手柄に還元した。

＊

イアン・カンザキの獄中からの策謀に踊らされる警察の奮闘のシーンが続き、スタッフも作品の出来上がりに強い手応えを感じながら撮影は進んだ。

密度の濃い脚本な上、アクションシーンも多いので、スケジュールは押すばかりで多目に確保してあった予備日も無慈悲に消費されていく。

一番先に現場に入り、一番後に撤収する制作は、完徹三日というようなこともざらだ。

「気張れよ！」

殿浦が現場で制作メンバーにハッパをかける。

「今こそネバネバ丼だ！」

聞き慣れない単語に良井は首を傾げたが、亘理は「合点承知の助」と鼻歌のように答えながら携帯を出してその場を去った。

殿浦もダッシュでどこかへ消えたので、残った佐々に解説を求める目を向ける。

「やらねばならぬ、の『ねば』、足すことのネバーギブアップの『ネバ』。要するに、不可能を可能にしろってときの標語みたいなもんだ」

「業界語ですか？」

「どうかなぁ、よそでも言ってっかな」

「なんか、いいですね」

いいかぁ？　と佐々は顔をしかめた。

「殿さんのネバネバ丼が出るときは絶対きつくなるんだぞ」

「だって何かおいしそうだし」

まぐろ山かけに納豆、オクラ、他にネバネバするといったら何だろう。とにかく醤油をかけてガーッといったら旨そうだ。

「それに、不可能を可能にしろって、奇跡を起こせってことでしょ？　やり甲斐《がい》ありますよね、何か」

佐々は「若《わけ》ェなー……」と遠い目をした。

「ケータリングであるといいかもしれねぇな、ネバネバ丼」

ロケ弁は揚げ物や油物が多いので、さっぱりさらりと流し込めるネバネバ丼はけっこうウケるかもしれない。

「やってみましょうか、火も使わないし現場でできますよ」

何日か後のケータリングで、汁物代わりに出してみた。残念ながらまぐろは抜きだ、食中毒と予算と二大難点による。

『やら〝ねば〟ならぬ、〝ネバー〟ギブアップ！　ネバネバ丼で乗り切ろう！』というPOPをつけて出してみたところ、「地獄の予告か」とブーイングが飛びつつ完売した。


主演の平坂潤のクランクインは、百里基地となった。

イアン・カンザキによる連続テロが都庁に及び、展望室が実行犯グループに占拠され、展望室に居合わせた都民が一人ずつ銃殺されはじめる。

都民一人がカウントダウンの一つ。一時間に一人ずつ殺害し、全員死亡した段階で、都庁基部に仕掛けたTNT火薬が爆発する。火薬の量は都庁を倒壊させて余りある二トン超。

人的、物理的な損害に加え、都庁の行政機能がストップすることによる経済的損失はそれこそ計り知れない。

SATが人質を救出し、陸上自衛隊の爆弾処理班が基部の爆弾を解除するという縦割りを突破した共同作戦が立案され、SATは航空自衛隊百里基地から航空救難団の協力を得て都庁の屋上から突入する。

そのSATの隊長、早崎道也《はやさきみちや》を演じるのが半坂潤だ。

〇百里基地（昼）

ヘリの機内にて。

隊員A「出動するまでにもう二人も……」
隊員B「こんなときでも縦割りかよ！」
隊員C「現着までにあと何人死ぬんだ……」
早　崎「黙れ！」

隊員たち、息を呑む。

早　崎「もう一人も死なせない。果たすべきことはそれだけだ」

機内にローター音だけが響く。

隊員D「それにしても……イアン・カンザキってのは何者なんですか」
早　崎「報告書には目を通しただろう。世界の完全なる平等を目論《もくろ》むテロ組織『幸福の旅団』の思想的指導者だ。この事件の絵図を同志に残して〝敢えて〟逮捕された」
隊員A「……平等ってのは、目論むものなんですかね」
早　崎「当人たちの掲げる理念では目指すと謳《うた》ってるそうだ。報告書作成者の憤りが漏れたってとこだろう」
隊員B「官僚にも人間らしいところがあったってことですかね」
隊員C「完全なる平等を求めて、どうしてこんな大量殺人テロになるんですか」

早　崎「世界の幸福と不幸を完全に平等に均《なら》したら、東京ではもっと無慈悲に人が死ぬべきだ。そういう理屈なんだろう」
隊員A「そういうの、悪平等って言うんじゃないですかね！」
隊員B「不平等が許せない潔癖な子供なんだろ、どうせ」
隊員A「だって同じ事故に遭っても生死は分かれるじゃないですか。誰か生き残って誰か死ぬのは不平等だから全員死ねっておかしいですよ！」
隊員B「だから潔癖な子供なんだろ」
早　崎「いや……あるいは」
全員、早崎に注目する。
早　崎「無闇に平等を言い立てる現代社会に対する盛大な皮肉かもしれんな。平等を言い立てるなら平等に守ってみせろと俺たちを……いや、世界の秩序を嘲笑《あざわら》ってるのかもな」
隊員たち、悔しげ。
早　崎「東京の秩序を担っているのは俺たちだ。身勝手なテロリストにこれ以上の好き勝手をさせるわけにはいかん」
隊員C「でも……勝てるんでしょうか、俺たち」
早　崎「お天道様《てんとうさま》に願でもかけとけ」
ローター音、一際高くなる。
「お天道様に願でもかけとけ、なのに……」

良井は格納庫の中から雨に打たれるUH－60Jを眺めた。

格納庫前にUH－60Jを引き出し、機体の周囲に撮影用の足場《イントレ》を組んだまでは保っていた天気が、いざ撮影予定時刻を控えて突然崩れた。都内のゲリラ豪雨が低気圧の前線を刺激したらしい。

雨雲レーダーを睨む幸の顔色も冴えない。雲の切れ間が全く見えないのだ。

「どうにかなりそう？」

控え室から雨の様子を見に来たのは、『天翔け』ぶりの平坂潤だ。

幸が申し訳なさそうに眉を下げる。

「今のところはちょっと……」

平坂潤も雨足を眺めつつ苦笑だ。

「クランクインでカメラ回らなかったら、雨男って噂が立っちゃいそうだな」

すみません、と思わず二人で頭を下げると、平坂潤は「君たちのせいじゃないだろ」と慌てたように手を振った。

「まあ、雨男の噂くらいはどうでもいいんだけど……せっかく速水先生の立ち会いなのにな」

原作者の現場立ち会いは、後学のために百里基地との希望が速水隆太郎から出ており、平坂潤のクランクインでもある今日に決まった。このままでは何もしない現場を見せるしかない。

「速水先生、いらっしゃいました」

平坂潤を呼びに来たのはマネージャーだ。平坂潤は会釈を残して立ち去り、良井と幸も手持ち無沙汰だったので原作者のご尊顔を拝みに向かう。

控え室のある棟の玄関に、速水隆太郎の車が到着したところだった。見ると、殿浦イマジンのメンバーも何となくそこここに集まっている。やはりこの雨で手持ち無沙汰なのだろう。

還暦間近と聞いていたし、実際総白髪でもあったが、速水隆太郎は若々しい風貌をしていた。こざっぱりした軽快な服装も相まって、総白髪も敢えてファッションでその髪色にしているのかと思うくらいだ。

プロデューサーが平身低頭で出迎える。

「先生、すみません。ご足労いただきましたのに、生憎の雨で……」

最敬礼に近いような角度のお辞儀に、幸が「へえ、あんなに頭下げられるんだ」と皮肉な口調で呟いた。スタッフには居丈高で、あまり評判の良くない局プロデューサーだ。めったに現場に来ないことでも有名である。役者を露骨にランク分けしていて、いわゆる大物のインとアップのときしか現場に来ない。大物キャストにアップの花束を渡す役は誰にも譲らず、女性スタッフに花束係と揶揄されている。

今日は平坂潤のクランクインに加えて、大物原作者まで立ち会いだったので、馳せ参じる以外の選択肢などなかっただろう。

そう言うな、と殿浦が苦笑した。

「金集めてくるのは上手いんだ。あのＰじゃなきゃこの作品は無理だったろう」

アクション超大作、金のかかる筆頭ジャンルである。確かに金を集める才能は本物だ。

特にこの『ＴＯＫＹＯの一番長い日』は、速水隆太郎にとっても思い入れの深い作品らしく、中途半端な映像化をするくらいならと今まで一度も映像化の許可が下りなかったことで有名だ。

それをＯＫさせたのだから、剛腕であることは確かだろう。

「それに現場に顔出さないでくれるんだからわきまえてるじゃん、熱心に来られても嫌だろ?」

軽やかに皮肉マシマシなのは亘理である。辛口度合いは殿浦が「おいこら」とあわてて窘める程度なのでキレがある。

現場を回しているのは三人のAPである。得意分野や人脈がそれぞれ違い、また年次も絶妙な案配であるらしく、上手く回っている。

「どうも雨の上がる気配が……先生には今日は基地内を見学していただくということで」

Pの説明を聞きながら、速水隆太郎は口を開いた。

「最後の台詞の兼ね合いですよね」

大物作家とは思えないほど柔らかな物腰だった。

「道すがら、変えなきゃならないだろうなと考えてまして」

思いがけない言葉に、集まっていたスタッフもキャストもざわめいた。

速水隆太郎が逆に戸惑う。

「スケジュールが押していると聞きました。雨で日延べするよりは今日撮れたほうがいいんじゃないですか?」

「いや、それはもちろん……」

Pは揉み手せんばかりだ。

「台詞一つ変えるだけで撮れるんですから、変えましょう。書く物と部屋を貸していただけますか?」

「でも、よろしいんですか。原作ではお天道様と……」

「篠突く雨の中を出動するのもドラマチックでしょう。逆に机上では思いつかない演出です」

「あ、でも」

思わず、という感じで声を上げたのは幸だ。

「都庁現着のシーンは別日なので、天気の繋がりが……」

百里を飛び立ったときにどしゃ降りで、都庁に着くとき晴れていたら、辻褄が合わなくなる。

「だから部屋を貸してほしいんです、脚本をチェックして辻褄を合わせたいので」

「部屋、用意します！」

こうしたこまごました仕事は制作の受け持ちだ。良井は部屋を探しに駆け出した。

その後は聞いた話である。

速水隆太郎は、玄関で待っていた平坂潤に握手の手を差し出したという。

天翔ける広報室、拝見してましたよ。鷲田役がとても良かった。あなたが早崎をやってくれるというのも、映像化に許可を出した理由の一つです。

平坂潤はもちろんだったろうが、殿浦イマジンとしても感無量である。

いい作品はいい作品を連れてくる。映像制作の理想の連鎖を正に自分たちが下支えしたのだ。

皮肉屋の亘理ですら、その瞬間は神妙であったという。

幸が後で羨ましがった。

「いいなぁ。わたしも『天翔け』の現場に一緒にいたかったなぁ」

「今、『TOKYO』の現場に一緒にいるじゃないですか」

幸が意表を衝かれたように良井を見つめた。

「この現場もきっといつかどこかに連鎖しますよ」

ふふっと幸が笑う。

「……Pが金集めしか能がないへっぽこでも？」

「下支えしてるのは俺たちですから」

いい未来に連鎖していたらいい、幸とその景色を見られたらいい。――心の中でこっそりそう願った。


速水隆太郎は一時間くれと言って良井が用意した部屋に籠もった。

雨が上がりそうなら現状の脚本のまま行きましょう。

何という贅沢な話か、とスタッフもキャストもありがたいを通り越して震え上がった。原作者が直々に改稿し、改稿の途中で雨が上がったら、改稿分を惜しげもなく捨てるというのである。

さしもの殿浦もそんな経験は初らしい。

そんな速水隆太郎に一切不自由がないようにしろと組長から仰せつかり、良井は制作の業務を免除されて速水の籠もった部屋の前に番犬のように待機していた。喉が渇いた、小腹が空《す》いた、はたまた入り用なものがあるなどの申しつけに即座に応えられるようにである。

とはいえ、部屋の前でこまごまと作業をしたり、明日の日々スケを見ながら段取りを考えたり、まったくさぼっているわけでもない。

速水隆太郎に随行してきた若い男性編集者も、やはり手持ちの薄くて軽いノートＰＣを出して作業をしている。待機しているのは自分だけでも、と申し出てくれたが、部外者ではスタッフを捕まえて申し送りをすることになるので二度手間だ。

お互いこまごま作業をしながら、ぽつぽつと言葉を交わす。良井としてはやはり速水隆太郎のひととなりに興味があり、編集者は差し支えのない範囲で速水隆太郎の話をしてくれた。

「先生、『TOKYO』は絶対に許可を出されないと思ってたんですけどね」

聞くと、今までにもオファーは何度かあったという。

「どうして断られてきたんですか？」

「予算ですよ。『TOKYO』をやるにはとても予算が足りないと仰って」

企画書に書いてある制作予算のことだろう。

「へえー。やっぱり映像化が多い先生だから、そういうの詳しいんですね」

「いや、普通はそうでもありませんよ。速水先生は元々映画監督志望だったので」

「ええっ⁉」

良井は思わず声を上げたが、インタビューなどでも何度か触れている話らしい。

「美大出身で、在学中には何度か自主制作映画も撮ったそうです」

「え、え、何でそのまま映像業界に来てくれなかったんですか？」

そうなっていたら出版業界としては困るだろうが、映像業界としてはやはり反射的に惜しいと思ってしまう。

「卒業後は中堅の映画会社に就職して、APをやっていたそうです。三十歳のころに東邦《とうほう》主催のシナリオコンテストに応募されて……賞金一千万の他に最優秀賞作品は映画化されるという副賞がついていて、副賞狙いで『TOKYOの一番長い日』を」

東邦は最大手の映画会社だ、それくらいはやるだろう。

「『TOKYO』は特別賞になったんです。非常に面白く骨太な作品だが、映像化するには莫大な費用がかかるということで……最優秀賞は、手頃な予算でできる無難な恋愛物でした」

作品のレベルより、バジェット規模が優先されたのだろう。だが、実際に映像化されたという最優秀賞作品は、タイトルを教えてもらっても良井の記憶のライブラリーにかすりもしていない。

「映像では自分の作りたい作品を作ることはできない。そう思われて、映像業界は断念したそうです」

『TOKYO』は、大手映画会社が数年単位の大玉として繰り出す規模の作品だ。その大玉の枠を毎回掴み取ることは、どんな名人でも不可能だろう。

速水隆太郎は『TOKYOの一番長い日』を小説に仕立て直して新人賞に応募し、作家としてデビューした。

「まあ、出版業界としては速水先生という才能がこっちに流れてきてくれたのでありがたいことですけどね」

編集者はそう言って笑った。

小説はいいねえ、というのが速水隆太郎の口癖だという。——字だけで日本だって沈没する。どんな壮大な作品も元手は僕の脳だけだ。

「ところが、小説でどんどん壮大な物語を繰り出していたら、若い頃に諦めた『TOKYO』に現実的なオファーが来た。先生、とても喜んでおられました」

真面目にこつこつやってきたから、神様がごほうびをくれたんだな。

神様は見てるもんだね。

良井たち映像スタッフにとって、映像制作は仕事である。だが、それを神様のごほうびとまで言ってくれる人が、『TOKYOの一番長い日』の原作者なのだ。

ネバネバ丼の甲斐がある。

「ちょっと、二人」

天《あま》の岩戸《いわと》が開いて、速水隆太郎が手招きで良井と編集者を呼び入れた。

「これで成立するかどうか、ちょっと見てくれるかな。繋がりのシーンも」

雑紙の裏にボールペンの走り書き、というお宝だ。

編集者が先に読み、良井が後だ。

「お天道様に願でもかけとけ」の差し替えは、

早　崎「泥水をすすってでも任務を果たすのが俺たちの仕事だ」

都庁にヘリが到着するシーンは、突入機をカモフラージュする哨戒《しょうかい》用の自衛隊ヘリが数機旋回している遠景のカットインだったが、機内シーンを足してある。

◯都庁（昼）※百里：雨、都庁：晴となった場合
　ヘリの機内にて。
　隊員たちが窓の外を見る。

隊員Ａ「雨が……上がった」
窓の外、薄曇りの中に都庁（グレーディング可？）。
突入をカモフラージュする自衛隊ヘリが数機旋回している。
隊員Ｃ「助かった……これで降下が少し楽になる……」
早　崎「神様のごほうびだな」
隊員たち、早崎を振り返る。
早　崎「神は罪なき人質を救えと仰せだ」

「すっご……」

良井は思わず呟いた。

「これ、めっちゃアガります！　『人質を救えと仰せだ』……カーッ、もう！」

編集者が「え、今の平坂さんの真似？」と噴き出す。けっこう似ているつもりだったのに。

「それに、……」

話そうとして、言葉が詰まる。——神様のごほうび。早崎に言わせたその台詞で、速水隆太郎がこの映像化をどれほど喜び、祝福しているか、ひしひしと伝わった。

「いいです。かっこいいです。これで行きたいです、今日が雨でよかったです、奇跡です」

言葉足らずに飛躍する良井に、速水隆太郎も編集者も目だけで微笑んだ。

一度は撮影延期を覚悟したところに、奇跡が起きた。怪我の功名ならぬ雨の功名で、これほど分厚いシーンが原作者手ずから書き下ろされるなんて。

「ラストまでの繋がりも問題ありません」

編集者はさすがに読み方がプロである。

「グレーディングはできるのかな」

薄曇りの都庁である。速水隆太郎の問いに良井は「できると思います」と頷いた。

「これ、早くコピーして始めましょ！　雨上がっちゃったらこのシーンなくなっちゃう！」

言いつつ良井は廊下を走り出した。


速水隆太郎の改稿は、プロデューサー陣にも立木監督にも一も二もなく受け入れられた。特に立木は、「雨がやまないうちに早く！」と良井にコピーを急き立てるほどだった。

合い言葉は「やまないうちに」で現場は猛烈に回りはじめた。

役者たちもテストから濡れ鼠《ねずみ》になることを厭《いと》わない熱意である。カメラももちろんテストから回していくことになった。

いよいよインカメラを上げようかというときだった。

格納庫の壁がグワンと唸るほどの突風が吹きつけた。ヘリ脇に据え付けたイントレがすり足で揺れた、と思うや——ぐらりと傾いだ。ヘリのほうへ。

上がったいくつもの悲鳴が風に吹きちぎられる中、イントレは盛大な金属音を立てながらヘリの胴体にもたれかかった。

待機していた隊員が一斉に駆け出し、スタッフも続いた。わあわあと指示や返事が怒号のように飛び交い、機体にもたれたイントレが立て直され、更に地べたに寝かされた。

「中断！　中断────！　撮影隊の方はヘリから離れてください！」

立ち会いの広報官が叫ぶ。スタッフが格納庫へ引っ込み、整備員がヘリに駆け寄る。

「どうだ⁉」

「ローターには当たっていません！」

「機体は損傷、軽微！」

隊員たちの緊迫したやり取りを聞きながら、撮影隊はただ呆然《ぼうぜん》と見守るしかない。

撮影は続行できるのか。それを尋ねることも憚られる。まずはイントレが当たったヘリが無事かどうかだ。

広報官は撮影隊にかまう余裕もなくどこかへ消えた。

「これは……一体どうなるんですか」

尋ねた速水隆太郎に誰もが返事を躊躇した。どうなるのか、それは誰にも分からない。

やがて、殿浦が口を開いた。

「……こんな事態は我々としても初めてなので何とも言えませんが……撮影中止の可能性が高いと思います」

殿浦の声は絞り出すようだった。『天翔け』の経験則で探り探り、しかしやはり予想はそこへ行き着くしかない。

「延期になればまだいいですが……撮影許可そのものが取り消される恐れもあります。撮影隊が機体に損害を与えたとなると……」

風のせいだ、という言い訳は通らない。

全員が静まり返った。格納庫の屋根を叩く激しい雨音だけが満ちる。

「代替の場面を考えておいたほうがよさそうですね」

そう口を開いたのは速水隆太郎である。花束係のPが泡でも食ったように「そうですね！」と追随する。

「どうも時間がかかりそうですから、代替案の打ち合わせでも始めておきませんか。撮影中止を見込んでおいたほうがよさそうだ」

その提案にも「そうですね！」「さすが先生！　冷静でいらっしゃる！」と今度はお追従まで入った。

そこへ、広報官が険しい顔で戻ってきた。

これはやはり、とスタッフ一同は固唾を呑んだが、

「役者さんはばらしましたか」

広報官は真っ先にそれを尋ねた。「まだです」と殿浦が答える。

「ばらすのはしばらく待ってください。粘ります」

それだけ告げて、広報官は再び早足に立ち去った。

期待していいのか、悪いのか。量《はか》りかねた沈黙がその場の空気を支配した。

待ち時間の見えない待ちが始まった。三時間が無為に過ぎ去った。

ぽつぽつ零れてくる事情を拾うと、やはり百里基地としては撮影の中止を主張しているという。

空幕広報室がそこを押し引きしているらしい。

「延期か撮影許可取り消しか、はっきりしてほしいな」

誰かが重圧に耐えかねたように呟いた。気分としては判決を待っている被告である。

「良くて延期だろ？　もうばらしていいんじゃ……じき夕方になるぜ」

いくら雨とはいえ、昼と夜では明るさが違う。照明でごまかすにも限度がある。

「速水先生に夜になった場合の代替案も考えてもらえば……」

バカ、というツッコミがよそから入ってよかった。下っ端ながら、良井でも突っ込んでしまうところだった。

原作者がお蔵入りを惜しまず改稿してくれるのは奇跡だが、現場が奇跡を頼るのは論外だ。

「……できれば、今日、撮りたいね」

幸が小さな声で呟いた。

「雨の出動、すごくよかった……」

延期になったら天気を敢えて雨に合わせることにはならない。あの場面がお蔵入りになるのは惜しい。

と、そこへ広報官が駆け込んできた。

スタッフたちが一斉に取り囲む。

「再開できます！」

空気が一気に熱を帯びた。

「ただしイントレの高さは半分に抑えてください！　養生も厳重に！」

その程度の条件は全く問題にならない。撮影班が合羽《カッパ》を羽織りながら外へ飛び出していく。

「知らせてきます」

亘理がそう言い残して立ち去った。代替案を打ち合わせ中の速水隆太郎やPたちにだろう。

「よくもまあ……」

呟いた殿浦に、若い広報官は晴れやかに笑った。

「荒木一佐が幕長に掛け合いまして。今、空幕総務課長ですので……超特急でスタンスペーパーを通したそうです」

懐かしい名前として思い出せるのは、幸以外の殿浦イマジンのメンバーだ。『天翔け』のときの広報室長である。

「荒木一佐が絶対に中止させるなと。航空自衛隊は『天翔ける広報室』で百年の財産をもらった、その恩義を必ず返せ、と」

良井の足元から脳天まで、鳥肌が貫いた。歓喜。感激。そのような。

あの日、確かに荒木はそう言った。打ち上げのスピーチの席で。――隊を理解してもらうための百年の財産をもらった、と。

「正直、殿浦イマジンさんと平坂潤さんがいなかったら、ここまで粘れなかったと思います」

あの日、全力を尽くした結果が、今日を救う。

「恩に着ます……！」

殿浦が最敬礼の角度に頭を下げた。佐々と良井、そして状況を察した幸も。

「『ＴＯＫＹＯ』もいい作品にしてください」

「必ず！」

救われた今日に尽くすことが、いつかの明日をまた救う。
自分たちの仕事は、そういう仕事なのだ。

＊

早崎率いるＳＡＴ小隊は残された人質を救出し、陸上自衛隊の爆弾処理班も都庁基部の爆弾の解除に成功してエンディングを迎える。

エンドクレジットの中に、次回作の予告となるシーンを入れ込む構成だ。

○ワシントン刑務所・独房（東京テロが収束した頃）
イアン・カンザキの独房に捜査官の面会。
捜査官「サミットは中止されなかった。日本警察はお前の悪巧みを破り、社会と秩序を守った。残念だったな」
イアン「悔しがったほうが君たちに対して親切だとは思うがね」
捜査官「貴様……！」
イアン「私は逮捕される前、ほんの戯《たわむ》れに大規模テロのシミュレーションをしただけだ。実行されるかどうかは私の管轄外だし、その成否がどうなろうと特段の感慨は生まれない」
捜査官、忌々しげに床を蹴り、面会室を出て行く。
その背中を見送り、イアンの口元に薄い笑みが浮かぶ。

イアン「――さあ。束《つか》の間のハーフタイムだ。せいぜい休息したまえ」

スタッフとキャストが観た初号試写にはまだ主題歌も入っていなかったが、息をすることさえ憚られるようなストーリーテリングだった。

上映終了して、一呼吸空いた。そして、一斉に拍手が湧いた。

「ぜひ、先生から一言」

〈花束係〉Pが如才なくマイクを速水隆太郎に回す。

「素晴らしい出来にしてくださってありがとうございます。原作者、また脚本開発の立場を忘れ、存分に楽しみました。ぜひ、続編もこのメンバーで集まれることを願っています」

続編を見据えた言葉に、うねるような拍手が再び湧いた。

いい作品の試写は、上映後もロビーで名残惜しい立ち話が盛り上がる。今日もそうなった。

試写の出し入れなど細かい雑用に駆り出されていた良井は、速水隆太郎が関係者に囲まれて話をしている様子を遠く眺めた。

神は罪なき人質を救えと仰せだ、のシーンは中盤を引き締める肝になっており、そんな改稿が生まれる一番近くに立ち会っていたのは自分なのだと誇らしかった。

と、速水隆太郎が帰る間際に良井に声をかけてくれた。

「君もまた続編で会おう」

「は、はい！」

答える声がうわずった。あの日一度しか会っていないのに覚えていてくれたことが嬉しかった。

話し込んだ担当編集者も、「続編の前に打ち上げだね」と手を振って帰っていった。

現場スタッフの手は離れ、後の仕上げはプロデューサー陣と監督の手に委《ゆだ》ねられた。よっぽどおかしなことをしない限り、大ヒット間違いなしという良作なので、待つ身も気が楽だ。

殿浦イマジンのスタッフもそれぞれ次の作品に入りながら、打ち上げを楽しみに待っていた。

そんなある日のことである。

良井が出先からオフィスに戻ると、打ち合わせブースで殿浦と今川が顔を突き合わせていた。表情はいつになく深刻だ。

「ただいま帰りましたー……どうしたんですか？」

どちらが話すか、と殿浦と今川が一瞬視線で押し付け合いをした。負けたのは殿浦である。

「来年の『ＴＯＫＹＯ』が飛んだ」

言われた意味がとっさに分からず、戸惑った。

「来年の『ＴＯＫＹＯ』って……続編、ですか？」

公開直後にクランクインして話題を集めようと、既に『ＴＯＫＹＯ』スタッフのスケジュールは押さえられていた。そのクランクインは十ヶ月後、来年の初夏だった。

「え、何で？　どういうことですか？」

「何度も言わせんな」

殿浦の声は苦い。

「続編はなくなったんだ。ナシ。中止。ナッシング！」

「来年の売上げ見込みが五人分吹っ飛んだんだ、迷惑にも程がある」

今川が憤然と口を添える。

「東都テレビはちゃんと埋め合わせするんだろうな。うちのエースを三人も突っ込んであったんだぞ。島津さんだってもう一軍だし、良井くんもそろそろ一人前だ」

「そこはちゃんとさせるさ。『TOKYO』のメンバーならどこに持ってってても引く手数多《あまた》だ、ガタガタ言うな」

「何で⁉」

敢えて話を卑近な方向へ持っていこうとする大人たちに、良井は声を荒げた。

「絶対ヒットしますよ、続編できますよ！　何で⁉　まだ『一番長い日』も公開されてないのに、何でそんな……」

今川が視線で殿浦に促した。お前が言え。

「原作者NGだ。速水先生から続編にNGが出た」

「だって速水先生、あんな……」

奇跡のどしゃ降りが蘇る。一時間足らずで奇跡の改稿、事故にも拘らず奇跡の再開。

速水隆太郎は、『TOKYO』映画化を神様のごほうびとまで──

「俺みたいな下っ端にまで続編で会おうって言ってくれたんですよ！」

「花束係がやらかしやがったんだよ」

金集めには能がある、ある意味優秀なP。金にものを言わせたヒット作も多い。

金にはしっこいのに、絶対に儲かる話で何故しくじった。

「主題歌だ」

初号試写では主題歌はまだ入っていなかった。主題歌の選択はプロデューサーの仕事だ。

花束係は、『天翔ける広報室』主題歌のカバーを提案したという。

え、と思わず思考がつんのめった。足元の穴に靴先を引っかけてつまずいたような。

「何で？」

今度は「何で」の意味が違う。

「何でそんな選択になるんですか？　『天翔け』と『ＴＯＫＹＯ』何の関係もないじゃないですか、何で同じ主題歌にしちゃうんですか？」

花束係に訊いてくれ、と殿浦が投げた。今川が続ける。

「まあ、想像でしかないが……同じ東都テレビで同じ平坂潤が主演だから、ヒットにあやかってってことじゃないかな。『天翔け』の主題歌自体が過去の名曲カバーでリバイバル大ヒットしたし、売れると踏んだんじゃないか」

「だからこそナシでしょ⁉」

ドラマも主題歌も大ヒット、今なら日本で百万人に訊いてもその主題歌はイコール『天翔け』となる。リバイバルのマッチングの妙を見せたのは『天翔け』だ。先行作のヒットが大きいほど、真似ると陳腐な二番煎《にばんせん》じになる。

「『天翔け』は二年前だからもう大丈夫だろうって判断だったんじゃないかな。数字屋は目先の数字に目が眩むところがあるからね。――まあ、僕も数字屋だから分からなくもないが」

金集めの才能は、間違いなく数字屋の才能だろう。

「まあ、ない。ないわな。あり得んわな」

殿浦は作り手側だ。そして、速水隆太郎ももちろん――

「……でも、速水先生、温厚な方だと思います。ちゃんと謝れば――」

「引き際を間違えたんだ」

主題歌にあり得ないとNGを出した速水隆太郎に、花束係は食い下がったのだという。

曲も歌詞もすばらしく、これ以上『TOKYOの一番長い日』にふさわしい楽曲はないと思います。何とぞご再考ください。

そんなの、と喉の奥で声がかすれた。

そんなの、怒るに決まってるじゃないですか……」

若い日に挑戦したシナリオコンテストで、実力的にはトップだったにも拘らず、製作費の問題で最優秀賞を逃した。

映像の世界を断念して小説家として名を上げ、ついに神様のごほうびをもらって――花束係は、そのごほうびに唾を吐いたのだ。

お前が大事に温めてきた作品には、二番煎じの主題歌がふさわしい、と。

お前のオリジナリティなどそんなものだ、と。

そんな侮蔑《ぶべつ》を受けたクリエイターを執り成すことは、昔の話を聞かせてくれたあの編集者でも荷が重いだろう。

「最悪なことにな、つらつら長い手紙を送ったらしいぞ。二番煎じの曲がいかに『TOKYO』にふさわしいかってな」

侮蔑を字にして送りつけ、烙印を押したのと同じだ。

仲介した担当編集者は何度も「これをお見せしていいんですか」と念を押したという。編集者の気持ちが痛いほど分かる。

これを見せたら取り返しがつかなくなる、と分かっていたのだ。

案の定、取り返しはつかなくなった。速水隆太郎からは「お好きになさい」と返事があったという。――ただし、続編の話はなかったことにしていただく。

花束係もさすがに蒼白になった――と信じたい。慌ててカバー主題歌を撤回し、オリジナル曲を有名アーティストに発注したというが、速水隆太郎が続編中止を撤回することはなかった。

「……幸さんは……」

『天翔け』の現場にいたかった、と羨ましがっていた。

良井は『TOKYO』に今一緒にいると答えた。『TOKYO』がまた、いつかどこかに連鎖する、と――その日を一緒に迎えたかった。

『TOKYO』はもうどこにも行けない。

「全員に俺から話す。もう上がっていいぞ」

はい、と返事をしたのかどうかも覚えていない。ただ習慣に身を任せて家に帰った。

＊

エンドクレジットの次回作予告をカットしたものが、『TOKYOの一番長い日』の完パケになった。

宣伝で先走って続編の構想を匂わせていなかったことが作品にとっての救いである。続編が潰れたことを知っている関係者だけが悶々《もんもん》とした気分を味わいながら、打ち上げの日がやってきた。

作品の出来はいいのに、誰も心から笑えない。何とも名状しがたい、しめやかな雰囲気の会になった。

「ワタさん」

ふと思いついて、良井は亘理に訊いてみた。制作は打ち上げの席でも裏方、とスーツで初めて出席したのは『天翔ける広報室』の打ち上げだった。

亘理とそんな話をしたなとふと思い出し。

「今日の打ち上げ、ペナルティいくらまでならパスしましたか？」

ペナルティを支払ったら打ち上げに出なくていいとしたら、いくらまで出せる？　酷い現場の打ち上げでひっそり囁かれるぼやき。

「プライスレスだな」

即答の亘理に、良井は思わず目をしばたたいた。プライスレスと呼べるほどポジティブな要素をどこに見出したのか、と思ったら――

「知人のお通夜はばっくれられないだろ」

なるほど、と納得。

こまごま雑用がある分、制作は気が紛れるとも言える。

壇上では平坂潤が挨拶をしている。

「作品はすばらしいものになったと思います。この作品をヒットさせることが原作の速水先生にご恩返しする唯一の道だと思いますので、東都テレビさんはどうか宣伝を頑張ってください」

事情を知る者にとっては、かなり皮肉の利いた挨拶だった。速水と出版関係者は、当然のように打ち上げには出席していない。

次の挨拶が花束係だった。平坂潤の皮肉も、会場の密やかな反感の空気も、一切届いていないかのようなてかてかの笑顔でマイクを受け取った。

この面の皮があってこその優秀なる集金マシーンなのか。

「おかげさまで試写会の評判も大変よく、私も平坂さん同様、大ヒットを信じてやみません！原作の、ねぇ……」

てかてかの笑顔が、含みのある笑いになった。

「速水先生、なかなか難しい方で。今日もご欠席なんですけども、まあなかなか大変な方でした。何とかハンドリングできた自分を誉めたい！　なーんてね」

――こめかみの真横で、線が切れた。

「ふっ……ざけんなよ！」

一斉の注目。その集まった眼差しで、怒号が自分の喉から飛び出たことを遅れて知った。

止めろ。

止めてたまるか。

理性と怒りが真っ向組み合い、もつれ合う。――奇跡を一番間近で見た者として。

神様のごほうびという肉筆を真っ先に見たスタッフとして。

欠席した速水隆太郎を嘲弄《ちょうろう》するような花束係の顔も声も看過できない。

おい、と亘理が止めようとしたが、その制止が逆に箍《たが》を外した。

「あんたのせいだろっ！　あんたの……！」

どうなってもかまうか。問題になったたって辞めれば済む。あんな奇跡をこんなふうに侮蔑する映像業界になんか、
罪状を並べ立ててやろうとしたとき、

「リョースケくぅ――――――――――――――――――――――――ん！」


脳天からすっぽ抜けるようなお気楽な声が会場の帯電した空気を割った。

「なーに熱血してんのーお⁉　楽しくやろうよーぉ！」

千鳥足で良井にしなだれかかってきたのは、――幸だった。

後ろのほうに、強ばった顔の殿浦と佐々が見える。珍しく二人とも血の気が引いている。

幸はキャハハハハと引っくり返ったような甲高い笑い声を立てている。

「ほらぁ、お酒おいしいよぉー！　飲まなきゃ損、損！」

幸は良井にしなだれかかってまとわりつき、両腕が良井の首に回った。

そして、そのまま顔が来た。

会場がどよめく。

幸がくらげのようにぐにゃぐにゃのまま、良井にディープキスを食らわせた。

会場が息を詰めて待つ――ほどに、長く、深かった。

「……おぉーっと、これはとんだハプニングだぁー！」

司会の男性ＡＰが実況を入れた。現場で奮闘していた若手ＡＰだった。

「長い、こーれは長い！　青年、窒息か⁉　酔っ払い女子の息は長――い！　続く、続く、まだ続く！　タオルはまだかー！」

どっと会場が沸いた。――今日、初めての、爆笑だった。

「アホか、貴様ら！」

良井の後頭部をどやしつけたのは殿浦である。

「こんなところでナニおっぱじめるつもりだ⁉」

殿浦節にまた爆笑。佐々と亘理が二人がかりで若造二人を抱え込み、出口に向かって引きずる。

そのドタバタで唇は離れた。

「すみませんねぇ、どうも！　うちの若いのはいろいろ我慢が利かなくて！」

殿浦が笑いにまぎらわせる声は、会場の外で漏れ聞いた。

建物の外まで引きずり出され、佐々に路上に突っ転ばされた。

「頭冷やせ！　全員悔しいんだ！」

佐々はそのまま会場内に戻り、亘理も「さっちゃんに感謝しろよ」と佐々の後を追った。

くらげのようにぐにゃぐにゃだった幸は、細いヒールで仁王立ちしていた。酔いの気配は微塵もない。

怒った顔もきれいだなと思いながら見上げ、のろのろ立ち上がる。

「芝居、上手ですね。女優さんでも行けるんじゃないですか？」

割りと、お世辞でなく。

「ふざけないで！」

ふざけてないいんだけどなぁ、などと言ったらもっと怒られそうだ。

「どうするつもりだったの⁉　みんな我慢してるのにぶち壊すところだったんだよ⁉」

「でも、俺……」

許せなくて、と呟きをこぼしきらないうちに叱咤《しった》が飛んできた。

「みんな許せないの！　みんな！　助けてくれたAPさんも！　でもキャストはねぎらわなきゃでしょ⁉　打ち上げくらい無事に済まなきゃ報われないでしょ⁉」

——そこまで頭が回っていなかった。まだまだイマジンが足りない。

きっと今日の打ち上げのハイライトは、幸のディープキスだ。騒ぎを上書きして余りある爆笑。さすがのイマジンだ。

「それに……」

幸の唇が震えた。

「花束係に目ェつけられたらどうすんの⁉　あれでも東都の出世頭なんだよ！」

ああ。だからいつものようにイーくんじゃなくて、名前で呼んだのか。苗字を印象に残さないように。

深慮遠謀に頭が下がる。頭が下がりながら、言い訳のように口走る。

「……会社に迷惑かかったら辞めたらいいやって……」

ぱん、と平手が頬の上に小さく弾けた。

うそつき、と涙混じりの声がなじる。

「支えてくれるって言ったじゃない」

胸がズギュンと撃ち抜かれた。――『みちくさ日記』の現場だった。

わたし、いつか、沖田先生の原作でメガホン取りたい。

そのときは、イーくんが支えて。

自分は、はいと答えたのだった。

ごめんなさい、と呟き、幸が頷く。

「どうしよう、俺……」

なに、と怒ったように答える幸に、つるりとこぼれた。

「恋に落ちました」

幸の顔が夜目にも赤くなる。

「は⁉　なに……何言って、」

「嘘です」

「はい⁉」

「もっと前からです」

幸が言葉を失い、頬は爆発寸前にどす赤い。

やがて、「バ――――カ！」とロングブレスのバカが来た。

「後先考えずに辞めたらいいいやなんて言う奴、付き合ってなんかやらないわよ！」

「や、もう言いません。誓います」

「軽い、信用できない！」

「信用は前借りでお願いします」

「ふざけてんの⁉」

「ふざけてません、利息は低めでお願いします」

幸はロングブレスで「バ――――カ！」を何度も繰り返した。


「……ったく、こっちの気も知らねえで」

バカバカと騒がしい二人を眺めながらぼやいた殿浦を、亘理は「お疲れ様です」とねぎらった。

若い者が自分も含めて全員バタバタ出てしまったので、その後の韜晦《とうかい》は殿浦任せである。

「でもまぁ、殿さんなら上手く収めてくれるかなって。とにかくあの爆弾小僧を撤去しなきゃと思って」

「収めたよ！　収めたけどよ！　寿命が十年縮んだわ！」

「殿さん意外と気が小さいですもんね」

「繊細なんだよ、実は！」

「知ってます」

ずっと前から知っている。

「殿さんの寿命が縮まないように、俺が支えてますよ」

努めてさりげなく。

「どーんと頼っちゃってください」

「当てにしてるよ」

「泥船に乗ったつもりで」

「おい！」

軽口の応酬。――軽口が交わせるささやかな幸福。

味わっとけよ、バカバカ騒いでるそこの若いの。

「しっかしまあ、今回は幸に助けられたわ」

「度胸ありますね。将来有望です」

で、と殿浦はそわそわ若者たちを窺った。

「いい感じなのか、あいつら。どうなんだ」

いい感じになるといいですね、といなしておいた。

*

『TOKYOの一番長い日』は、近年のアクション邦画としては異例の大ヒットとなった。

せめて報いることはできたのだろうか、と良井はゴジラヘッドを見上げた。その腹の中の映画館では、『TOKYO』がロングラン上映中だ。

全力を尽くしてもままならないことがある。それでも全力を尽くす。

ままならないながら尽くした全力も、いつか明日に繋がる。——のだろう、多分。

俺が生きてるうちに、——いやいや。

「速水先生が生きてるうちに、続編やれたらいいなぁ……」

巡り合わせが変わったら、そんな明日もあるかもしれない。——例えば、実況で良井を助けてくれたAPが出世頭になったら。

『TOKYO』はまだどこかに行けるかもしれない。

無線に人止めの指示が入った。了解です、と答えて声を張り上げる。

「すみませーん！　ちょっと迂回《うかい》お願いしまーす！」

今日は歌舞伎町で任侠物《にんきょうもの》の撮影だ。組長と若頭もどこかで人を止めているはずだ。

はい、回った！　無線に連絡が入る。野次馬を豆柴スマイルで捌きながらカットがかかるのを待つ。

ゴジラヘッドの下でキャバクラのチラシを撒いていた昨日から、恋い焦がれた映像制作の今日へ。——明日はどこへ。

いつかの明日、幸の隣にいられたら。そんな願いもちらりとかすめる。

ゴジラヘッドは、悠然と地上を見下ろしている。

fin.

有川ひろ

高知県生まれ。2004年、『塩の街』で電撃小説大賞〈大賞〉を受賞しデビュー。「図書館戦争」「三匹のおっさん」シリーズをはじめ、『阪急電車』『植物図鑑』『空飛ぶ広報室』『明日の子供たち』『旅猫リポート』『アンマーとぼくら』、エッセイ『倒れるときは前のめり』など著書多数。

ブックデザイン　カマベヨシヒコ
装画　徒花スクモ

本書は、「小説幻冬」(二〇一六年十一月号、二〇一七年一月号・八月号、二〇一八年七月号・八月号、二〇一九年六月号)の連載に加筆・修正したものです。

イマジン？

2020年1月25日　第1刷発行

著　者　有川ひろ

発行人　見城 徹
編集人　菊地朱雅子
編集者　茅原秀行

発行所　株式会社 幻冬舎
〒151-0051 東京都渋谷区千駄ヶ谷4-9-7
電話　03-5411-6211（編集）
03-5411-6222（営業）
振替 00120-8-767643

印刷・製本所　中央精版印刷株式会社

検印廃止

ISBN978-4-344-03561-4　C0093
幻冬舎ホームページアドレス　https://www.gentosha.co.jp/

この本に関するご意見・ご感想をメールでお寄せいただく場合は、
comment@gentosha.co.jpまで。